S0-EGF-531

Tucholsky   Wagner   Zola   Scott   Sydow   Freud   Schlegel
Turgenev   Wallace   Fonatne
Twain   Walther von der Vogelweide   Fouqué   Friedrich II. von Preußen
Weber   Freiligrath   Frey
Fechner   Fichte   Weiße Rose   von Fallersleben   Kant   Ernst   Frommel
Richthofen
Hölderlin
Engels   Fielding   Eichendorff   Tacitus   Dumas
Fehrs   Faber   Flaubert
Eliasberg   Ebner Eschenbach
Feuerbach   Maximilian I. von Habsburg   Fock   Eliot   Zweig
Ewald   Vergil
Goethe   Elisabeth von Österreich   London
Mendelssohn   Balzac   Shakespeare   Dostojewski   Ganghofer
Trackl   Lichtenberg   Rathenau   Doyle   Gjellerup
Stevenson   Hambruch
Mommsen   Thoma   Tolstoi   Lenz   Hanrieder   Droste-Hülshoff
Dach   Verne   von Arnim   Hägele   Hauff   Humboldt
Karrillon   Reuter   Rousseau   Hagen   Hauptmann   Gautier
Garschin
Defoe   Baudelaire
Damaschke   Descartes   Hebbel
Hegel   Kussmaul   Herder
Wolfram von Eschenbach   Dickens   Schopenhauer
Darwin   Melville   Rilke   George
Bronner   Grimm   Jerome
Campe   Horváth   Aristoteles   Bebel   Proust
Bismarck   Vigny   Barlach   Voltaire   Federer   Herodot
Gengenbach   Heine
Storm   Casanova   Tersteegen   Grillparzer   Georgy
Chamberlain   Lessing   Langbein   Gilm   Gryphius
Brentano   Lafontaine
Strachwitz   Claudius   Schiller   Schilling   Kralik   Iffland   Sokrates
Bellamy
Katharina II. von Rußland   Gerstäcker   Raabe   Gibbon   Tschechow
Löns   Hesse   Hoffmann   Gogol   Wilde   Vulpius
Luther   Heym   Hofmannsthal   Klee   Hölty   Morgenstern   Gleim
Roth   Heyse   Klopstock   Goedicke
Luxemburg   Puschkin   Homer   Kleist
La Roche   Horaz   Mörike   Musil
Machiavelli   Kierkegaard   Kraft   Kraus
Navarra   Aurel   Musset   Moltke
Nestroy   Marie de France   Lamprecht   Kind   Kirchhoff   Hugo
Laotse   Ipsen   Liebknecht
Nietzsche   Nansen   Ringelnatz
Marx   Lassalle   Gorki   Klett   Leibniz
von Ossietzky   May   Irving
vom Stein   Lawrence
Petalozzi   Platon   Knigge
Sachs   Pückler   Michelangelo   Kafka
Poe   Liebermann   Kock   Korolenko
de Sade   Praetorius   Mistral   Zetkin

Der Verlag tredition aus Hamburg veröffentlicht in der Reihe **TREDITION CLASSICS** Werke aus mehr als zwei Jahrtausenden. Diese waren zu einem Großteil vergriffen oder nur noch antiquarisch erhältlich.

Symbolfigur für **TREDITION CLASSICS** ist Johannes Gutenberg (1400 — 1468), der Erfinder des Buchdrucks mit Metalllettern und der Druckerpresse.

Mit der Buchreihe **TREDITION CLASSICS** verfolgt tredition das Ziel, tausende Klassiker der Weltliteratur verschiedener Sprachen wieder als gedruckte Bücher aufzulegen – und das weltweit!

Die Buchreihe dient zur Bewahrung der Literatur und Förderung der Kultur. Sie trägt so dazu bei, dass viele tausend Werke nicht in Vergessenheit geraten.

Nach Sonnenuntergang - Erstes Buch

Wilhelm Jensen

Impressum

Autor: Wilhelm Jensen
Umschlagkonzept: toepferschumann, Berlin

Verlag: tredition GmbH, Hamburg
ISBN: 978-3-8424-0804-3
Printed in Germany

Rechtlicher Hinweis:
Alle Werke sind nach unserem besten Wissen gemeinfrei und
unterliegen damit nicht mehr dem Urheberrecht.

Ziel der TREDITION CLASSICS ist es, tausende deutsch- und
fremdsprachige Klassiker wieder in Buchform verfügbar zu
machen. Die Werke wurden eingescannt und digitalisiert. Dadurch
können etwaige Fehler nicht komplett ausgeschlossen werden.
Unsere Kooperationspartner und wir von tredition versuchen, die
Werke bestmöglich zu bearbeiten. Sollten Sie trotzdem einen Fehler
finden, bitten wir diesen zu entschuldigen. Die Rechtschreibung der
Originalausgabe wurde unverändert übernommen. Daher können
sich hinsichtlich der Schreibweise Widersprüche zu der heutigen
Rechtschreibung ergeben.

Nach Sonnenuntergang

Ein Roman

von

Wilhelm Jensen.

Zweites Tausend.

Erstes Buch.

Gose & Tetzlaff, G. m. b. H.
Berlin SW.

Erstes Kapitel

Ich bitte um Entschuldigung, wenn das erste Wort des Anfangs meine eigne Persönlichkeit bezeichnet. Aber ich halte dafür, daß ein überängstliches Vermeiden solches Beginns einer falschen Bescheidenheit entspringt, die wir weniger im Denken als im Schreiben anzuwenden besorgt sind. Da ich jedoch zu schreiben beabsichtige, wie ich denke, wie in Wahrheit die Welt sich mir darstellt, die ein ungeheures kreisendes Rad ist, das sich doch stets und überall nur um die kleine, gebrechliche Achse des Ich dreht und auch nur aus der tausendfältigen Verschiedenheit der Augen des letzteren seine eigenen tausendfach wechselnden Farbenspiele herleitet, so verschleiere ich meine Geschichte nicht unter dem Deckmantel eines fremden Namens, sondern beginne damit, daß »ich« sie so erlebt habe.

Es gab eine Zeit, in welcher der klassisch gebildete Deutsche ein derartiges Unterfangen mit dem nationalbescheidenen Zitat: »*Quod licet Jovi, non licet bovi*« abgetan hätte. Diese Lehre in weiterer Ausdehnung bildete allerdings einen Teil der Mitgift, die meine Geburt mir in die Wiege gelegt, oder vielmehr, da jener unpersönliche Begriff sich gegen solchen Vorwurf nicht rechtfertigen kann, die mir die männlichen Ammen eines heranwachsenden Kindes – *viri doctissimi et illustrissimi* in der Kunstsprache benannt – als altehrwürdig überlieferten Grundsatz ins Gemüt geprägt haben. Es war das gleichfalls ein Ausfluß jener oben bewährten Bescheidenheit, die ungefähr über den Köpfen lag, wie am Sommerabend das Brauen des Fuchses über den Wiesen, Denn um das Gleichnis in einem weiteren Bilde zu begründen, blickte darunter aus allen Augen der Fuchsschwanz eitler Ueberzeugung hervor, selbst eine Ausnahme zu bilden, vermählt mit der liebevollen Beeiferung, sie für keinen zweiten gelten zu lassen. In jener halbvergangenen »guten, alten Zeit« spielte in Wirklichkeit das Ich geheimer und offener Anmaßung eine gar gewaltigere Rolle als die veränderte Welt des deutschen Reiches sie heut dem Einzelnen – *tesi viro doctissimo et perillustrissimo* – verstattet. Aus der Notwendigkeit ist eine Tugend geworden, und der gewichtigste Ausspruch der Gegenwart schränkt sich dahin ein, seine ehemalige persönliche Unfehlbarkeit unter dem Plural zu verbergen. Das Ich ist verpönt, und Fichte würde in unseren Tagen als ein geschmackloser und (unverhehlt-) selbstgefälliger Scribent betrachtet werden. Aber von allen geistigen Modewandlungen der Zeit hat sich mir eine gewisse Altmodigkeit als die liebste erhalten, und obwohl ich niemals mich in die philosophische Tiefe der absoluten Anschauung habe hinabarbeiten können, daß die Sonne, die Menschen, alle Dinge um mich her gar nicht existierten, sondern nur Gedanken-Schöpfungen und Sinnes-Spiegelungen meines eigenen Ich seien, so ist mir die Knabenempfindung doch bis heute treu geblieben, die Sonne sei köstlich, weil sie mich mit Wärme und Glanz überfließe, die Menschen schön und häßlich, liebenswert und abstoßend, weil sie in *mir* diese Gefühle wachriefen, die Dinge um mich her freudig, traurig, Zuneigung und Widerwillen einflößend, weil sie zu *meinen* Sinnen und zu *meiner* Seele in solchen Sprachen redeten. Augen und Ohr, Verstand und Herz mögen mich bei dieser altmodischen Anschauung oftmals beirrt haben, doch ich glaube, daß diejenigen, welche mich der Täuschung zeihen, sich ebenfalls keines zuverlässigeren Führers durch den bunten Szenenwechsel des Lebens – ich meine, daß sie sich im Grunde alle des nämlichen bedienen, nur daß sie zu dem ihrigen soviel mehr Vertrauen hegen, als ihnen der Geschmack eines guten Bissens auf der eigenen Zunge lieber ist als auf der eines anderen. Und so nutze ich denn am Ende nur offen ein Recht, das jeder im Geheimen beansprucht und für sich geltend macht, wenn ich mich als den Mittelpunkt meines Lebens betrachte und mit dem Wort beginne:

Ich bog mich vor und blickte aus dem Fenster des Eisenbahnwagens. Die Landschaft, durch welche der Zug hinrollte, bot nur eine Art von Abwechselung: manchmal war Haide zur Rechten und Moor zur Linken, dann das Moor rechts und die Haide links. Eine unerquickliche Gegend, wie die Unterhaltung eines langweiligen Gesellschafters. Aus dem Munde eines solchen fällt ab und zu ein Wort, das dadurch Wert erlangt, weil es eine selbständige Gedankenkette anspinnt, und auf ähnliche Weise sah mich aus dem trostlosen Einerlei dann und wann eine ferne Windmühle, ein Dornstrauch auf dem Rücken einer alten Düne an und versuchte in meinem Gedächtnis eine nebelhafte Verknüpfung herzustellen. Allein ehe es wirklich dazu kam, war der Zug vorüber, und alles in allem hätte ich einen körperlichen Eid, d. h. für meine Sehnerven, darauf ablegen können, daß ich nie etwas von den reizlosen Dingen, an denen ich vorbeirollte, gesehen. Geistig betrachtet, würde ich falsch geschworen haben, da es gegen besseres Wissen geschehen wäre, denn unzweifelhaft hatten jede Windmühle und jeder Dornstrauch in meiner Knabenzeit schon ihr Bild auf meine Netzhaut geworfen. Doch mir war nichts davon geblieben, als die Mutmaßung, daß es so gewesen, in einer Art von Vorleben, ungefähr wie ich mir denke, daß die Anhänger der Seelenwanderung sich eine Erinnerung ihrer früheren Existenz auf einem andern Stern bewahren.

Mir saß jemand gegenüber, der die Julihitze unerträglich fand und fortwährende Bewegung des Mundes als ein Hilfsmittel dagegen anzusehen schien. Er machte mich auf alles aufmerksam, was ich sah, und nannte mir die Farbe, die jeder Gegenstand besaß. Wo etwas aufragend die Ebene unterbrach, bezeichnete er es als eine Erhöhung und er ließ mich nie in Zweifel darüber, ob ich mein Augenmerk auf ein Haus oder einen Baum richtete. Aber manchmal nannte er auch den Namen eines vorüberfliegenden Dorfes und rief dadurch eine Reihe vergessener Vorstellungen wach.

Er war unfraglich einer jener vortrefflichen Menschen, deren Abscheiden ein Freundesnachruf im Wochenblatt ehrt, und unwillkürlich gestaltete sich mir sein sonnverbranntes Gesicht zu einem rötlichen Granitstein mit eingefügter weißer Marmorplatte, in welche mit goldenen Buchstaben eingeschrieben stand: »Hier ruht zu besserem Erwachen ein treuer Gatte, ein sorgsamer Vater, ein verdienstvoller Mitbürger und ein redlicher Geschäftsmann, namens –«

Es kam mir mit einem Schlage die sichere Überzeugung, daß er aus der Stadt, in welche der Zug uns trug, gebürtig sein müsse. Seine Antwort auf meine Frage bestätigte es und ich reichte ihm instinktiv die Hand. »Sie kennen mich?« versetzte er halb befremdet. Ich entgegnete: »Durch und durch,« und er fiel ein: »Sollten Sie sich nicht doch vielleicht – ich wenigstens habe im Augenblick nicht das Vergnügen, mich zu erinnern – mein Name ist Nitschke.« – »Er könnte auch anders sein, ich würde Sie doch kennen,« erwiderte ich; »Sie wissen, Goethe sagt, Name ist Schall und Rauch.« – »Ich habe im Augenblick auch nicht das – ich meine mich zu erinnern,« antwortete Herr Nitschke und knüpfte etwas rascher daran: »Sie sind wohl sehr bekannt in der Stadt?« – »Passiv wohl kaum,« versetzte ich, »aber aktiv einigermaßen; es ist meine Vaterstadt.« – »Oh. was Sie sagen!« – Herr Nitschke bemerkte nach einigen Augenblicken des Umherdenkens: »Aktiva sind immer besser als Passiva,« und fügte hinzu: »Früher kannte man jeden in der Stadt; aber seit dem erfreulichen Fortschritt hat sich das geändert. Sie reisen wohl in Geschäftssachen? Verzeihen Sie, aber Ihr werter Name will mir immer noch nicht beifallen.«

»Ich glaube auch schwerlich, daß meine Firma Ihnen bekannt ist. Sie lautet: Reinold Keßler.«

»Und Compagnie vielleicht?«

»Nein, simpelhin, auch ohne Sohn und dergleichen.«

»Und wenn ich fragen darf, in welcher Branche arbeiten Sie?«

»Ich will mir eine Steinhauerarbeit ansehen – auch das Straßenpflaster –«

»Ein vorzügliches seit unserer Neupflasterung! Sie waren wohl – es scheint fast nach Ihrer Sprache – lange nicht bei uns?«

»So etwa dreißig Jahre nicht.«

»Da werden Sie Ihre Freude an der Veränderung haben. In Kommunal-Angelegenheiten sind wir mancher Großstadt voraus, wir lassen nichts beim Alten! Haha! Ich bin nur Stadtverordneter, aber ich darf sagen, was ich dazu beitragen kann, das tue ich. Lange ist's keinem gegeben, für das Gemeinwohl zu sorgen, darum muß man sich beeilen, wenn man bei den Nachkommen in gutem Andenken bleiben will! Also unser Pflaster wollen Sie uns absehen?«

Die Lokomotive pfiff und veranlaßte Herrn Nitschke fortzufahren: »Wenn Sie seit dreißig Jahren nicht hier waren, so kennen Sie auch unsere Eisenbahn noch nicht?«

»Nein, ich fahre zum ersten Mal auf ihr.«

»Unbegreiflich – ich meine, wie es eine Zeit hat geben können – oder ich meine vielmehr, wie die Menschen es haben aushalten können, ohne Eisenbahn zu leben. Sie müssen gar nicht wirklich gelebt haben, die Schnecken ihnen ungefähr damals so vorgekommen sein, wie *sie* uns jetzt vorkommen. Ich bin nicht fromm, aber wenn ich es wäre, würde ich Gott täglich danken, daß er mich nicht zu ihrer Zeit in die Welt gesetzt hat.«

»In der Schneckenzeit? Ich habe einige gekannt, die recht eilig ans Ziel kamen.«

»Wohl was man damals so nannte, so wie heutzutage ein Bummelzug. Da ist die Kirche,« brach Herr Nitschke ab.

»In die Sie nicht gehen –«

»O doch,« lächelte er, »manchmal als Stadtverordneter, um des Beispiels willen. Wir müssen endlich auch einmal daran, den alten Grünspan aus früheren Jahrhunderten von dem Turm abzukratzen, er vergiftet gradezu die Augen. So habe ich allerhand mit der Kirche zu tun, und dann, wissen Sie, Frau und Töchter –«

»Nein, ich bin in diesem Wissenszweig durchaus unbewandert, Herr Nitschke.« antwortete ich, indem ich mich nach dem gegenüberliegenden Fenster begab und das sich allmählich aufrollende Panorama meiner Vaterstadt betrachtete.

Ich hätte wieder einen Schwur ablegen können, dies Bild nie gesehen zu haben. Angerauchte Bahnhofsgebäude, Hotels, hochstöckige Kasernenhäuser aus Rohziegelbau und buntglasiert, verputzt, getüncht, in Garderegimentsreihen aufgestellt. Geschrei, Gedränge, Gewühl von Wagen und Menschen. Der Zug fuhr langsamer und mir kamen unwillkürlich die für die reisende Kaiserin errichteten Potemkin'schen Prachtkulissen in den Sinn. Den Kopf hinausbiegend, suchte ich nach den Hinterwänden der Gebäude, doch sie waren alle wirkliche Häuser, der Revers so wohlanständig und tadellos wie die Fassade, und es sahen überall wirkliche Menschengesichter aus ihren offenen Fenstern auf den einfahrenden Zug. Plaudernde, lachende, neugierige und gleichgültige, eigenartige und gewöhnliche, glatt rasierte und elegant frisierte Menschengesichter von zweifelloser lebendiger, individueller und wildfremdester Existenz.

Und doch hätte ich wieder einen Meineid geschworen – es war wohl diese Erkenntnis, die mir das Herz einen Augenblick heftig klopfen ließ – denn über den verputzten Stockwerken und den geputzten Gesichtern hob sich der nämliche alte grünschillernde Turm in die Luft und sah unbeweglich auf die veränderte Welt zu seinen Füßen.

Es pfiff nochmals und der Zug hielt. »Wünsche gute Geschäftsverrichtung,« sagte Herr Nitschke überaus artig, und ich ging den breiten neuen Weg vom Bahnhof entlang.

In der Tat war es ein sehr heißer Tag und ziemlich weit bis dahin, wo ich die Arbeit des Steinhauers in Augenschein zu nehmen beabsichtigte. Dreißig Jahre sind im Grunde etwas lang, um sicher darauf rechnen zu lassen, daß man den Gesuchten noch an dem nämlichen Wohnort vorfindet, doch ich wußte bestimmt, derjenige, nach dem mein Fuß trachtete, sei auch in diesem ansehnlichen Jahrhundertsabschnitt nicht umgezogen. Auch die Art von Ghetto, in dem er sich aufhielt – denn ein eisernes Tor verschloß den Zugang – hatte an dem erfreulichen Fortschritt der Stadt nicht teilgenommen, höchstens seine Bewohnerzahl sich noch etwas vergrößert. Allein auch dies nicht den drei Dezennien entsprechend, noch in Proportion zu dem Wachstum der Gesamtbevölkerung, denn schon zu meiner Zeit war das genannte Quartier – wie man sich bräuchlich ausdrückt – von der aufnehmbaren Seelenzahl fast angefüllt, und man hatte schon seit langem für die Raumbedürftigkeit nachfolgender Geschlechter an anderer Stelle Sorge getragen.

Das Tor ließ sich ohne Beihilfe öffnen – die Hineintretenden pflegten dies stets, vielleicht dann und wann unter Assistenz eines Arztes, so zu machen – und ich begab mich ins Innere. Die Straßen lagen sehr still, doch sehr freundlich und hübsch in der brennenden Sonne; fast jedes Häuschen war mit Blumen geziert, und obwohl jene sämtlich nur aus Kellergeschossen bestanden – oder möglicherweise *weil* sie es taten – machten sie in der Juliglut einen kühl anmutenden Eindruck. Größte Sauberkeit und Ordnung herrschten überall; die Besitztümer waren meist durch hübsche Einfriedigungen von einander geschieden, und alles deutete auf ruhigste Zufriedenheit auch der Einwohner. An dem Eingang jedes Häuschens stand der Name des Inhabers deutlich in die Augen fallend mit goldenen Buchstaben geschrieben, und es war ein Zeichen für die harmlose Gemütsart der gesamten Nachbarschaft, daß in den Eschen und Weiden vor den Türen Singvögelchen nisteten und Schmetterlinge ohne jede Scheu vor haschenden Netzen und Händen – obwohl das Quartier unverkennbar äußerst kinderreich war – ihre schönen Flügel auf den Dolden und Rosenkelchen wiegten.

Es hat etwas Besonderes, nach langer Zeit durch Straßen zu gehen und Namen an den Türen zu lesen, aus denen Einen lebendig frühbekannte Gesichter ansehen. Hier lachend, freudig, rotwangig, vielleicht vertraut mit dem geheimen Aufleuchten eines schönen Auges, dort aus grämlichen Falten hervor, dumpf und düster, ernst bedeutsame Miene als Aushängeschild vor dem öden Schädelraum. Dazwischen hin und wieder ein undeutliches Antlitz mit verschlossenen Lippen. Was steht darin? Nur *ein* Auge vermag die Schrift zu enträtseln, das des Herzens, dem es zugehört, und vielleicht selbst dies nicht genau.

Alles in allem empfand ich jedoch, auch wenn der Verschluß der Türen nicht überall ein so außerordentlich sorgsamer gewesen wäre, nur geringe Anwandlung, irgendwo einzutreten und auf kürzeren oder längeren Besuch vorzusprechen. Ich wußte, daß die Leute sehr schwerhörig geworden waren und daß ihre Anschauungen wesentlich durch veränderte Lage bedingt wurden. Aber abgesehen davon wußte ich ebenfalls aufs Genaueste, was jeder von ihnen gesagt haben würde, ich brauchte kein Verlangen danach zu äußern, denn es lag mir so deutlich im Ohr, daß ich mich der Einbildung überliefern konnte, mir töne es in diesem Augenblick rundumher aus den schweigsamen Erdgeschossen entgegen. Doch obwohl ich mich mehrfach der Absicht hingab, gelang es mir nicht, durch die Stimmen jene weichmütige Stimmung in mir hervorrufen zu lassen, die nach dem Dichterwort unter Umständen »auch um die Stirn des Gemeinen den goldnen Glanz der Morgenröte webt«.

Ein Gewirr von Hauptstraßen, Gassen und Gäßchen war's, wenn auch in vollster Regelmäßigkeit, etwa wie diejenigen Mannheims, angelegt, und bei der Ausdehnung des umfangreichen Viertels gelangte ich nach mannigfachem Umirren zu der Einsicht, daß es mir schwer fallen werde, ohne beträchtlichen Zeitverlust die gesuchte Wohnung auf eigene Hand ausfindig zu machen. Eine Nachfrage an jemand zu richten, hielt mich jedoch die unabweisbare Erkenntnis ab, daß sich hier, nach Art aller Großstädte, niemand selbst um den nächsten Anwohner bekümmere und über dessen Namen, Stand und Verhältnisse nicht die geringste Auskunft zu geben vermöge. Eine solche Anteillosigkeit enthält unstreitig ihre vortrefflichen Seiten, denn sie verhindert eine übermäßige Beschäftigung der Nachbarn miteinander, die nicht immer zum beiderseitigen Vorteil der gemütlichen Beziehungen ausfällt. Für mich indes bot dieses konsequent durchgeführte System, weder gute noch üble Nachrede zu ermöglichen, die figürliche Schattenseite, daß ich in dem denkbarsten Gegensatz einer solchen ziemlich planlos umherzuschweifen genötigt war.

Die tadellose Ordnung des ganzen Quartiers hätte indes nicht das hohe Lob verdient und wäre überhaupt nicht dergestalt erhaltbar gewesen, wenn nicht die stete Aufsicht eines angestellten Wächters darüber gewaltet haben würde, und diesem führte das Glück mich an der Biegung eines Weges entgegen. Er war auf einer Rundwanderung begriffen, mit dem langsamen, etwas nachziehenden Schritt, den die Berufstätigkeit der Nachtwächter auszubilden pflegt, und sein nicht bärtiges, doch auch geraume Zeit nicht rasiertes Gesicht trug einen Ausdruck, der es wahrscheinlich machte, daß er es allmählich zu der Kunstfertigkeit gebracht, in der blendendsten Sonne, selbst während des Einhergehens in ihr, fest zu schlafen. Sein Anzug bestand in einem, an den sehnig hervortretenden Handgelenken zu kurzen Frack, dessen verschiedenartige Tintenabstufungen von spiegelnden Glanzlichtern in eine trockene Erdfarbe übergingen, und dessen lange Schöße zur Ausgleichung in Gestalt eines Kreuzschnabels bis an den Rand der umgekrämpelten Hosen hinunterschlotterten. Als Emblem seiner Würde hielt er einen Spaten in der Hand, und es war, als ob seine Lider jedesmal mechanisch aufgerissen würden, sobald er an einem aufgeworfenen Maulwurfshaufen am Wegesrand vorüberschlenderte. Dann stach er den Spaten, ebenfalls kreuzweise, tief in die lockere Erdwölbung hinein, und trotz der Unbeweglichkeit seiner Züge verriet sich darin, daß er ein solches Verfahren für seine Berufspflicht halte, ungefähr wie ein Nachtwächter in seinem Revier das Krähen eines Hahnes nicht duldet, sondern den vorlauten Schlafstörer aus seiner unpassenden Liebhaberei zur Ruhe verweist.

Ich kannte den Träger des Fracks entschieden ebenso wenig, als ich die Menschengesichter zuvor in den Kasernenfenstern jemals gesehen, aber es kam mir plötzlich – oder war es nur eine Vision der glühenden Sonne – als sei sein altehrwürdiges Hauptbekleidungsstück mir gewissermaßen als ein Coetane aus dem Anfang meines eigenen gelehrten *curriculi vitae* innig vertraut. Es hatte den Zuschnitt jener ältesten Fasson, die weniger euphonisch als bezeichnend den Namen ›Schniepel‹ führte, und gleichzeitig sah ich diesen Titelträger in verschiedensten Momenten und Situationen seines Daseins vor meinen Augen prangen. Bei festlichen Anlassen, beim Diner, zur feierlichen Visite. Seine Schwänze umtänzelten den würdevollen Schritt des Vaters der Stadt; ganz deutlich sah ich, wie unser Schulrektor auf dem täglichen Kathedersitz die schon etwas flimmernden Schöße zur Deckung über die noch glanzvolleren, spitzen Knien heraufzog. War es immer der nämliche und war dies der Ausgang seiner ruhmreichen Tage? Die lebhaft angeregte Phantasie ließ den Verstand keine Erwägungen veranstalten, ich war zum erstenmal gerührt, ergriffen von dem Wiederanblick eines alten Freundes, und ich begrüßte ihn, den Hut von der Stirn lüftend und in der Hand behaltend, mit Respekt, höflich und mit nickender Vertraulichkeit.

So stand ich entblößten Hauptes im Sonnenbrand und ich nahm erst wahr, daß der Träger des Schniepels meinen Gruß als ihm geltend betrachtete, wie er mit einem ungemein gleichmütigen Tonfall äußerte: »Setzen Sie den Hut auf, Herr, wenn Sie nicht mit mir zu tun kriegen wollen.« Er drehte den mit schlecht gebleichtem Flachs behängten Kopf bei den letzten Worten halb ab, stieß seinen Spaten in einen frisch geworfenen Maulwurfshügel und sagte ganz mit der nämlichen Stimme: »Bei der Hitze, da wühlen sie,« und darauf sah er mich mit einem gewissen, matt-inquisitorischen Blick an, ob ich etwa auch ein Freund von »ihnen« sein möge. In diesem Fall, besagten seine wässerigen Augen, habe er nichts dagegen, wenn ich den Hut noch länger in der Hand behalte und »mit ihm zu tun kriege«.

Ich kann nicht leugnen, daß diese stumme Insinuation ein plötzliches Gefühl der Abneigung gegen den Schniepel in mir erweckte, eine Empfindung, als wäre es erst gestern gewesen, daß ich mit ihm zu tun gehabt und deshalb eine so unmittelbare Fortsetzung unserer Beziehungen meiner Natur eine Art instinktiven Widerwillens einflöße. »Nein,« erwiderte ich, und ich beantwortete damit zuerst seine unausgesprochene Frage hinsichtlich meiner Stellung zu den unterirdischen Wühlern, und daran knüpfte ich ein entschiedenes: »Ja,« indem ich meinen Hut wieder mit der Miene eines Menschen auf die Stirn drückte, der aufs Artigste, doch auch aufs Bestimmteste alle aus seinem vorherigen Verfahren hergeleiteten Schlußfolgerungen ablehnt. »Ich habe selbst noch mit mir zu tun,« fuhr ich fort, »und die Hülfsleistung, deren ich mich für heut von Ihnen erfreuen möchte, besteht nur darin, daß ich Sie bitte, mir anzugeben, in welcher Straße Erich Billrod –«

Es will mir vorkommen, als ob ich mein Gesuch mit dem Zeitwort »wohnt?« abschloß, doch mein Gegenüber fand offenbar durchaus nichts Auffälliges darin. Dagegen schien er von einer Verletzung der Schicklichkeit durch die simple Namensbezeichnung berührt zu werden, denn er wiederholte, indem er das erste Wort kurios widerspruchsvoll tonlos betonte: » *Herr* Erich Billrod,« und über dem Schniepel sah mich das Gesicht meines Gymnasialdirektors an, dessen verweisender Augenaufschlag mir einen Verstoß gegen die Vorschriften der Syntax zum Bewußtsein brachte. »Herr Erich Billrod,« wiederholte er nochmals, die obersten Fingergelenke der Reihe nach, als ob sie nur aus Knochen und Sehnenbändern beständen, mit bewundernswürdiger Kunstfertigkeit einbiegend, wieder ausstreckend und abermals zusammenkrümmend – »ist schon ziemlich lange eingezogen; – es mögen –« ein eigentümliches, leise knisterndes Lufteinziehen seiner Nüstern unterbrach einen Moment das Rechnen der Finger – »wenig Nachfrage, wohl vor zwanzig Jahren zuletzt – dort!«

Das Letzte fügte er etwas lauter, mit der unbeirrbaren Sicherheit eines Sachkundigen hinzu. Ich weiß nicht, ob er hinterdrein murmelte: » *Litera A, f.* 13« oder »Hauptweg, fünfter Gang rechts, Reihe links 13,« aber die Worte waren jedenfalls überflüssig, denn er hob gleichzeitig deutend den Spaten, ließ ihn zuerst senkrecht, darauf wagerecht und schließlich in drei Viertelwendung in der Sonne blinken, so daß mir nicht der leiseste Zweifel über die innezuhaltende Richtung verbleiben konnte. Dann stieß er die Schneide berufsmäßig in einen neuentdeckten Maulwurfshaufen hinunter – es lag etwas von dem Wink eines Fürsten darin, daß er von seinen Regentenpflichten in Anspruch genommen werde und die Audienz vorüber sei – und ich dankte, grüßte und setzte meinen Weg wieder allein durch das Abbild Mannheims fort.

Die Anweisung zeigte sich von untadelhafter Genauigkeit und legte das vortrefflichste Zeugnis von der Achtsamkeit ab, mit welcher der Wächter die Interessen der Schutzbefohlenen seines Reviers wahrnahm. Kam ihm mehr der Titel eines Tag- oder Nachtwächters zu? Eine absonderliche Frage, aber sie drängte sich mir herauf, wie in einem Trauerhause zuweilen plötzlich unbezwingbar aus einem Munde ein Lachen hervorbricht. Und während ich weiterging, mußte ich selbst über die aufdringliche Frage lachen, die keinerlei Rücksicht, weder auf die anständige Ruhe meiner Umgebung, noch auf mich nahm. Doch es lag unverkennbar etwas Vornehmes in der Art, mit der diese den unpassenden Ton vollständig ignorierte.

Nun hatte ich auch das Ziel meiner Wanderung und zugleich dasjenige meiner Reise überhaupt, wie meiner kritischen Betrachtungslust, die Steinhauerarbeit erreicht, stand still und ließ das Auge prüfend auf der letzteren verweilen. Sie war sehr einfach, doch äußerst solide und hatte einige Aehnlichkeit mit einem ins Mächtige gearteten Briefbeschwerer, den man auf Gegenstände legt, die den Verdacht einer vorwiegenden Flatterlust erwecken. Allerdings war ein solches Mißtrauen hier durchaus unbegründet, ganz abgesehen davon, daß der Winkel einer hohen Steinmauer, die an dieser Stelle das Quartier abschloß, von keiner Seite die Versuchung durch eine kühle oder schmeichlerische Windsbraut ermöglichte. Es ging kein Atemzug, auch der meine nicht, über die farblosen Resedenkerzen, die in natur-üppiger Verwucherung den Fuß der Steinhauerarbeit überschlangen. Kein Laut regte sich, auch nicht in meiner Brust; ich glaube, einen Augenblick hielt selbst das gleichmäßige Pendelticken der Zeit an, und nur die Reseden dufteten, und nur die Sonne flimmerte auf der Marmorplatte in dem rötlichen Granit, und die schwarzen Buchstaben flimmerten auf dem weißen Grund. Die Schrift war ziemlich klein, das bildete vermutlich den Anlaß, daß ich einiger Zeit bedurfte, ihren Inhalt zu entziffern und mir wie ein Kind vorkam, dem es schwer fällt, Geschriebenes zu lesen. Aber es lernt sich Alles nach und nach, und in solchem Falle ist es am besten, halblaut die Worte zwischen den Lippen mitzusprechen, und so tat ich's:

»Der unter diesem Stein hier eingesenkt,
Einst dacht' er Alles, was Dein Herz heut denkt.
An aller Sorgen, alles Glückes Ende
Wußt' er gebettet sich durch fremde Hände.
In Festeskerzenglanz und Sonnenschein
Sah schweigsam stets am Ziel er diesen Stein.
Oft schritt durch Gräber sinnend er wie Du,
Und schritt zurück, als Gast dem Leben zu.
Nun ging er diesen Weg zur letzten Rast;
Statt seiner stehst Du heute hier als Gast,
Dem unter'm Hut auch schon ein Morgen dräut –
Das ist der Gruß, den dieser Stein Dir beut.«

»Ist es Dir einmal eingefallen, darüber nachzudenken, Reinold Keßler, in welchem Verhältnis wir zu den Toten stehen?«

Ich sah Erich Billrod ins Gesicht, wie er diese Frage an mich stellte, schüttelte lachend den Kopf und wußte nicht, ob er es ernsthaft gemeint oder sich lustig machen wollte. Seine Züge gaben keine Auskunft darüber, denn er pflegte die gedankenvollsten Dinge aufs Heiterste und den Scherz mit der ernst-trockensten Miene hervorzubringen. Es war ein Abend zwischen Sommer und Herbst, an dem wir im langen Zaungras einer schräg absteigenden Bergkoppel lagen, von deren Umwallung hie und da eine Eiche mit bräunlich angehauchtem Laub in die Höhe ragte. Unter uns im lehmsandigen Abhang zogen sich Stolleneingänge eines Fuchsbaues in den Berg, und etwa eine Viertelstunde vor uns hinaus flimmerte die Sonne noch auf dem Goldknauf des spitzauslaufenden, kupfergrünen Turmes der stillen Provinzialstadt.

Wie gesagt, ich sah Erich Billrod an, und ich glaube, mir kam damals zum ersten Male der Eindruck seines körperlichen Bildes klar zum Bewußtsein, obwohl ich dies seit Jahren täglich vor Augen gehabt. Aber es fiel mir auf, daß die lange Brandnarbe am linken Schläfenrand ihn eigentlich häßlich mache. Bei einem andern Gesicht hätte man vielleicht gesagt, es werde dadurch entstellt, doch das seinige war von solcher Art, daß jene Hinzutat dem Wassertropfen glich, der ein bis zum Rande angefülltes Gefäß überfließen läßt. Die Narbe veranlaßte eine Hautspannung gegen den Augenwinkel und brachte die Täuschung hervor, als ob der Blick nach dieser Seite etwas schiele. Dazu war die Nase in entschiedener Schärfe zu hoch gewölbt und paßte nicht zu den übrigen sanften Zügen; sie schien, ihrer organischen Zugehörigkeit zu einem andern Gesicht entwandt, gleichsam als ein Reservoir des Spottes hierher versetzt zu sein, dessen Türen die beweglichen Flügel im selben Moment öffneten und schlossen. Vielleicht stand der kaum mittelgroße Körper auch nicht im ästhetisch-richtigen Verhältnis zu dem umfangreichen, breitstirnigen Kopfe, denn manchmal, zumal in der Ferne konnte Erich Billrod einen knabenhaften Eindruck erregen. Dann, wenn er in rascher kraftvoller Beweglichkeit, Alles um sich her sehend, hörend, aufnehmend, näher kam, prägte sein Kopf eine sichere helläugige Männlichkeit aus, ließ das Lächeln über seine Gestalt, selbst die Empfindung seiner Häßlichkeit vergehen.

Er sah und hörte Alles, womit er auch sonst beschäftigt sein, was sein Mund sprechen mochte. Sein Auge fing während dessen die unscheinbarste Regung eines Blattes, wie die eines Mienenspiels auf, sein Ohr vernahm den leisesten Vogellaut und das Flüstern einer Lippe, die ihre Worte unhörbar zu machen trachtete. Doch die Schärfung seiner Sinne war nicht die des Naturkindes, des Landmannes oder Jägers, sie kam von innen heraus, bildete ein Ergebnis geistiger Anschauung und ihrer Auffassung, Alles für wichtig zu halten, was Blick und Gehör sich anzueignen vermöge. Denn er sprach wohl das Gleichnis aus, das Leben sei ein großes Mosaikbild, aus kleinen Sternchen zusammengesetzt, aber die kleinsten darunter seien oft eigenartiger, schöner, wertvoller und bedeutungsreicher für die Wirkung des Ganzen, als die bunt-gleichfarbige Masse, die sich überall dem Auge nur in veränderter Gruppierung aufdränge.

»Dein Lachen sagt mir, daß es Dir nicht eingefallen ist, darüber nachzudenken,« fuhr Erich Billrod fort, »und ich wüßte auch nicht, was Dich dazu veranlaßt haben sollte. Die größte Klugheit ist, jung zu sein, und ich wüßte wiederum nicht, was Deinen zwanzig Jahren die Palme dieser Weisheit streitig machen könnte. Drüben unter dem Grünspan« – er hob die Hand deutend nach dem Turm vor uns auf – »sind die Leute allerdings anderer Ansicht und ziehen das trockene Holz dem grünen vor. Es kommt eben darauf an, ob man mehr Neigung hat, die Blätter daran wachsen zu sehen, oder Kochlöffel daraus zu schnitzen. Du bist mehr als Aristoteles, Baco von

Verulam und Kant, Freund Reinold, und ich bin überzeugt, daß sie alle mit Dir tauschen und statt Deiner hier sitzen und über meine Torheit lachen möchten. Aber Du wirst ihrer bald Vierzigjährigkeit nachträglich huldvoll erlauben, daß sie heut' so einfältige Gedanken gehabt.«

Erich Billrod sagte es mit der allerernsthaftesten Miene von der Welt, bückte den Kopf etwas herab, streifte von einem langen Grashalm einen winzigen, daran emporkletternden grünlichen Rüsselkäfer, ließ ihn sich über den Handrücken laufen und sprach, das emsige Tierchen betrachtend, doch wie von seiner Zierlichkeit vergnüglich gestimmt, heiteren Tones weiter:

»Als ich um Mittag heute durch die ländliche Gegend geriet, in der Du wohnst, kam mir ein Leichenwagen entgegen. Erst leer auf meinem Hinweg, dann ›besetzt‹, wie man von Fuhrwerken zu sagen pflegt, auf meinem Rückweg. Für den, der viele gute Freunde hat, ist es verdienstlicher im Sommer als im Winter zu sterben, denn die Unkosten, die er an Blumen und Kränzen verursacht, belaufen sich ersteren Falles weit geringer, und gemeiniglich sind es die ersten allgemein von Herzen vergönnten Kränze, die jemand bei dieser Gelegenheit erhält. Für mich ist es ein gewisser Trost, daß ich hinsichtlich meines dereinstigen Abscheidens zu keiner Rücksicht auf die Jahreszeit genötigt sein werde. Der Leichenwagen kam also die glühend heiße, ganz stille Straße herunter, die so über und über in ein Sonnenkostüm gekleidet umherlag, wie der Kutscher, der Lohndiener und die übrigen Leidtragenden in Schwarz; das einzige Weiß in dieser Mosaik bildeten die Handschuhe und die Augen, beide für die vorliegende Feierlichkeit besonders, ich meine zu außergewöhnlicher Achtungsbezeugung angelegt. Als das unzweifelhaft Traurigste der ganzen Trauer erschien mir, daß der, welcher in dem Sarg lag, von diesem ihm bewiesenen Respekt durchaus nichts wahrnahm, eine freilich unbillige Forderung von meiner Seite, da es, wenn er noch Augenzeuge der ihm gezollten Rührung hätte sein können, natürlich keinem eingefallen wäre, sich von ihr übermannen zu lassen. Ich wußte, wer die sogenannte Hauptperson in dem Zuge sei, die eigentlich die letzte Nebenperson und im Grunde überhaupt gar keine Person mehr war. Vor einigen Wochen begegnete ich ihr an der nämlichen Stelle; es war ein dicker Mann, der im feinsten Leinwandanzug schwitzte und so viele Zahlen im Gesicht trug, als die Bäume in den Gärten umher Blätter. Er stand lange hier und dort still, sah sich auf's allergenaueste die Straße an, und jeder seiner Atemzüge schloß eine vorteilhafte Berechnung ab, und zwischen jedem Auf- und Niederschlag seiner Wimpern gestaltete sich ein befriedigendes Fazit. Er kaufte sämtliche Grundstücke und veräußerte sie in demselben Augenblick auch schon wieder mit namhaftem Gewinn, den seine Mundwinkel mit zuversichtlichem Schmunzeln in Empfang nahmen; jeder Fußbreit Erde mit Haus, Mauer, Fachbau, Dachziegel, Fenster, Baum, selbst Blumen darauf prägte sich mit höchster Aufnahme-Vollendung in sein Gehirn ein, denn alles besaß einen genau kongruenten Ziffernwert, der von dem Zauberstabe der Kalkulation berührt, die toten Gegenstände in lebendiges Silber umwandelte. In der ganzen fehlerlosen Rechnung hatte er nur einen geringfügigen Umstand nicht in Anschlag gebracht, daß er sehr dick und vollblütig war und daß ihm in dem spekulativen Gehirn vorher eine Arterie platzte, ehe das befriedigende Fazit sich aus den Ganglien in seine Kontobücher übertragen, und nun sah die Straße mit Haus, Mauer, Fachbau, Dachziegel, Fenster, Baum, Blumen und allen toten Gegenständen auf ihn, wie die Pferde ihn, von der allgemeinen Trauer miterfaßt, in ausdrucksvoller Langsamkeit ihres Grames daran vorüberzogen. Ganz genau ebenso wie damals stand alles und hatte vermutlich auch noch denselben Ziffernwert, nur mußte dieser auf den Zauberstab eines anderen belebenden Genius warten, da der des plänereichen Magiers unbrauchbar geworden. Man streitet darüber, auf welche Weise dies geschieht, aber darin sind alle einig, daß er nie mehr zu brauchen sein wird. Die toten Gegenstände indes sind grade so vorhanden geblieben, haben nichts verloren, nichts sich an ihnen verändert; wir sehen sie, auch Du und ich, so lange wir Augen im Kopf tragen, just in der nämlichen Art. Wenn der dicke Mann morgen wiederkäme, hätte sich auch für ihn nichts daran verändert, und er würde vermutlich abermals stehen bleiben und seine Rechnung zu einem noch befriedigenderen Fazit abrunden. Was ihn daran hindert, ist, daß eins von den hundert Röhrchen in seinem Kopf ausbesserungsbedürftig geworden war und daß kein Arbeitsmann sich an die schadhafte Stelle begeben konnte, um wie bei einer Drainenleitung für ein paar Groschen dem Durchsickern Einhalt zu tun. So wurde die Bilanz im Kontobuch ein leeres Blatt, und wenn das nämliche dem Vater des Vaterlandes geschieht, verwaisen alle Kinder desselben und es wird geraume Zeit hindurch nicht mehr Theater gespielt. Goethe hätte unter solchen Umständen Faust ohne Verjüngungstrunk gelassen und Kant aus dem Urnebelbrand der Welt vielleicht schon die Sonne, aber noch nicht unsere Erde konstruiert. Es ist ein stolzer Gedanke, Mensch, König, Dichter und Philosoph zu sein, besonders wenn man eine gewisse Atmosphäre in Betracht zieht, die manchmal um die ›toten‹ Gegenstände liegt. Man sieht, hört und fühlt sie nicht, riecht und schmeckt sie auch nicht; es liegt vielleicht an einer gewissen Sonnenbeleuchtung, daß sie Einem plötzlich einmal in alle Sinne zugleich oder in irgend einen gemeiniglich untätigen hineinspringt. Ich weiß nicht, ob es Dir komisch erschienen wäre, Freund Reinold, aber als ich die unveränderte heiße Straße auf den dicken Mann, der statt des weißen einen schwarzen Rock angelegt, herunterschauen sah, mußte ich auflachen, so unpassend dies unfraglich vor den Ohren des weißäugigen Trauergeleits war und mir mit Recht strafende Blicke der Verachtung und des edlen Bewußtseins ernsterer menschlicher Gemütsregungen eintrug.«

Erich Billrods Kopf drehte sich und horchte auf einen Wachtelruf, der weither über die Felder kam, dann fuhr er im nämlichen Tone fort:

»Darin lag mutmaßlich der Anlaß, daß die heiße Sonne plötzlich in meinem noch unbeschädigten Gehirn die Frage ausbrütete, in welchem Verhältnis wir, die wir auf unsere Lebendigkeit stolz sind, denn eigentlich zu denen stehen, die sich dieses Hochmuts in allerbescheidenster Weise und für immer entäußert haben. Ich kannte einen andern Mann, der nicht Zahlen, sondern Gedanken im Kopfe trug, wie die Bäume Blätter, und wenn ich irgendwo auf meinen Wegen an einen Schlagbaum geriet, ging ich zu ihm, denn seine Hand verstand sich darauf, mit spielender Leichtigkeit jeden Verschluß zu öffnen und die Ratlosen hindurchzulassen. Die Natur hatte ihn aus Edelsinn und Klugheit amalgamiert, so daß die Mischung beider widerstandskräftiger und wertvoller geworden, als jeder einzelne Bestandteil. Eines Tags aber war er selbst durch ein dunkles Tor gegangen und hatte einen Schlagbaum hinter sich niedergelassen, den nur der öffnen kann, der des Weges nicht mehr zurück will. Er lag da, mit dem nämlichen Gesicht, das mich nur nicht mehr ansah und keine Antwort mehr gab, auch nicht auf die wunderliche Frage, in welchem Verhältnis ich jetzt zu ihm stehe? Gestern noch überragte er mich, wie ein Gott sein Geschöpf; was ich besaß, hatte ich von ihm, dem Meister aller Dinge, deren Lehrling ich mich kaum nennen durfte. Ich bewunderte seinen Scharfsinn, ich verehrte die edelste Güte seines Herzens, ich fürchtete seinen Tadel wie nichts mehr auf der Welt. Hatte eine Stunde mich jetzt zum Gott erhöht neben ihm, neben einem Nichts? War jede Regung meiner Hand, jeder arme Gedanke meines Kopfes jetzt eine göttliche Fülle der Kraft gegen seine Armut? Doch wenn es nur Täuschung gewesen, wenn seine Wimper sich hob, seine Lippen sich aufs neue bewegten, war ich wieder ein Bettler, ein Nichts! Die Kunst eines Uhrmachers brauchte nur den stockenden Pendelschlag wieder zu regen, und alles war wie zuvor. Aus dem Munde tönten dieselben Worte der Kenntnis, Weisheit und Milde, und ihre Gedanken beherrschten die weite Welt des Geistes. Aufgehäuft lag noch ihr Vorrat unter der unbewegten Stirn, nie mehr zu nutzen und doch für mich in ewigem Verhältnisse zu mir fortdauernd. Denn ich fühlte es in jener Stunde wie jetzt, daß jeder Augenblick meines Lebens mir sagen müsse, ich sei wieder ein Schüler, wenn er heut die Wimper aufschlüge.

»Ueber solche närrische Fragen lesen unsere Professoren dort unter dem Grünspan keine Kollegien, Reinold Keßler, aber ich habe mich trotzdem unparteiisch ab und zu auch schon veranlaßt gesehen, wenn die Alma mater eins ihrer ruhmreichsten großen Kinder dem Schoß der anderen Mutter anvertraute, mir die Frage vorzulegen, in welchem Verhältnis wir als trauerndes Fakultätsgeleid zu einem derartigen Heroen der Wissenschaft zurückbleiben? Er liegt schon, ehe man die Erde auf ihn wirft, unter Ehrenkränzen begraben da, und jede Silberrosette seines Sarges, die unter den Lorbeerblättern hervorblinkt, kündet mit mattem Glanz, daß eine Leuchte der Welt erloschen, ihr Träger von uns gegangen ist. Er wird nicht mehr mit hoheitsvoller Stirn auf der Gasse wandeln und, aus Gedankensphären höherer Art aufblickend, herablassend unseren Gruß erwidern. Seine Lippe wird uns nicht mehr als Unwürdige nach den kargen Spenden seiner Anerkennung schmachten lassen, und die weltbewegende Frage, ob eine Verunreinigung dieser Textstelle des Sophokles anzunehmen sei oder nicht, unbeantwortet bleiben. Vielleicht hat die Menschheit sogar den Verlust einer Neu-

Interpretation eines Pandektenwortes zu tragen, der Offenbarung, ob der Arm einer Venus einen Apfel oder eine Birne in der Hand gehalten; ja möglicherweise hätte eine längere Fortdauer der Existenz des berühmten Mannes uns noch mit dem unumstößlichen Forschungsnachweis bereichert, daß Livius eine Angabe des Polybius abgeschrieben, jedoch aus Mißverständnis einer griechischen Partikel eine schiefe Deutung über die Tätigkeit des Centurio Marcus Vitellius in der Schlacht am Trasimener See ermöglicht habe. Alle diese Erdenhoffnungen sind in dem Fall für uns eingesargt, und das Verhältnis, in dem wir zu ihren Verheißern geblieben, besteht darin, daß auch diese unbewegten Stirnen noch einer Rumpelkammer gleichen, in der aller Plunder, Holzspan und Abfall ihres Hamsterdaseins noch immer zusammengekehrt daliegt, um sie bei einer Wiederbelebung jeden Augenblick aufs neu als die nämlichen narrenhaften Seifenblasen durch die Luft schillern und zerplatzen und mich abermals ebenso über sie lachen zu lassen, wie vordem. Das ist auch ein posthumes Verhältnis, das sich in die kurze Formel zusammenfassen ließe, es sei kein Grund vorhanden, den lebendigen Hanswurst lächerlicher zu finden als den toten.«

Erich Billrod lachte selbst zu seinen letzten Worten scharf und fast mißtönig auf, streckte plötzlich die Hand aus und rief: »Sieh, er meinte, daß es ihm gilt! Nein, Füchslein, dein Hunger ist nicht verlogen und du verdrehst die Augen nicht, wenn du eine Ente beim Schopf gepackt hast, als hättest du's eigentlich nur zu ihrem Heil aus höheren Gesichtspunkten getan. Du frißt sie auf und verleugnest deine Natur nicht, sondern zeigst, daß sie dir schmeckt. Kriech in deinen Stollen, speise mit deinen Leibeserben vergnügt zu Nacht und halte ihnen ein Tischkolleg dabei, daß sie auch Naturfüchse werden wie du.«

Ein Fuchs war im beginnenden Zwielicht mit einer gefiederten Beute zwischen den Zähnen herangekommen, hatte, unsrer ansichtig werdend, zögernd innegehalten und sprang nun, wie auf Billrods Geheiß, mit einem Satz behend in die Zugangsöffnung seines Baues unter unseren Füßen hinein. Erich Billrod aber lächelte jetzt:

»Es gibt philanthropische Gemüter, Freund Reinold, die ihre Menschenliebe auch auf das Geflügel ausdehnen und in diesem Falle einen etwa anwesenden Jäger flehentlich gebeten haben würden, den verabscheuungswürdigen, mitleidlosen Entenräuber niederzuschießen. Vor ihnen hüte Dich, mein Teurer; sie werden Dir vielleicht Daumschrauben anlegen, bis Dir das Blut aus den Fingern springt, aber sicherlich keinem Huhn eine Feder ausrupfen und ihr Antlitz verhüllen, wenn die rohe Köchin es tut. Das ist der Triumph unserer Zeit, daß wir es dahin gebracht, zu verherrlichen, was wider die Natur ist, und mit Entrüstung und Verachtung auf das zu blicken, was sie gebietet – oder mindestens sich so zustellen. Erkünstelt, erheuchelt, verlogen vom Kunststück der Hebamme bis zu dem des Totengräbers; solltest Du einmal den Kitzel fühlen, Deine Lebensgeschichte zu verfassen, Reinold Keßler, so schreibst Du die Verlogenheit Deiner Zeitgenossen, die bewußte und unbewußte, vererbte und neugeborene. Erst der Totengräber macht ihr ein wirksames Ende, doch selbst seinen Kollegen, den Leichenbeschauer, sucht sie noch zu betrügen. Ich hab' ihm ins Amt gepfuscht heut, der dicke Mann, den sie um Mittag eingeschaufelt, hat die Verantwortung dafür, und der Entenliebhaber die andere, daß mein Kolleg, welches ich Dir hier *privatissime* gehalten, sich in Randglossen verlaufen hat. Dafür bin ich auch nur Privatdozent, und meine ordentlichen und außerordentlichen Herrn Kollegen pflegen es nicht anders zu machen. Ich hätte sonst über die These: »In welchem Verhältnis stehen wir zu den Toten?« viel Gründliches aus hypothetischen und Erfahrungswissenschaften beifügen, hätte unter Anderem demonstrieren können: Verehrte Anwesende, da liegt ein Etwas, das sich nicht mehr bewegen läßt, sich zu rühren, sehr blind, sehr taub und vor Allem sehr stumm geworden ist. Unsere Sprache besitzt für solche Veränderung die allergenaueste und zutreffendste Unterscheidung, sie nannte dies Etwas gestern einen lebendigen und heute einen toten Menschen. Es ist über jeden Zweifel erhaben, daß unser Scharfsinn uns befähigte, alle die Merkmale aufzufassen, die seine Individualität ausmachten. Wir kannten ihn vom Kopfe bis zum Fuß, wie er ging, sprach und aussah, mit dem Arm schlenkerte, daß er stattlich, hübsch, geistvoll, beschränkt, häßlich, verwachsen war; wir unterschieden den Ton seiner Stimme im Dunkeln, den Umriß seiner Gestalt, den Druck seiner Hand. Nur eine Kleinigkeit war uns nicht vergönnt: In seine Seele hineinzusehen, doch dieser Mangel ist zu geringfügig, als daß ein Professor länger als bei seiner Erwähnung in Form einer ciceronianischen *praeteritio* verweilen sollte, und außerdem haben die fachwissenschaftlichen

Herrn Kollegen noch nicht durch letztinstanzlichen Ausspruch festgestellt, ob der Mensch wirklich eine Seele besitzt, oder nicht. Wir hüten uns deshalb, auf ein nicht unserem Autoritätsvotum unterstelltes Gebiet überzugreifen. Aber im Verfolg unserer These können wir sagen, daß wir einige Möglichkeiten zugeben müssen. Vielleicht hinterging dieser Tote uns, indem er nur mit den Lippen lachte, während sein Herz aus bitterer Not jammernd aufschrie. Vielleicht trieb er die Täuschung weiter, war ein Heuchler, von dem wir meinten, er sei gleichgültig, kalt, zurückstoßend, während sein Herz sich ängstete, glühte, in Sehnsucht verging. Vielleicht war er gar ein Betrüger, der unsern Haß gegen sich weckte, während, wenn wir ihn recht gekannt, ihm ins Herz zu sehen vermocht, keine Liebe ihm das hätte vergelten können, was er für uns getan. Vielleicht, meine hochgeehrten Anwesenden, stehen wir in einem Verhältnis zu ihm, von dem uns keine Ahnung von dieser unbewegten Stirn beschleicht – es ist spät geworden, Reinold Keßler, laß uns nach Hause gehen!«

Erich Billrod war aufgestanden, der letzte Abendschein, der über die stillen Felder kam, erhellte kaum seine Züge mehr. War es der Schleier der Dämmerung, der die vorherige Häßlichkeit überwebte, ihn gleichsam von innen heraus nur mit sonderbarem Glanz seiner eigenen Augen durchleuchtet erscheinen ließ? Ich fand sein Gesicht in diesem Moment von hinreißender Schönheit.

*

Es war ungefähr um die nämliche Zeit, daß ich Erich Billrod eines Nachmittags nicht in seiner Wohnung antraf. Auf seinem Tisch lagen einige verstreute Blättchen, deren handschriftlichen Inhalt ich überflog – ich wußte, daß er mir das Recht dazu einräumte, las sie also, und sie blieben mir nach dem kurz Vorausgegangenen gewissermaßen wie *versus memoriales* im Gedächtnis:

> »Das ist das Seltsamste alles Denkens,
> In Welt und Zeit sich Hineinversenkens:
> Daß, wenn man uns in's Grab gelegt,
> Noch Alles das nämliche Antlitz trägt
> Grad' wie vordem; daß Alles bleibt
> Und seinem Brauch noch weiter treibt;

Daß keine Welt mit uns zerging,
In uns ihr Bild nur hinentschwunden,
Daß nur ein rätselhaftes Ding,
Das ihre Wunder kurz empfunden,
Davonging: wie ein anderer Gast,
Dem man die Hand zum Abschied bot –
Nur daß die Wirte, kurzgefaßt
Anstatt: »Er ging,« nachreden: »Er ist tot.«

Das nächste Blättchen griff mit einer Vierzeile auf ein anderes Thema zurück:

»Das sind die Kleinsten der Kleinen,
Doch leider gar dicht gesellt,
Die Eines nur können, und meinen,
Sie seien die Pfeiler der Welt.«

Aus der Rückseite stand:

»Das Wahre ist: In Einem Meister sein
Und Jünger aller echten Geister sein.«

Dann wieder:

»Kein Schriftstück noch ist wohl so wunderbar
Als das des großen Meisters Tod zu lesen:
Wenn er uns etwas zeigt, was eben war,
Gedacht, empfand geliebt, ein Wesen
Uns selber gleich, und jetzt für immerdar
Reglos und leer und kalt – gewesen.«

Abermals auf der Rückseite:

»O, süße Täuschung, Trostwort im Verzagen,
Daß wir Lebwohl! ins Grab den Toten sagen!«

Das letzte Blatt, nach der Farbe der Tinte erst vor Kurzem geschrieben, enthielt:

»In Raum und Zeit
Berief mich, Muttererde, Deine Kraft,
Auf daß ich staunte Deine Herrlichkeit.

»In Glück und Leid
Erschufst Du mich, doch jeder Stunde gabst
Als Mitgift Du die Frage zum Geleit:

»Muttererde,
Wo ist die Stätte, die Du mir bestimmt,
An der ich ewig in Dir ruhen werde?«

Jetzt stand ich an der Stätte, welche die Muttererde Erich Billrod bestimmt gehabt. Die Julisonne flimmerte auf den schwarzen Buchstaben seines Grabsteins, nach welchem »seit zwanzig Jahren wenig Nachfrage mehr war«, die hochwuchernden Reseden dufteten, und wie der Regenbogen in einer Sekunde sein Bogengewölbe über den ganzen Weltraum spannt, so schlugen die stummredenden Verse des Denksteines vor mir eine Brücke, die mich traumesschnell zu denen auf dem letzten Blättchen jener Tage hinübertrug. Trotzdem mochte die Wanderung länger sein, als es mir schien, denn als ich, mich erinnernd, aufsah, stand die Sonne schräg über dem schweigsamen Abbild Mannheims, ich brach eine der Resedenkerzen und schritt wieder der eisernen Ghettotür zu. Doch nicht dem prangenden Fortschritt der Stadt entgegen, in weitem Halbkreis bog ich zur Linken ab, eine holprichte Landstraße entlang, deren Pflaster noch nicht an der Nachkommen-Fürsorglichkeit Herrn Nitschkes teilgenommen. Man sagt, daß eine Waldbiene, wenn sie trunken gemacht worden, instinktiv schnurgraden Weges ihrem Stock zufliegt; so lag vielleicht auch eine Art wunderlichen Rausches um meine Stirn, der meine Füße das Ziel finden ließ, nach dem der Kopf trachtete, ohne sich über die einzuschlagende Richtung deutlich klar werden zu können. War es überhaupt noch auf der Welt vorhanden?

Unerwartet, mir fast unglaubhaft lag es plötzlich unverändert inmitten der stillen Felder vor mir. Nein, Herrn Nitschkes Verdienste hatten sich noch nicht bis hierher erstreckt – da stieg die schräge Bergkoppel an den Wall hinab, von dem hie und da aus dem Buschwerk sich eine Eiche in die abendliche Luft hob. Darunter zogen sich die Stolleneingänge des Fuchsbaues in den lehmsandigen Abhang – auch dort hockten im Innern der Erde die Nachkommen vergangener Geschlechter – und wie ich mich in das nahe Zaungras legte, flimmerte die Sonne noch auf dem Goldknauf des spitz auslaufenden kupfergrünen Turmes, der gleichfalls unverändert drüben über den herrlichen Neubauten in den Himmel aufstieg.

Nichts als ein Wachtelruf weit umher. Eine Abendstunde war's, die den Zweck zu verfolgen schien, dem Menschenherzen einzuflüstern, es sei schön, noch zu atmen. Ich empfand ein leises Kitzeln auf meiner Hand; wie ich niedersah, kletterte von einem Halm ein winziger grüner Rüsselkäfer an ihr herauf, der Resedablüte zu, die ich zwischen den Fingern hielt.

»Solltest Du einmal den Kitzel fühlen, Reinold Keßler, Deine Lebensgeschichte –« sagte eine Stimme plötzlich hinter mir, daß ich mich umsah.

Es war niemand da. Im Gezweig der einsamen Feldeichen regte nur ein Abendlüftchen die Blätter, doch so leis, daß sie kaum lispelten, sich nur flimmernd gegen den Horizont bewegten. Aber dennoch hörte ich es wieder sagen – diesmal jedoch, als käme die Stimme aus meinem eignen Herzen herauf:

»Vielleicht weckte er unsern Haß gegen sich, während, wenn wir ihn recht gekannt, ihm ins Herz zu blicken vermocht, keine Liebe ihm das hätte vergelten können, was er für uns getan.«

Von allen unseren körperlichen Sinnen steht der des Geruchs vielleicht in einem unmittelbarsten persönlichen Verhältnis zu ihrer geistigen Souveränin, der Seele. Die von den übrigen aus der Außenwelt gesammelten Berichte läßt sie sich in besondere Geheimkammern übertragen, ohne die Botschafter selbst einer Audienz im Thronsaal zu würdigen. Nur jenem Bevorzugten, der gewöhnlich gegen die offizielle Bedeutung der andern weit zurücktritt, scheint sie manchmal in plötzlicher Anwandlung *manu propria* die Palasttüren zu öffnen, daß er in einem traulichen Winkel, in den sie sich von den Regierungssorgen zurückgezogen, direkt bis vor ihr eigenstes Antlitz zu dringen vermag. Dann trägt er der Gebieterin auf unsichtbaren Aetherwellen den leisen Duft einer scheinlosen Blüte entgegen, doch wie mit einem Zauberschlage wölbt sich aus ihm eine diamantene Brücke über Zeit und Raum, magisch bewegt er den Geisterstab, und versunkene Tage hebt er auf leuchtendem Goldgrund aus der mächtigen Tiefe, und Tote wachen auf unter seinem Anhauch und reden.

Bist Du es, kleine Resede, deren Duft meine Seele schauernd umrinnt, daß die Toten aufwachen, durch das Dämmerrot mich in ihrer Mitte haltend, daherkommen und reden?

Ja ich fühle es, die Erinnerung meiner Seele ist's, von deinem Hauch geweckt, Resede, in ihn hinabgetaucht, mit ihm verwoben, wie das Leben mein Denken und Empfinden, Lachen und Zürnen mit dem Erich Billrods verwebt.

Alles vermagst Du, Resede, nur nicht in die Werkstatt des Steinhauers den Granitstein zurückzuwälzen, den er »schweigsam stets am Ziel gesehn«.

Zweites Kapitel

Unsere Augen unterhalten manche Bekanntschaft mit Menschen und Dingen, ohne daß unser Kopf es anerkennt, und deutlich steht in meiner Erinnerung, wann ich den grünen Kirchturm, unter dem ich täglich vorüber in's Gymnasium ging, zum erstenmal mit Bewußtsein gesehen. Ich kam mit anderen Knaben von einer nachmittägigen Fußtour zurück, der Stiefel drückte mich, ich war totmüde und konnte nicht weiter, sondern setzte mich auf einen Stein am Wege. Meine Kameraden bekümmerte das nicht übermäßig, ihnen tat der Fuß nicht weh, und sie hatten ganz recht, nicht zu begreifen, wie und warum er Einem überhaupt weh tun könne. Ich habe in späteren Jahren gefunden, daß die erwachsenen Menschen es zumeist nicht viel anders machten, an Leiden des Körpers und Gemüts gemeiniglich mit dem hübschen Trostwort vorüberliefen: »So etwas kommt und geht, man muß nur Energie dagegen aufwenden und nicht gleich den Kopf hängen lassen.« In Anbetracht, daß selten jemand einen besseren Rat im Besitz hat, ist freilich auch dieser gut, und wer ihn nicht befolgt, mag es sich selbst zuschreiben, wenn die Teilnehmenden ärgerlich werden und sich um seine Eigenwilligkeit nicht weiter bekümmern.

Meine Altersgenossen ermahnten mich also, mit ihnen zu gehen, und da ich antwortete, daß ich im Augenblick nicht könne, trösteten sie mich mit der zutreffenden Voraussetzung, ich würde, sobald es mir möglich sei, nachkommen, und marschierten schwatzend, lachend, ich glaube einer von ihnen auch – wenngleich ohne großen Genuß – rauchend, vorwärts. So blieb ich mithin auf dem Stein sitzen und ließ nicht den Kopf, doch den Fuß hängen. Kurz vielleicht auch den ersteren, dann indeß überkam's mich mit einem unbekannten und jedenfalls weniger beunruhigenden Genuß, als ihn die Zigarre dem Fortwandernden bereitete. Unfraglich hatte ich mich oft in meinem etwa zehnjährigen Leben allein befunden, doch mir war's, als geschehe dies jetzt zum erstenmal, und ebenso, obwohl jeder Vernünftige höchst mutmaßlich die Landstraße als langweiligsten Aufenthaltsfleck vermieden hätte, schien mir plötzlich, daß es nichts Köstlicheres auf der Welt geben könne. Es war Sommerspätnachmittag und alles dicht und grau mit Wegstaub bedeckt. Aber darunter grünte, blühte und wirrte es sich in Hecke und Graben durcheinander, Haselstauden mit noch winzigen Nuß-dolden, Geißblatt, Kälberkraut. Von einigen Pflanzen wußte ich die Namen, hundert andere, die mein Blick jetzt rundumher entdeckte, waren namenlos, doch die bekannten wie die unbekannten sah ich alle in dieser Stunde zum erstenmal. Mir war, als hätten sie früher ganz andere Gesichter oder vielmehr gar keine gehabt – nur flüchtig indes dauerte diese Empfindung – dann ging mir dämmernd eine Vorstellung durch den Kopf, wie wenn ich bisher keine Augen be-sessen. Sehr dunkel und unverständlich; ein leiser Windschauer spielte nun durch das Zaunlaub der einsamen Landstraße und mir kam's vor, als laufe er mir zugleich sonderbar über den Rücken herunter. Ich sah die Blätter sich drehen und wenden, sie flüsterten und wurden wieder lautlos still.

Meine Erinnerung bewahrt mir kein Angedenken an eine Zeit, in der ich geglaubt hätte, daß die Tiere und Blumen jemals wirklich Sprache besessen, und so glaubte ich auch jetzt keineswegs, einer Unterhaltung der Blätter untereinander beizuwohnen. Aber mein bereits am Cornelius Nepos kritisch geläuterter Verstand konnte das unbestimmte Gefühl nicht überwinden, daß sie zu mir redeten, in einer Sprache, deren Anfangslaute ich heut auch zum erstenmal vernahm, von deren Syntax jedoch auf der Schulbank noch nie die Rede gewesen. Ich wußte genau, es sei höchst natürlich und not-wendig, daß Blätter sich im Winde bewegten, und bei einigem Nachdenken hätte ich vielleicht sogar aus der Fülle meiner Quar-tanerkenntnis einen physikalischen Grund dafür aufzubieten ver-mocht. Doch nicht, daß sie es mußten, war märchenhaft, sondern daß sie es taten und daß mir dabei ein Schauer über den Rücken lief.

Eine Goldammer saß mit sonnbeglänzter Brust mir gegenüber auf dem höchsten Haselzweig und sang ihre Tonleiter mit dem lang-ausgedehnten Schlußakkord, auf der Straße trippelten ein paar Haubenlerchen, suchten mit den Augen im Staub, pickten mit dem Schnabel und nickten mit dem Schopf. Auch das war so selbstver-ständlich wie möglich; was sollten Vögel denn tun als singen, Nah-rung suchen, fortfliegen? So natürlich war's, daß es nicht einmal in Rebau's Naturgeschichte der drei Reiche stand, und nur ein Tauber und Blinder wußte es nicht. Aber warum war's mir denn wieder heut nachmittag, als sei ich, trotzdem ich den Rebau dreimal von der Einleitung bis zum Schluß durchstudiert, bis jetzt taub und blind gewesen?

Redete der Gesang einer Goldammer, das Umhertrippeln einer Schopflerche auf der Landstraße denn etwa eine – wie sollte ich sagen? – deutlichere, bezeichnendere oder vielmehr eigentlichere Sprache als das dicke Buch des Professors oder Oberlehrers an irgend einem anderen Gymnasium, der alles wußte und kannte, was vom Menschen bis zum Feuerstein herunter auf der Erde existierte?

Der Gedanke war so lächerlich, daß ich darüber lachen mußte. Doch im Grunde war er mehr als das, abgeschmackt, frevelhaft und strafwürdig, denn er verglich mich mit einem Oberlehrer und raunte mir die heimliche Frage ins Ohr, ob diesem wohl selbst die drei Reiche seiner Naturgeschichte schon einmal so vorgekommen wie mir heut nachmittag und ihm dabei ein Schauer über den Rücken gelaufen sei? Und als Antwort hörte ich meinen eigenen Klassenordinarius mit weiß aufgedrehten Augen sagen: »Dummer Schlingel, soll ich ihm einmal einen Schauer über den Rücken laufen lassen? Konjugiere er mal das Passiv von ὑπτει und hüte er sich mit Seinen albernen Schopflerchen, daß ich ihn nicht selbst beim Schopf fasse, Er Windbeutel mit Seinem Wind, der zu ihm geredet!«

Es gab keine Worte für das, was mir da plötzlich auf dem Stein nicht in Ohr und Auge, sondern, mich wollt's so bedünken, ohne Vermittlung gradhinein in die Seele gesprochen; indes zugleich fühlte ich, wenn es auch in Worten ausdrückbar gewesen wäre, so hätte es doch niemand verstanden, wenigstens niemand, den ich kannte. Und wieder im selben Augenblick war's mir, ich müsse einen solchen, der es verstände, unbeschreiblich lieb haben und ohne das könne man überhaupt Keinen lieben.

Mein Fuß schmerzte durchaus nicht mehr, aber mir kam kein Antrieb, aufzustehn und den andern nachzugehen. Der Schatten einer vereinzelten Pappel ziemlich weit drüben, von dem ich anfänglich nichts wahrgenommen, kam über den Zaun geklettert und wuchs wie ein riesiger vorkriechender Schneckenleib gegen meine Füße heran. Das veranlaßte mich, nach der Sonne in die Höhe zu blicken, und dabei sah ich drunten in der Ferne den spitzen grünen Kirchturm vor mir.

Nichts als ihn, wie er über den gewölbten Rücken einer Waizen-koppel herüberstieg, die alle übrigen Gebäude der Stadt mit ihrem gelbwerdenden Vorhang verdeckte. Er war sehr hoch, stach wie eine nadelartige Pyramide in den mattblauen Abendhimmel hinein und schaute unfraglich nach allen Richtungen wie nach dieser, weit ins Land und auf die See. Aber kurios, als sei alles um mich herum und in meinem Kopf wunderlich heut, kam mir nicht der Gedanke, was er augenblicklich, so weit er um sich sehe, gewahre, sondern was er in früheren Tagen, an denen er schon immer ebenso dage-standen, gesehen.

Es entstand ein plötzliches Gedränge in meinem Kopf, so viel kam mir auf einmal in den Sinn, worauf er heruntergeblickt haben mußte. Immer wieder auf weiß verschneite Felder, auf blühende Kirschbäume, und auf gelbwogendes Korn, wie jetzt. Auf Feuer- und Wassersnot, wie ich sie auch schon erlebt, auf andere, noch sonderbarere Giebelhäuser, als sie heut noch da und dort in den alten engen Gassen standen. Auf Mauern und Tore, deren Ueber-bleibsel noch stellenweise geblieben waren, von denen ich gehört, daß sie dereinst die ganze Stadt umschlossen, um diese gegen feind-lichen Angriff zu schützen. Hatte der grüne Turm auch einen sol-chen mitgesehen? Er hätte, um es nicht zu tun, die Augen zudrü-cken müssen, wie ich in diesem Moment, aber trotzdem hätte er doch wie ich den wilden Lärm um die Stadtmauern, das Geschrei der Kämpfenden, den Jammer der Verwundeten gehört. Ich lief plötzlich mitten unter den dicksten Haufen in wunderlichsten An-zügen, ein donnerartiges Dröhnen kam fortwährend von drunten die Straße herauf, alles rannte, fragte, schrie, und ich rannte, fragte, schrie mit. Nun ein furchtbares Krachen, und jemand neben mir kreischte in höchstem Entsetzen: »Sie haben das Tor eingebrochen – sie kommen – sie sind da!« Kopfüber stürzte ich mit dem wilden Schwarm davon, eine Steintreppe hinan, um in ein Haus zu flüch-ten, aber die Tür war verschlossen. Ich hämmerte mit dem alten Messingklopfer, von dem mich ein Löwenkopf mit spöttisch ver-zerrtem Maul angrinste, und da kamen sie um die Ecke im Sturm-schritt mit Eisenkolben, Nachtwächter-Morgensternen, Hellebar-den, wie bei unserm Vogelschießen.

Eine Fliege kitzelte mich auf der Stirn, ich jagte sie fort und schlug die Augen auf – da lag der alte grüne Turm über der gelben

Waizenkoppel unbeweglich, nur fing die Dämmerung an, ein schattenhaftes Gewebe um ihn zu spinnen.

Mich hatte er nicht unter dem Getümmel gesehen, wie ich mir eingebildet, aber gewahrt hatte er es doch, grad so. Gewiß auch einmal einen Knaben in so tötlicher Angst; nur andere Menschen als heut, lang' begrabene, vergessene, von denen er allein noch wußte.

Andere Menschen, lang' begrabene – auch kürzer erst begrabene – darunter meine Eltern, meinen Vater, meine Mutter.

Ja, der Turm hatte auch sie gesehen; zum erstenmal betraf mich dieser Gedanke. Es war wieder selbstverständlich, daß ich Eltern gehabt, denn als sie gestorben, hatte Doktor Pomarius, wie er mich ins Haus und die Vormundschaft für mich übernahm, obendrein gesagt: »Ich werde Dir jetzt Vater und Mutter sein, Reinold,« und wer es mir später erzählte, wurde von der Erinnerung noch zu Tränen gerührt, aus dem Munde des ernsten Schulmannes so zartfühlend für das betrübte Kindergemüt berechnete Worte vernommen zu haben. War ich eigentlich damals so betrübt gewesen? Ich trug keine Erinnerung davon in mir, ebenso wenig wie an meine Eltern selbst. Höchstens hatte mich ab und zu eine dunkle Vorstellung berührt, daß ich, da Doktor Pomarius mir nach seiner Erklärung Vater und Mutter darstellte, keinen Grund besaß, diese selbst für mich ins Leben zurückzuwünschen.

Nun verknüpften sich mir plötzlich mit meinem Herumdenken zwei närrische Einfälle. Wäre dem Doktor Pomarius, wenn er hier auf dem Stein gesessen, vorhin ebenfalls ein Schauer über den Rücken gelaufen – oder etwa meinen Eltern?

Die erste der beiden Fragen konnte ich mir selbst beantworten. Ich wußte garnichts bestimmter auf der Welt, als daß sie sich unbedingt verneinen ließ. Und wenn der alte Schulpedell mir mit Schlägen ein Ja hätte herausnötigen sollen, ich würde doch Nein gesagt haben.

Eine Antwort auf die zweite Frage war für mich schwierig, eigentlich unmöglich. Ich konnte sie mir nur indirekt auf dem Umwege über Doktor Pomarius erteilen, der ja an die Stelle meiner Eltern getreten, also –

War es eine Sinnestäuschung? Wie ich zufällig bei dieser Erwägung aufsah, schüttelte der grüne Turm drüben deutlich verneinend seinen Goldknauf, und unwillkürlich fing ich an halblaut hinüberzufragen: »Also wäre meinen Eltern –?« und da unterbrach er mich, indem er ebenso entschieden nickte.

Mußte er es nicht wissen, er, der sie tausendmal gesehen? Ich fühlte mich auf einmal innerlich glücklich wie noch niemals, mir war's, als sei die am Himmel verschwundene Sonne nochmals blitzschnell zurückgekommen und habe mich eine Sekunde lang mit wundersamer Mittagswärme übergossen. Und aus dem wonnigen Gefühl rann ein süßer Schauer jetzt mir durchs Herz, der Doktor Pomarius sei mir nicht in Wirklichkeit Vater und Mutter, sondern ich hätte diese lieb gehabt, würde sie jetzt und immer lieben, wenn das Grab sie mir zurückgäbe.

»Hab Dank!« sagte ich laut und nickte dem alten Turm zu, der mir seit wenigen Minuten zum liebsten, vertrautesten Freunde geworden. Er erwiderte nichts, hüllte sich nur schweigsam tiefer in Zwielicht. Ueber mir schoß eine Fledermaus im Zickzack durch die Luft, und die Nachtstimmen der Felder begannen ihr eintönigschwermütiges Konzert. Doch ich sprang von meinem Sitz und sang fröhlich dazwischen; ich wußte, daß ich hinfort zu keiner Stunde in der Stadt mehr allein sei, und ging meinen Kameraden nach, voll Dankes, daß sie mich heute allein gelassen.

*

Ist es meine eigene Erinnerung, oder zieht die Resedenkerze ihren strengen Duft hindurch?

Es war ein kleines Städtchen, das unter dem alten Grünspanturm lag, vielleicht mehr still als klein, denn immerhin bildete es den ansehnlichsten Ort der Provinz und fühlte sich als ihr Haupt vom Scheitel bis in den Zeh, oder von den Spitzen der Gesellschaft bis zur Basis der Bevölkerungspyramide hinunter. Die Stadt lag an der See, und Fremde fanden, daß sie in ihrer Umgebung das einzig Häßliche sei. Wer an einem Winter- oder Regentage durch sie hinging, hatte nicht Muße, darüber nachzudenken, da er in steter Gefahr des Versinkens im Schmutz schwebte, doch ein heller blauer Sonnentag ließ in den engen, dumpfluftigen Gassen annähernd das Gefühl des lebendig Begrabenseins erwachen. Zum Glück deshalb war der letztere ebenso selten, wie ein weißer Sperling, und jene andern so häufig, wie die grauen. Der Winter dauerte vom September bis in den Juni, und in der übrigen Zeit pflegte es zu regnen. Es gab sogenannte Frühlingstage, an denen beides nicht zutraf; dann pfiff der Ostwind vom heitern Himmel her durch die Gassen, daß landesunkundige Reisende die Veilchen beschuldigten, keinen Geruch zu haben, während einfach die Nasen aller Tadler vom Schnupfen verstockt waren. Im Allgemeinen zeichnete der Winter sich gleicherweise durch Milde, wie der Sommer durch Kälte aus, das Thermometer allein gab keinen Anhalt darüber, ob Januar oder Juli im Kalender stehe, und die Einwohner der Stadt benannten diese nicht häufig vorkommende Erscheinung »ein durch die Lage zwischen zwei Meeren köstlich gemildertes Klima«. Denn es gehörte zu den vortrefflichen Eigenschaften der Stadtinsassen, daß sie die Bewunderung für alles mit ihrem Heimatsort Zusammenhängende auch auf die Eigenschaften des Himmels darüber ausdehnten, in der Kälte anerkennend auf die Regenlosigkeit hinwiesen und bei andauernden Wolkenbrüchen die etwaige Windstille als etwas Ausgezeichnetes hervorhoben.

Unter diesem Himmel besaß die Stadt Vertretung alles dessen, was die Reputation einer Musteranstalt und eines Augenmerks der näher und ferner umwohnenden Menschheit erheischte. Sie betrieb Handel und Wandel zur See und zu Lande; an den Rändern landein herrschten die Strohdächer vor, und die mehr oder minder reinlichen, doch insgesamt nutzbringenden Vierfüßler standen in häuslich-familiärem Verhältnis zu den unmündigen und erwachsenen Zweifüßlern, welche vorzugsweise dem Kohl- und Rübenbau oblagen. Sie vollbrachten Außerordentliches im Essen von Brot, Kartoffeln und Klößen und unterschieden sich dadurch von den Stammgästen des Quartiers an der Seeseite, die Bewunderung durch ihre Leistungen auf dem Gebiet des Trinkens erregten. Die letzteren waren ihrem Beruf gemäß nicht so seßhaft, wie die ersteren, sondern wechselten stets mit dem Ein- und Auslaufen der Schiffe, hielten jedoch an der Beständigkeit der Natureinrichtung fest, daß nicht die Brotnahrung, sondern der Konsum von Rum Betrunkenheit erzeugt.

Zwischen diesen verschiedenartigen Quartieren lag das Hauptkorps der Stadt, wenn die Ausdrucksweise weniger auf die Gebäude als auf die darin Wohnenden Rücksicht zu nehmen berechtigt ist, und diese strategische Bezeichnung ließ sich wieder in die Unterabteilungen von gemeinen und Elitetruppen, Subalternen, Chargierten und Generalstab zerlegen. Den letzten bildeten die Spitzen der Behörden, administrativen, richterlichen, polizeilichen und hundertfach anderen Standes, *in corpore* diejenigen, deren Unterschriften zur Feier des landesherrlichen Geburtstags geziemendst aufzufordern und einzuladen befugt waren. Sie bewegten sich bei diesem festlichen Anlaß der Mehrzahl nach in Uniformen, von denen jede einzelne in Verbindung mit der darüber hervorragenden Würde des Gesichtes bei der gaffenden Straßenjugend die Vermutung wachrief, den zur Verherrlichung seiner Geburt herzugekommenen König selbst vor sich zu sehen, bis irgend eine näher eingeweihte Persönlichkeit die allgemeine staunende Ehrerbietung etwa durch den Ruf: »Es ist nur der Obersteuerrevisor Oldekop!« etwas beschwichtigte. Im Allgemeinen jedoch überwog dieser Tag an öffentlich dargebotenem Genuß sogar den Aufzug der Schützengilde, obwohl der letztere einige Feinschmecker auf dem Gebiet imposanter Kostümierung um der Massenhaftigkeit des Eindrucks willen den Vorzug gaben.

Zu den offiziellen Spitzen der Behörden zählte in erster Reihe auch der *rector magnificus* der Universität, von dem wir uns mit geheimem Schauer zuraunten, daß ihm, sobald er seinen violettfadenscheinigen Sammetmantel aus dem 17. Jahrhundert angelegt und das Baret auf die Perrücke gedrückt, das Recht zustehe, den König ›Du‹ zu nennen, wie unser Klassenlehrer uns Quartaner bis zur Sekunda hinauf. Es lag etwas tief Geheimnisvolles um die Magnifizenz, die eigentlich in dem Mantel steckte, denn wenn er ohne diesen einherschritt, begrüßte er sich mit den übrigen Spitzen der Stadt, wie ein Mensch dem anderen, sogar vermittelst eines sehr abgegriffenen Filzhutes, so daß mir allmählich ein Zweifel darüber zu keimen anfing, ob er wirklich, wie der Papst, – vorausgesetzt, daß er den Sammetmantel angezogen – jeden, der sein Mißfallen errege, auf einen Holzstoß legen und verbrennen lassen könne. Der Zweifel aber hat eine um sich fressende, weiter greifende Natur, und so kam es – doch ich spreche an dieser Stelle nicht von mir, sondern von der Stadt und ihren Bewohnern. Und demgemäß zunächst

»Wandelten Läftrygonen gewaltvoll dorther und daher, Tausende, gleich nicht Männern von Anseh'n, sondern Giganten.«

Allerdings in höherem Sinn, als der Vater Homer es gemeint, denn diejenigen, welche mir, nachdem ich mit dem edlen Dulder Odysseus umherzuirren begonnen, unwillkürlich als moderne Nachkommen jenes Riesengeschlechtes erschienen, erhuben auf diese Erbschaft weniger durch die reckenartige Bildung ihrer Körper, als durch die allen gemeinsam ausgeprägte Gewaltigkeit des Geistes Anspruch. Sie bedurften keiner außergewöhnlichen, offiziellen Anlässe, um ihr Elitewesen an den Tag zu legen, sondern sie bildeten auch im gewöhnlichen Lauf der Dinge ebenso gut bei Nacht wie bei Tage jederzeit die geistigen Spitzen der Stadt; auch nannte man sie nicht Lästrygonen, sondern Professoren, und unterschied sie wieder in ordentliche und außerordentliche, eine Distinktion, deren Verständnis mir anfänglich einige Mühe bereitete, da mir alle von jeher in gleicher Weise außerordentlich erschienen. Erst mit reifendem Verstande gelangte ich zu der Einsicht, daß das Außerordentliche ihnen gemeinsam von früh auf – gewissermaßen durch Prädestination – als unveräußerliche Kardinaleigenschaft anhafte und daher auch bei den ›ordentlichen‹ stets stillschweigende Voraussetzung sei, wohingegen die außerordentliche Außerordentlichkeit, wenn überhaupt von einer Erhöhung die Rede sein konnte, eine solche noch als möglich hinstellte. Der Gipfel der Menschheit war erreicht, doch es befand sich gleichsam noch eine Aussichtswarte darauf, auf der zeitweilig nur eine gewisse Anzahl ordentlichen Platz zu finden vermochte, und so ließ sich die Summe der übrigen, auf das Heruntersteigen eines der droben Befindlichen Wartenden mit einer Art Warteschule vergleichen, die ausschließlich aus Lehrern bestand. Sich einmal einer Aufnahme unter diese würdig zu erweisen, bildete aber die tägliche Ermahnung des Vaters für einen das Gymnasium besuchenden Sohn, es erhöhte die süßeste Mutterhoffnung schon vor der Geburt, und wer das Wort *mensa* zu deklinieren anhub und darunter nicht als höchstes Ziel irdisch erreichbarer Glückseligkeit heimlich das Klapptischchen eines Katheders verstand, war in der Tat der besonderen berufenden Gnade des Himmels, die ihn in dieser Stadt zum Licht der Welt kommen ließ, nicht wert.

Ich erwähnte bereits, daß die lästrygonische Aehnlichkeit sich nicht auf das Aeußere miterstreckte, wenigstens gibt die Schilderung Homers keinen Anhalt dafür, daß die Mehrzahl der Bewohner der Stadt Telepylos bei dem Besuch des Odysseus sich aus Buckligen, Dickbäuchen oder hageren Spinnenfiguren zusammengesetzt habe. Dagegen traf vollständig zu, daß dort

> »ein Mann schlaflos zwiefälttigen Lohn sich erwürbe,
> Diesen als Rinderhirt und den als Hüter des
> Wollvieh's,«

und die verdienstvolle Tätigkeit wies auf beiden Seiten die erhebendste Uebereinstimmung auf. Wenn die antiken Lästrygonen die Gefährten des Odysseus packten und »zur Nachtkost rüsteten« (oder rösteten?), »unmenschliche Lasten Gesteins von den Felsen herab« warfen, unter Gekrach Schiffe und Menschen damit zerschmetterten und die letzteren »wie Fische durchbohrt zum entsetzlichen Fraß hintrugen« – so edierten, emendierten und purifizierten die modernen altklassische Schriftsteller, zerschmetterten gleich Fischen (nach der Methode, welche Köchinnen bei Karpfen anwenden) die Autoren ihrer eigenen Zeit, ergründeten die Geheimnistiefen des Graals und des Paraklets, setzten fest, ob nach der Carolina ein Verbrecher gerädert oder gevierteilt werden müsse, und fraßen in ciceronianischem Latein jeden anders Meinenden und zum Schluß sich untereinander mit Haut und Knochen auf, ohne daß dies indes ihrem Appetit, ihrer Lebendigkeit und ihrer kollegialischen Eintracht Eintrag bereitete.

Die Häuser der Stadt, die Perlmuscheln ihrer Bevölkerung, boten weder von Außen noch im Innern etwas Ansehnliches. Sie waren, mit wenigen Ausnahmen, weder groß noch klein, weder alt noch neu und enthielten sich jeder Hinweisung auf ein Jahrhundert und überhaupt auf einen Baustil. Manchmal staffelten sie sich, wie auf einem Rückzug von der Straße begriffen, einer aus Stockwerken bestehenden Treppe ähnlich, in die Höhe, und manchmal hingen ihre Oberstübchen so weit über, als ob es darin nach dem Sprichwort nicht ganz richtig sei. Den ins Innere Tretenden empfing zumeist, auch in den Häusern der weltlichen und geistigen Spitzen, ein ziemlich lichtloser, mit feuchtriechenden Steinfliesen bedeckter

Flur, und eine mehr oder minder breite, doch im Durchschnitt gleichmäßig von den Füßen eines Jahrhunderts ausgehöhlte Holztreppe mit wackelndem Geländer führte aufwärts in die der ›besser situierten Minderheit‹ zukommende ›Beletage‹. Diese machte ihrem Begriff ungefähr gleiche Ehre, wie ihr Name dem Teil der französischen Sprache, welcher jenseits des Rheines gesprochen wird; sie bot abwechselnd enge und sehr geräumige Zimmer, die ein *tertium comparationis* in der von ihnen geübten Wirkung fanden, daß sie jedem Gefühl für Behaglichkeit unbestimmte Prokrustesgelüste einflößten. Was alle gemeinsam auszeichnete, war die Abneigung der Wände, Fußböden und Decken gegen horizontale und vertikale Richtungen, die eine wechselseitige Zuneigung und die Uebereinstimmung hervorrief, daß in jedem Raum ein annähernd kugelförmiger Gegenstand nach Axiomen der Gravitation nur an einem einzigen Eckpunkt Ruhe fand. Im übrigen wies der Anstrich des Holzgetäfels, der Türen, Fensterrahmen, Simse und Böden überall in zwillingsgeschwisterlicher Aehnlichkeit die nämliche bleigraue Farbe auf, die in genauester Harmonie mit dem zumeist ebenso gearteten Tageslicht eine für Klosterräume oder pennsilvanische Zellen unübertreffliche Stimmung von Melancholie verbreitete. Mit geschlossenen Augen glaubte man diese zu riechen und zu schmecken, und der Anblick der Einrichtungsgegenstände, welche die Stube warm und wohnlich machten, hätte einen Engländer vermutlich zu einer Nordpolexpedition veranlaßt und der Phantasie eines amerikanischen Schriftstellers zu Schilderungen hinterwäldlerischer Ansiedlungen Erregung verliehen. Alles in allem wohnten auch die Könige und Fürsten des Geistes nicht als ob sie von Gottes Gnaden die Grundherren, sondern nur die Pächter desselben seien, die statt des Herrenhauses mit einem altersschiefen, grämlichen Wirtschaftsgebäude abgefunden worden, und es legte glänzendstes Zeugnis für den Vollgehalt ihres inneren Würdebewußtseins ab, daß sie trotz häufig vorspringenden überkalkten Deckenbalken den Kopf in ihren Wohnungen mit der nämlichen Ueberzeugungstreue nicht um eine Linie niedriger trugen, als draußen, mit der Treue und Unantastbarkeit der Ueberzeugung, nicht das Residenzschloß mache den König, sondern dieser gestalte *sola praesentia* die Hütte zum Palast.

So die Stadt, die Straßen, die Häuser, die Wohnungen. Es bleibt übrig, ein paar Worte über die Bewohner dieses externen und internen Komplexes als Gesamtbegriff beizufügen. Man pflegt sich zu solcher Zusammenfassung der halb impersonellen Bezeichnung die Leute zu bedienen, und so waren die Leute dieser Stadt vor allem überaus achtbar, nicht aus Spezialgründen, sondern um ihrer allgemeinen Existenz willen, und sie hüteten ihre Achtbarkeit, wie ein Bohnenkönig seine Majestät. Unerschütterlich bewies sich ihr Abscheu gegen Nichtbeachtung religiöser und moralischer Vorschriften, ohne indes engherzig auf einer zu umfassenden Deutung dieser geheiligten Begriffe zu bestehen. Als Hüterinnen derselben hatte sich eine freiwillige weibliche Ehrengarde gebildet, deren Reihen kein bestimmt vorgeschriebenes Lebensalter erforderten, im allgemeinen jedoch bei der gereiften Erfahrung auch den regeren Eifer voraussetzten, und zur Ehre der Stadt ließ sich sagen, daß fast in keinem Hause eine dieser unermüdlichen Wächterinnen fehlte. Um mit vereinten Kräften alles im Verborgenen Anstößige an's Licht und damit zur Rechenschaft zu ziehen, fanden in den meisten Häusern regelmäßige Nachmittagssitzungen statt, deren Angehörige sich streng jedes verwerflichen Genusses spirituöser Getränke enthielten, sondern zur Belebung ihrer angestrengten körperlichen und geistigen Organe sich einzig der erforderlichen Tassen Kaffees bedienten. Da die Nächstenliebe den Hauptzweck der Versammelten bildete, lag diesen als oberste Pflicht auf, eingehend zu untersuchen, woher jener Gefahr drohen könne, und, insofern das noch Unbekannte am begründetsten derartigen Verdacht erweckt, erstreckte sich die sorgsame Forschung vorwiegend auf etwa von auswärts neu in die Stadt gelangte fremde Elemente. Die Theologie wie die Psychologie stimmen darin überein, daß kein Mensch von Schwächen frei sei, und weil diese gemeiniglich ein erhellendes Licht über den ganzen Charakter werfen, war es natürlich, daß die Fürsorglichen zuvörderst ihr Augenmerk auf die Mängel der Hinzugekommenen richteten. Sie blieben jedoch nicht in oberflächlicher Weise bei sittlichen und psychischen Gebrechen stehen, sondern erweiterten ihr Interesse stets unparteiisch auch auf etwaige Beeinträchtigungen oder Eigentümlichkeiten des Körpers, wie der allgemeinen und speziellen Familien- und sonstigen Verhältnisse. Ihre Teilnahme an diesem Allem war so unerschöpflich, wie der Grund der rundbäuchigen Porzellankanne, aber es muß zu ihrem hohen Lobe hinzugefügt werden, daß sie, wenn ihnen auch an Quantität und Qualität noch so erhebliche Fehler aufstießen, diese stets in ihrem Kreise geheim hielten und niemals den feinen Takt der Wohlerzogenheit und des Herzens dadurch verletzten, daß sie etwa ihre Entdeckungen den Betroffenen selbst gegenüber in beleidigender Rücksichtslosigkeit aussprachen. Wohlerzogenheit, Rücksicht und guter Ton bildeten überhaupt die Dreifaltigkeit des weltlichen Katechismus der Stadt, und ihre Aufrechterhaltung gegen alle, welche sich von dem schicklichen Trottoir (event. Bürgersteig) der goldenen Mittelstraße auf Seitenwege zu verirren Neigung zeigten, machte die Hauptbeschäftigung der guten Leute aus.

Wenn diese rastlose Tätigkeit ihrer Natur gemäß hauptsächlich, doch keineswegs ausschließlich, den Eifer der Frauen in Anspruch nahm, so traten die Verdienste der Männer schon dadurch zu jeder Stunde in die Oeffentlichkeit, daß es kaum einen mehr als dreißigjährigen angesehenen Bewohner der Stadt gab, dessen besondere Auszeichnung auf irgend einem Gebiet nicht vom Staate durch Behändigung eines taxfreien oder steuerpflichtigen Titels anerkannt worden wäre; ja, man konnte sagen, daß, wer keinen solchen besaß, eben nicht angesehen zu werden verdiente und es deshalb bei dahinzielenden Anlässen, z. B. einer Begegnung auf der Straße oder in der Gesellschaft billigerweise auch nicht ward. Lectoren einer fremden Sprache wurden, vermutlich der vielen Kämpfe halber, die sie mit der Zungen-Ungelehrigkeit ihrer Schüler zu bestehen hatten, Kriegsräte, und Aerzte, die sich rühmen konnten, eine gewisse Delinquentenzahl auf dem Kirchhof abgeliefert zu haben, erhielten den Titel Justizrat. Mutmaßlich geheimen kameralistischen Verdiensten entsprechend, gab es Kammerräte, Kammerjunker und Kammerherren; wer durch die Zahl seiner Lebensjahre Zeugnis dafür ablegte, daß er bereits seit einem halben Jahrhundert den Bevölkerungszustand des Staates mit aufrechterhalten, ward zum Etatsrat ernannt, und Kommerzien- wie Konferenzräte taten ihre Ansprüche auf diese Würdenstellung gemeiniglich schon durch ihre Grauhaarigkeit kund. Zu diesem dem Ohr wohllautenden, tonreichen Anerkennungen gesellten sich die das Auge erfreuenden, glanzvollen, in Gestalt mannigfacher, bunt vom schwarzen Untergrunde des Rockes abstechender Bänder, und da Farbenschönheit stets einen befriedigenden Eindruck bereitet, versäumten die Inhaber solcher Auszeichnungen keine Gelegenheit, sich wechselseitig durch den Anblick derselben zu vergnügen, indem sie obendrein dadurch das Bewußtsein der erquicklichen Empfindung inne hatten, die Nichtbesitzer derartigen Schmuckes zu Leistungen anzuspornen, welche auch ihnen die offene Signatur geheimer Verdienste eintragen würden.

Bei so hervorragender Vortrefflichkeit konnte es nicht befremden, daß gleichsam ein Durchriß die Bevölkerung der Stadt in zwei Hälften zertrennen mußte, von denen die eine, nur dem Höheren und Höchsten zugewandte, mit der anderen, *fruges consumere nata*, durchaus keinerlei Gemeinschaft besaß. In der Tat hätte eine solche Gemeinschaft etwas Gemeines gehabt, und das letztere Wort umschloß für das feinfühlende Gemüt ungefähr einen ähnlichen Häßlichkeitsbegriff, wie Straßenschmutz für weiße Atlastanzschuhe. Man unterschied demgemäß Gebildete und die Leute, denen pädagogisch bedachte Freunde der Jugend das schmückende Beiwort ›die ordinären‹ beizulegen pflegten, und man benutzte diese letzteren, wo man ihrer bedurfte, sprach mit ihnen unter vier Augen, setzte sich aber nie so weit herab, sich ihrer Bekanntschaft bei öffentlichen Begegnungen zu erinnern. Denn es konnte kein Zweifel über die tiefe Wahrheit des Sprichwortes bestehen: »Sage mir, mit wem Du umgehst« – und jeder hatte Recht, wenn er aus einem Verkehr mit, oder einem Verständnis für ›ordinäre Leute‹ eine ordinäre Sinnesart des Betreffenden selbst ableitete. Im höchsten Maße abscheuwürdig erschienen deshalb der guten Gesellschaft die sozialen Zustände in Süddeutschland, von denen hie und da ein Weitgereister das Unglaublichste berichtete, daß dort in öffentlichen Lokalen ein Beamter, ein Gelehrter, ein staatlicher Würdenträger, ja selbst ein Professor nicht selten mit einem Handwerker an demselben Tische sitze. Gegen einen Verbreiter derartiger Darstellungen hegte man, vermutlich nicht ohne Grund, den tief entrüsteten Verdacht, daß er entweder ein unmoralisches Pasquill oder eine seinem Innern entsprechende Verschlechterung der Sitten im Schilde führe. Man warnte und hütete deshalb die Jugend beider Geschlechter vor seinem Umgang, und wenn Doktor Pomarius die Pflicht empfand, mir im Superlativ auszudrücken, wie tadelnswert eine Handlung von meiner Seite gewesen, schloß er seine Verurteilung stets mit den Worten: »Wenn sich das noch einmal wiederholt, kannst Du nach Deiner Konfirmation Handwerker oder Krämer werden!«

Obwohl die Stadt, wie bemerkt, an Seelenzahl nicht eben bedeutend war, entsprach es doch dem Gewicht derselben – denn wenn man von schwerfälligen Geistern spricht, kann man auch wohl von gewichtigen Seelen reden – daß die sprichwörtlichen Mauern des Ortes auf dem Gebiete der Kunst alle diejenigen Anstalten umfaßten, welche zu greifbarer Darlegung des Kunstverständnisses erforderlich sind. Ein solches vermag sich in positiver und negativer Weise zum Ausdruck zu bringen, und inbezug auf das Theater schlug der gute Ton der gebildeten Gesellschaft den letzteren immer ein, indem sie die Aufführungen von Tragödien und Schauspielen ausschließlich den ordinären Leuten überließ und sich nur bei Possen und Opern im Theaterraum einfand. Es entsprang dies jedenfalls jener ästhetischen Erkenntnis, daß die Darstellungen klassischer Dramen nicht dem von jeglichem (und jeglicher) in der Brust gehegten Ideal entsprächen, und daß alle Bühnenstücke neuerer, besonders lebender Autoren entweder nichts taugten, oder doch mindestens so lange als zweifelhaften Wertes zu betrachten seien, bis die Verfasser gestorben und die literarhistorische Kritik daraus Anlaß genommen, ein Verdikt über sie festzustellen. Selbstverständlich erstreckte sich diese doppelgründige Abneigung nur auf dramatische Werke in deutscher Sprache und schlug in das Gegenteil um, sobald hie und da englische und französische Schauspieler einige Gastrollen auf der Durchreise gaben und dadurch den nur künstlich beschwichtigten Kunsthunger in einer Hochgradigkeit hervorriefen, daß stets schon mehrere Tage vorher kein Platz mehr an solcher für poetische Feinschmecker servierten Tafel zu erlangen war. In noch erhöhterem Maße fand dies statt, wenn unter der Regie des Professors für klassische Philologie in der Aula der Universität oder des Gymnasiums von philologischen Studenten oder Primanern eine Ausführung der ›Antigone‹, des ›Oedipus‹ usw. in der Originalsprache in's Werk gesetzt ward. Derartige Ereignisse bildeten gleichsam Olympiaden, nach denen der Kunstgenuß, besonders der Damen, rechnete, und sie förderten auf's Erhebendste die allgemeine Bildung, indem sie Monate lang in allen Theezirkeln auf's Neue die Bewunderung für den großartigen Unterschied zwischen den aristotelischen Einheiten des Sophocles und den im allgemeinen allerdings schätzenswerten, aber künstlerisch jedenfalls verunglückten Wiederbelebungsversuchen des Dramas durch Shakespeare und Goethe wachriefen. Die Erkenntnis, daß sich das feinere menschliche Gemüt nur aus den Ueberresten des klassischen Altertums Befriedigung zu holen vermöge und daß nur derjenige eine unverlierbare, wirkliche und mit dem Herzen verwachsene Heimat besitze, der im Stande sei, zur Zeit des Perikles mit geschlossenen Augen von der Statue der Pallas Athene vor dem Panthenon zur Wohnung der Aspasia hinzufinden, hatte in ihrer veredelnden Wirkung ebenso nachhaltig alle gebildeten Kreise durchdrungen, wie der übereinstimmende Maßstab, daß allein ein Solcher Anspruch auf die Palme feinsten gesellschaftlichen Tons erheben könne, der (oder die) es dahingebracht, in Sprachvollendung und Sicherheit mit einem Straßenjungen auf den Boulevards von Paris zu wetteifern. In Folge dieser steten Vergegenwärtigung aller Kunstwerke der griechischen Blütezeit, war es begreiflich, daß das plastische Museum der Stadt durch seine landläufigen Gipsstatuen, wie den vatikanischen Apoll, die Venus von Milos. bei den Besuchern im allgemeinen nur das Interesse wecken konnte, das ein Knabe, der sich den Magen mit Datteln verdorben, bei einem Korb mit Feigen empfindet – die Blätter derselben waren quantitativ und qualitativ in ausreichendstem Maße vorhanden – und die plastische Begeisterung der Stadt, wie der Besuch des Museums kulminierten deshalb nur dann, wenn es der Verwaltung des letzteren gelungen war, den Abguß eines dort bisher noch nicht gesehenen Rumpf- oder Kleidungsstückes einer unerkennbar zerbrochenen antiken Bildhauerarbeit zu erwerben. Es sammelte sich dann am Tage des Eintreffens sogleich eine atemlos lauschende Gruppe um einen hervorragenden Berufenen, der lange verschränkten Armes, in staunende Hingebung vertieft, vor dem Wunderwerke stand, bis er Sprache fand, den andachtvollen Hörern den tiefsinnigen Faltenwurf des übrig gebliebenen Tunikarestes zu erläutern, sie auf die göttliche Schönheit einer hervorblickenden Rippe (ungewiß bis jetzt noch für die Wissenschaft, ob einer männlichen oder älteren weiblichen) aufmerksam zu machen und alle zu tiefmenschlicher Trauer mit sich hinzureißen, daß uns die vandalische Hand der Zeit nicht wenigstens noch den Brustknorpel erhalten, aus dem ein Schluß ermöglicht worden wäre, ob die Gestalt den Arm in wagerechter oder gebogener Stellung ausgestreckt habe.

Es heißt – um in der klassischen Anschauungsweise zu verharren – Eulen nach Athen tragen, wenn ich erwähne, daß in Bezug auf Malerei die Darstellungen christlicher Mysterien als der Gipfelpunkt und eigentlich allein würdige und wertvolle Gegenstand dieser Kunst betrachtet wurden. In gerechter Besorgnis, von dem untergeordneten, körperlich-äußerlichen Gesichtssinne betrogen zu werden, machte man sein Urteil nicht von der scheinbaren Realität des Bildes selbst, sondern von der inneren Idealität desselben abhängig, die ihre Kennzeichen in dem Namen des Künstlers oder der Schule, welcher er angehörte, offenbarte. Daneben aber bewies man das vorurteilfreieste Verständnis für Auseinanderscheidung zweier, nur der Oberflächlichkeit nach verwandt erscheinender Gebiete, indem man in einer gemalten Madonna mit ihrem Kinde ebenso schwärmerisch die zum Ausdruck gelangte Göttlichkeit bewunderte, als man in der Kirche die Zumutung des katholischen Fetischdienstes einer Verehrung der Jungfrau Maria als überirdischen Wesens mit religiösem Abscheu von sich wies. Das Keusche bildete die Goldprobe für den Kunstwert eines Gemäldes, und ihm gegenüber stand das Nackte als Merkmal verwerflicher Tendenzen, doch erlitten diese Grundsätze selbstverständlich eine Umgestaltung, sobald die Weihe eines heiligen Anhauches läuterndes und verklärendes Licht über einen dem alten Testament entnommenen Vorwurf ausbreitete. Der Gliederbau einer ins Bad steigenden Susanna erschien um so anerkennenswerter, je naturwahrer er die biblische Ueberlieferung in vollster Glaubwürdigkeit zum Ausdruck brachte, daß die lauschenden Alten durch diesen Anblick zu ihrem Frevel verlockt worden seien, und eine paradiesische Verkörperung Adams und Evas vor dem Sündenfall war geeignet, in gleichem Grade christliches Wohlgefallen zu erregen, als der schamlose Bekleidungsmangel der heidnischen Gestalten eines goldenen Zeitalters sittlichen Widerwillen gegen Maler und Malerei einflößen mußte. In der letzteren hielt man, der Gründlichkeit aller wissenschaftlichen und künstlerischen Anforderungen entsprechend, vor allem auf vollendetste Ausprägung der Technik, da diese nur durch etwas wirklich Achtungswertes, Reelles, durch Fleiß und langjährige Studien erworben werden könne, während das rege Umherschweifen der Phantasie, die Auffassung von Menschen und Gegenständen, das sogenannte poetische Gefühl etwas von selbst für Jeden Erreichbares sei, der sich nicht mit ernsthaften Dingen zu beschäftigen vermöge.

Daß nach dem letzten Axiom die allgemeinste Mißachtung denjenigen betraf, der sich nicht scheute, sich – in deutscher Sprache – irgend einem Zweige der Dichtkunst hinzugeben, bedarf keiner ausdrücklichen Erwähnung. Wenn nicht das Mitleid, das an dem Verstande des Betreffenden zweifeln ließ, überwog, so erklärte man ihn mit Fug für einen arbeitsscheuen, alles sittlichen Ernstes unfähigen und verlorenen Menschen und schreckte vor keiner noch so langwierigen philanthropischen Anstrengung zurück, ihn von dem Abgrund geistiger Verwahrlosung, vor dem er stehe, zu überzeugen. Man bewies die aufopferndste Nächstenliebe in dem Mühaufwand, mit dem man ihn noch zu einem nützlichen Mitgliede der menschlichen Gesellschaft zu veredeln suchte, indem man ihn einer ernsten Tätigkeit als Botengänger, Advokatenschreiber oder Geldrollenverfertiger zuzuwenden trachtete, und erst wenn alle diese gutherzigen Bestrebungen an der Verstocktheit seines Verstandes und Gemütes zerscheiterten, überließ man sich der letzten, schmerzlichen Notwendigkeit, ihn als ein gemeingefährliches, ausgeartetes Geschöpf anzusehen, gegen das die anständige Gesellschaft, wenn irgend möglich, wie gegen einen – zum Glück auch nur ebenso seltenen – tollen Hund Zwangsmaßregeln zu ergreifen verpflichtet sei. Waren diese letzteren nicht zu bewerkstelligen, so gab man ihn wenigstens der gesellschaftlichen Lächerlichkeit anheim und verwertete ihn als pädagogisches Abschreckungsmittel dadurch, daß man die Jugend mit dem Hinweis auf den kindisch-strafwürdigen Hochmut eines Individuums erzog, das, ohne die Stellung einer staatlich besoldeten Autorität einzunehmen, in einer jedem geläufigen Sprache – also mit einem Material, das keines sei – etwas hervorzubringen meine, was er nirgendwo gelernt habe und das demnach jeder, der sich dessen nicht schämen würde, besser könne als er.

Restat ars una, sublimis, augustissima. Das letztere Beiwort wird nur auf wahrhaft göttlich erhabene Dinge angewandt, und so enthält es die edelste Bezeichnung auch für die umfassendste, an pythische Begeisterung mahnende Verehrung, die in jedem männlichen und weiblichen Busen der guten Gesellschaft dem Heiligtum höchster Weihe, der Musik, entgegen getragen wurde. Der Ton eines Instrumentes versetzte sie in eine Art Ekstase, wie – *sit venia simili* – eine sich auf dem Herd wärmende Katze, der eine Kohle in den Pelz gefallen, und ein musikalischer Ton wurde dadurch insofern mit dem ›guten Ton‹ identisch, als der letztere ohne den ersteren nicht gedacht werden konnte. Die zärtliche Liebe aller Mütter äußerte sich deshalb vornehmlich in dem Wetteifer, mit dem sie ihre Töchter bald nach der Geburt zu Klaviervirtuosinnen auszubilden anfingen, und ein Haus, in welchem keine solche heranreifte, ward als ein vom Zorn des Himmels betroffenes angesehen und gemieden. Doch fanden sich nur wenig derartige, auf welche schon die unteren Klassen der Töchterschulen im Vorübergehen mit Fingern deuteten; gewöhnlich konnte man zu gewissen Tagesstunden durch jede beliebige vornehmere Straße gehen und sich so versichert halten, aus jeglichem Hause durch die Saitenerregung eines Flügels, Pianos, Pianinos, Pianofortes, Spinets entzückt zu werden, wie – das Gleichnis bezieht sich natürlich nur auf die Regelmäßigkeit des Genusses – der zum Spießrutenlaufen verurteilte Deserteur sich überzeugt halten durfte, daß seinem Rücken kein Holzinstrument des lebendigen Spaliers erspart bleiben würde. Es bildete das gewissermaßen die Alltagsandacht der in süßer Hingebung zerschmelzender Tonanbetung, die sonntägliche feierte ihren erhöhten Aufschwung in den wöchentlichen Konzerten, und die höchsten Feste der Verkündigung, Auferstehung und Ausgießung des heiligen Geistes fanden ihre Analoga in der Ankunft berühmter Geigen- und Flügelvirtuosen, Quartette, Bassisten, Tenoristen und Baritonisten. Der allgemeine Freudentaumel bei dem Bevorstehen eines solchen Ereignisses war nur etwa demjenigen vergleichbar, welchen die Gassenjugend beim Erscheinen eines Polichinelkastens und seines Hanswurstes an den Tag legte; Kranke wurden gesund, und in Trauerkleidung Wandelnde lächelten, der hochfeierliche Tag vereinigte unter der Wölbung der Kirche oder des Harmoniesaales tausend Herzen und einen Schlag. Monatelang in unermüdlichen Proben bereiteten sich ihm die eignen musikalischen Kräfte, die Träger und Trägerinnen des Stolzes der Stadt: die nordische Nachtigall, die Lerche vom Seerand, der Sprosser der Heimat. Niemand achtete sich zu hoch, noch in falscher Bescheidenheit seine Stimme zu gering, um sie nicht patriotisch zur Unterstützung des Chors darzubieten, selbst sechzigjährige Damen setzten sich heldenmütig der Gefahr wochenlanger Heiserkeit und Erkältung in Folge der schicklichkeitsgemäßen Dekolletierung aus. So erwuchs das Unvergleichliche aus dem einmütigen Bestreben, sich von Keinem an mitwirkendem Verdienst übertreffen zu lassen – rätselhaft blieb nur, woher überhaupt noch Zuhörer kamen – und es war ein von der Musik in solchem Umfang nirgendwo wieder gefeierter Triumph, zu gewahren, wie ihre schöpferische Kraft eine scheinbar nur physische Eigenschaft des Kehlkopfs und Uebungsgewandtheit der Fingermuskeln in tiefste innerliche Durchgeistigung, Empfindungsglut und himmelanstrebenden Adlerflug umsetzte und jeden gefühlvollen Hörer abwechselnd zu jauchzenden Tränen und schluchzendem Jubel hinriß. Ja, es war dies um so bewunderungswürdiger, als grade die hauptsächlichsten Nachtigallen, Lerchen und Sprosser, sobald sie nicht sangen, durch ihre Sprache und die Benutzung derselben zum Ausdruck ihrer Gedanken und Empfindungen eher die Mutmaßung, anderer Vogelgattung angehörig zu sein oder etwa der nützlichen Beschäftigung von Nähmädchen und Köchinnen obzuliegen, erweckten, wie denn überhaupt nach meinen Erfahrungen die höchste Kunstwürde und Göttlichkeit der Musik sich durch nichts beredter kundtut, als daß ihr Zauberstab – in umgekehrter Magie, wie derjenige der Circe – durch bloße Berührung Schafe, Esel und selbst Schweine in geistig verklärte, die innerste Geheimnistiefe aller Poesie durchdringende Geschöpfe umwandelt. Sobald die Schwingungen des Zauberstabes aufhören, sind sie wieder Schafe, Esel und Schweine, welche blöken, y-a-en und grunzen, doch alles nur scheinbar, denn darunter birgt sich in unsichtbarer Tiefe der himmlische Funke, den das nächste Konzert wieder zu einer Sonnenleuchte der Menschheit anbläst.

Nach Beendigung des Konzertes pflegte man den Dirigenten desselben mit Lorbeeren zu bekränzen, die Menge der ihn begeistert Umdrängenden hing atemlos an dem höchsten Urteilsspruch jeder Lobes- oder Tadelregung seiner Stirn, einige der am meisten aller profanen Wirklichkeit Entrückten drückten heimlich ihre Lippen auf seinen Taktierstock. Die Stadt erfreute sich des beneidenswerten Reichtums, unter den verschiedenen Titeln Musikdirektor, Kapellmeister und Organist drei solcher für ihren Beruf gleich ausgezeichneter Männer zu besitzen, denn in der richtigen Erkenntnis, daß die Vertiefung in einen Gegenstand den Meister bildet, wählte man stets nur Leute dazu, die den unzweifelbaren Nachweis zu liefern vermochten, daß sie durchaus nichts weiter verständen als Musik. Zu solchen, wo sich irgend eine Hoffnung dafür blicken ließ, suchte naturgemäß auch der Ehrgeiz der Eltern ihre Söhne heranzuziehen, und es machte das geheime Glück, den Stolz und die Beneidung einer Familie aus, wenn das Quartalzeugnis einem Knaben absoluten Mangel aller Gedanken in deutschen Arbeiten wie jeglicher anderen Begabung, dagegen ein auffällig richtiges Gehör in der Gesangsstunde zusprach. Der Vater eines heranwachsenden musikalischen Zukunftskünstlers genoß ebenso sehr Ehrerbietung vor den Verdiensten seiner Erziehung, wie der unglückliche Vater eines sich der Dichtkunst hingebenden Sohnes mit diesem zugleich der strengsten Verurteilung anheimfiel, wenn er sich nicht öffentlich in gültigster Form von dem Mißratenen losgesagt hatte. Für die weibliche Jugend war leider die höchste Kunststaffel eines Musikdirigenten so wenig erreichbar, als sie freilich andrerseits in der Gefahr schwebte, den unnützen Auswurf der zweiten Kategorie zu vermehren. So begnügten die Töchter sich mit der Ausbildung ihrer musikalischen Talente durch rastlosen Privatfleiß, nie versäumten Besuch eines Konzerts und die häufige Prüfung ihrer Fortschritte in traulicheren oder umfangreicheren Abendzirkeln, wobei sie in kindlicher Pietät ihren eignen Abscheu gegen alles mit dem verrufenen Begriff Dichtung Zusammenhängende dadurch aufs Nachdrücklichste und Verdienstlichste zu Tage förderten, daß sie nur solche Lieder sangen, deren Text geeignet war, den Anteil der Dichtkunst daran zur vollständigsten Abgeschmacktheit herabzusetzen.

Auf diese Stadt und Alles darin sah seit Jahrhunderten in unverrückter Haltung mein Freund, der alte, kupfergrüne Kirchturm herunter.

Drittes Kapitel

Das Haus, in welchem Doktor Pomarius wohnte, der seit meiner frühesten Erinnerung Vater- und Mutterstelle an mir vertrat, lag nicht in der eigentlichen Stadt selbst, sondern in einem eng mit dieser verbundenen dorfartigen Vorort, dessen Bevölkerung auf gleiche Weise im Zuge täglicher Gewohnheit den umliegenden physischen Acker anbaute, wie Doktor Pomarius den psychischen der ihm anvertrauten Zöglinge. Es war somit eine ländliche Welt, in der wir lebten, und im Frühjahr zog der Pflug rundum seine Furchen bis an den Wall unseres großen Garten heran. Dieser besaß in Wirklichkeit seltenen Umfang; der Bodenwert der Gegend war in damaliger Zeit noch äußerst gering, und ein Freund der Einsamkeit und Naturstille, sonniger Abhänge und schattiger Baumpflanzung, der Nachtigallen und des Lerchengesangs mochte sich den Garten zu einer Zeit angelegt haben, als Mauern und Tore noch überall mit mittelalterlicher Tracht die Stadt umschlossen. Das Alter der Bäume sprach dafür; wenn man aufmerksam prüfte, auch der Bau des Hauses. Es ließ sich noch der Grundstock eines ehemaligen einfachen Gartengebäudes darin erkennen, nur als schützender Aufenthaltsort für schlechte Witterung errichtet; dann hatte ein Nachfolger diesen zu ständigem Wohnort erweitert, der Eine dies, der Andere jenes hinzugefügt. So bildete das Haus allmählich einen weitläufig-geräumigen, in Zimmereinteilung und allen Bequemlichkeitsrücksichten merkwürdig ungeschickten, zusammengeflickten Kasten, der eine Menge von dunklen Winkeln, Flurplätzen, Stufen und Abseiten enthielt, jedem Fremden lange Zeit als Labyrinth erschien und innerlich grad' so viele halsbrecherische Eigenschaften aufwies, als er von außen vermuten ließ. Im Winter versperrte oftmals der Schnee manchen Fuß hoch den Weg zur Stadt, aber im Sommer schlugen die Enkelkinder der Nachtigallen, die den ersten Ansiedler hierher gelockt, noch immer ebenso unermüdlich in der dicht verwachsenen Gartentiefe, und an ihrem Rande trillerten die Lerchen über den Pflügern. Methodisch zogen die Pferde vor der ab und zu aufblitzenden breiten Eisenschaufel und der umfallenden Scholle dahin, sie wendeten drüben am fernen, noch vom vorjährigen Laub braunen Zaun, der Zuruf, der sie zur Schwenkung antrieb, verklang halb in der Luft, und langsam kamen sie wieder mit nickenden Ohren heran, von Krähen und Dohlen umflattert, die der unferne Waldrand in immer neuen krächzenden Geschwadern herübersegeln ließ. Die schwarzen Gesellen stürzten sich flügelschlagend in die aufgerissenen Furchen, oft dicht hinter dem Fuß des Pflugführers, der gleichgültig keine Miene verzog und nie den Kopf nach ihnen umwandte; scheuer mischte sich dann und wann das silberglänzende Gefieder einer Möwe hinein, die in hoher Luft vorüberschweifend plötzlich den Mut faßte oder der lockenden Anziehung nicht zu widerstehen vermochte, mit auf den köstlichen Beuteinhalt der zerwühlten Erde herabzuschießen. Sie flimmerte auf dem dunklen Feld wie ein weißgekleidetes Mädchen unter einem Trauergeleit und trippelte auch ebenso vorsichtig umblickend, ihrer Angehörigkeit in andres Element bewußt, abseits von dem düsteren Schwarm umher, daß Doktor Pomarius, wenn er es sah, sich zu äußern pflegte: »Seht, das ist das Bild des bösen Gewissens, das sich nicht unter die Augen seiner Mitgeschöpfe wagt!«

Wie Doktor Pomarius – jedenfalls schon geraume Weile vor meiner Zeit – in den Besitz des Hauses und Gartens gekommen, habe ich nicht erfahren. Gelegentlichen Aeußerungen anderer entnahm ich – oder hatte vielmehr kaum Interesse dafür, es zu hören – daß er das Ganze einmal für einen Spottpreis gekauft und hauptsächlich dadurch auf den Gedanken gebracht worden, seine segensreiche Tätigkeit in unserer Stadt zu beginnen. Praktisch war dieselbe mir lange bekannt, ehe ich einen Namen dafür wußte und eines Tages zufällig in den Anzeigen des zweimal wöchentlich erscheinenden städtischen »Wochenblattes« durch die fettgedruckte Unterschrift »Dr. Pomarius« zur Lektüre der betreffenden Annonce veranlaßt wurde. In dieser wurde auswärtigen Eltern und Vormündern von Söhnen und Pfleglingen, welche die gelehrte Schule besuchen sollten, die Knabenpensions-Anstalt des Unterzeichneten in gesundester Lage mit großem Garten und ausnehmenden Hausräumlichkeiten empfohlen. Der Vorsteher, ein Mann in den besten Jahren und gesichertster wie angesehenster Stellung, habe aus unbezwinglicher Neigung für das körperliche und geistige Gedeihen der Jugend diesen mühevollen Beruf erwählt und biete schon dadurch die vollendetste Bürgschaft, daß sich in seinem Hause alles für das wahre Wohl der ihm Anvertrauten Erforderliche vereinige. Väterlich liebevollste Behandlung herrsche als oberster Grundsatz; ihm koordiniert ziehe sich als roter Faden tägliche Pflege christlichen Sinnes im Gemüt und in Werktätigkeit hindurch. Aber wo heilsame Strenge von göttlichem Geheiß, Vaterpflicht und Verstocktheit eines jugendlich trotzigen Herzens erheischt werde, stehe auch ihre schmerzliche Nötigung dem Leiter der Anstalt in vollstem Umfange zu Gebot, und er halte für seine besondere Verpflichtung, aufzufordern, ihm etwa durch übergroße Nachsicht mißratene und in Zuchtlosigkeit verwilderte Söhne zur moralischen Besserung in die Hände zu geben. Welche Erfolge er bei solchen bereits erzielt, bezeuge das hohe Interesse, das viele – mit Namen aufgezählte – hervorragende Persönlichkeiten in verschiedenen Städten an seiner Wirksamkeit nähmen, bei denen allen jeder Ortskundige nicht in Zweifel sei, daß er in ihnen die Auslese gottesfürchtigster und lebenserfahrenster Nächstenliebe zu verehren habe. Diese sämtlich würden übereinstimmendes Zeugnis für den Unterzeichneten ablegen, der sich nur noch besonders auf die Anerkennung der ebenfalls zu weiteren Auskünften bereiten Damen für die sittliche Strenge aufmerksam zu machen erlaube, mit welcher er von früh auf jeden seiner Zöglinge von irgend einem Verkehr mit dem weiblichen Geschlecht fernhalte und in seinem Hause keine Dienstmagd aufnehme, die nicht das fünfzigste Lebensjahr überschritten. Schulgeld, Wäsche, ärztliche Bemühungen und körperliche Heilmittel seien einzig nicht mit in den – vierteljährlich pränumerande zu entrichtenden – Pensionspreis eingeschlossen, der nur von einem Manne so niedrig gestellt werden könne, welcher keinerlei irdischen Vorteil durch seine opferfreudige Tätigkeit zu erzielen, sondern ausschließlich nach der ethischen Vervollkommnung der Jugend und der ihm selbst daraus erwachsenden seelischen Befriedigung trachte.

So viel besagte der Inhalt der Anzeige, von der jedoch ein Anmerkungsstern auf einen in derselben Nummer des Blattes voraufgehenden Redaktionsartikel hindeutete. In diesem ward auf die im Inseratenteil befindliche Annonce ausdrücklich unter der Beifügung aufmerksam gemacht, daß Herr Doktor Pomarius einer der moralisch hochgestellten, verdienstvollsten und in jeder Richtung tadellosesten Männer der durch so zahlreiche ausgezeichnete Persönlichkeiten weit bekannten Stadt und deshalb für die betreffenden Eltern und Vormünder gleichsam als eine irdische Vorsehung zu betrachten sei, die nicht dringend genug dem allgemeinen Selbstinteresse wie dem der Menschheit im ganzen empfohlen werden könne. Ich erinnere mich, daß ich sowohl die Anzeige als den Artikel der Redaktion dreimal durchlas und mit einer geheimen Scheu zum erstenmal das ganze Wesen des Doktor Pomarius vor meinen Augen in ein höheres, fast blendendes Licht gerückt sah, als mein kindischer Unverstand bisher aus eigenem Vermögen wahrzunehmen imstande gewesen. Doch zugleich fiel mir etwas anderes mit drückender Last beschämend und quälend auf die Seele. Ich empfand auch zum erstenmal, daß nicht nur die Mehrzahl meiner Hauskameraden, sondern ich selbst am meisten mit zu den völlig mißratenen und verwilderten Knaben gehören müsse, deren Herzensverstocktheit Doktor Pomarius die schmerzliche Nötigung auferlege, unausgesetzt die äußerste Strenge für unsere moralische Besserung anzuwenden. Es war das um so qualvoller und überzeugender für mich, als ich mich vergeblich abmarterte, mir die Gründe und Beweise meiner Schlechtigkeit klar zu machen, und immer deutlicher dabei fühlte, wie die oft wiederholten Worte des Doktor Pomarius sich an mir selbst bewahrheiteten, daß es das Zeichen der tiefsten Verworfenheit sei, nicht einmal zur Erkenntnis des Bösen und daher auch nicht zur sündenvergebenden Reue gelangen zu können. Ich konnte nur im allgemeinen meine Existenz bereuen, und das, glaube ich, tat ich an jenem schlimmen Nachmittag und oftmals später auch, freilich, wertlos, wie diese Reue war, ebenfalls nur mit wertlosen Tränen.

Der Doktor Pomarius befand sich um jene Zeit ungefähr im Anfang der vierziger Jahre und zeichnete sich vor den meisten anderen Bewohnern der Stadt dadurch aus, daß er immer eine weiße breite Halsbinde von der Art, die man Kravatte nannte, trug. Das gab ihm ein solennes, mit seinem Wesen in Einklang stehendes Aussehen und ließ ihn schon in beträchtlicher Entfernung auf der Straße unterscheiden. Fremde hielten ihn übereinstimmend für einen Prediger des Orts, denn auch die Bewegungen seiner ziemlich langen und schmächtigen Gestalt besaßen etwas Pastorales; er sprach mit gemessener Betonung, sehr deutlich die Worte ausrundend, und wenn ihren klaren Ausdruck etwas beeinträchtigte, lag die Verschuldung nicht an ihm, sondern an einer wahrscheinlich angeborenen heiseren Verstimmung seines Organs. Ich erfuhr auch, daß diese den Grund gebildet, weshalb man ihm in früherer Zeit geraten, seine anfängliche Berufslaufbahn zu verlassen und sich derjenigen zuzuwenden, auf welcher er in unserer Stadt zu so außerordentlichen Erfolgen gelangte. Er war Kandidat der Theologie gewesen, hatte sich dann nochmals auf eine auswärtige Universität zurückbegeben, dort philologischen Studien obgelegen, die Promotion zum Doktor erlangt und einige Zeit darauf käuflich das Haus erworben, in welchem ich mich von frühester Erinnerung seit der Zeit befand, wo das Gericht ihn nach dem Tode meiner plötzlich und kurz hintereinander verstorbenen Eltern zu meinem Vormunde und Erzieher bestellt.

Der Doktor Pomarius besaß eine Eigentümlichkeit, die ich selten an Menschen wieder gefunden. Er hatte zwei verschiedene Gesichter oder vielmehr eigentlich Profile, so daß, wer ihn zufällig nur von der einen Seite gesehen, ihn danach von der andern nicht wieder erkannte. Das Gesicht rechts konnte einen lächelnden Ausdruck haben, ohne daß man es links bemerkte, ihm von hier aus im Gegenteil eine strenge Gemütsstimmung beimaß. Vielleicht hätte ein Bart diese Unterschiede aufgehoben oder mindestens verdeckt, doch er ging immer völlig glatt rasiert und achtete sorglich darauf, daß sich niemals ein dunkler Schatten am Kinn, noch auf der Oberlippe bemerkbar machte. Dadurch ward die Farbe seines Gesichtes zunächst von der weißen Kravatte begrenzt und mit ihr in nicht eben vorteilhaften Gegensatz gebracht, da sie auf solche Weise stärker ins Graue, Ungewisse spielte, als eine anders gefärbte Halsbinde es verursacht haben würde. Seine Nase war scharfknochig und wenig, doch nicht übermäßig gebogen; den Hauptanlaß zu der erwähnten Profilverschiedenheit gaben der Mund und die Augen, von denen der erstere etwas mehr auf die linke Seite hinüberlag, so daß man nur von ihr aus beim Oeffnen der Lippen die an Zahl wohlerhaltenen, doch vom Pfeifenrauch dunkel gebräunten Zähne gewahren konnte. Bei den Augen war dagegen keine eigentliche Unregelmäßigkeit vorhanden, sondern nur ihre ungewöhnlich entfernte Stellung vom Nasenwinkel lieh ihnen etwas eigen Berührendes, gleichsam Auseinander-Blickendes, so daß man von vornherein, doch mit Unrecht, in die Schärfe ihres Sehvermögens Zweifel setzte, während ihnen umgekehrt die Fähigkeit innewohnte, in weiterem Halbrund als andere alles um sie her Befindliche, gleichsam jedes einzelne auf seiner Seite aufzunehmen. Eine hohe, schräg zurückweichende, beinahe völlig kahle Stirn schloß das Gesicht nach oben ab; die Farbe der übrig gebliebenen dünnen Haarfäden ließ sich nicht deutlich mehr bestimmen, nur die Augenbrauen weckten die Vermutung, daß es gleich diesen hellblond gewesen. Im Freien trug Doktor Pomarius jederzeit einen schwarzen breit-randig-niedrigen, doch steifen Hut, der seine Figur mehr als bei entblößtem Kopf abplattete und ihr einen äußerst würdigen An-strich gab, unter dem die an und für sich, wie ich glaube, nicht ein-nehmende Bildung der Einzelzüge verschwand. Aber ich entsinne mich, wenigstens aus früherer Zeit, niemals, zu einem ästhetischen Urteil darüber in mir gelangt zu sein.

Doktor Pomarius nahm am Gymnasium keine Stellung als Lehrer ein, er stand nur mit dem Rektor wie mit allen Kollegen desselben auf vertrautestem Fuß und wachte darüber, daß der Geist der Schu-le und der häuslichen Erziehung sich ergänzten und in unausge-setzter fördersamer Wechselerziehung verblieben. Eine Strafe, die uns in der Klasse zuerkannt worden, fand deshalb ihre regelmäßige Wiederholung im Hause, nur in der gemilderten Form, daß sie dort in Schlägen und Karzerarrest, hier in Entziehung des Mittags- oder Abendessens bestand und umgekehrt die letztere, vermittelst des bestehenden Rapports, in der Schule die ersteren zur Folge hatte, denn Doktor Pomarius stellte es als oberstes pädagogisches Axiom auf, daß man den rebellischen Geist durch Einwirkung auf den Körper züchtigen müsse. Er selbst enthielt sich jedoch mit Ausnah-me allerbesonderster Vorfälle positiver leiblicher Bestrafungen und brachte persönlich nur die genannte negative Methode in Anwen-dung, allerdings auch in Bezug auf das Gegenteil von Strafen, denn da das Gymnasium gutes Verhalten selbstverständlich nur als unse-re ›Pflicht und Schuldigkeit‹ ansah und keine Belohnung dafür spendete, konnte logischer Weise nach dieser Richtung zu Hause von keiner Wiederholung die Rede sein.

So erstreckte sich die pädagogische Tätigkeit des Doktor Pomari-us nur auf uns, die dem Hause Angehörigen, und darauf, daß er in den höheren Töchterschulen der Stadt den Religionsunterricht er-teilte. Er bildete für jede Vorsteherin jener Institute naturgemäß einen Gegenstand der Verehrung und nahm bei ihnen gleichsam die Stellung eines weltlichen Beichtvaters ein, dessen Mahnungen und Ratschläge jedoch aus dem Tenor (*tenor*) seiner geistlichen

Grundstimmung hervorgingen. Dagegen war das Verhältnis der Schülerinnen zu ihm ein geteiltes, und man konnte im Allgemeinen sagen daß diejenigen, welche ihm ihre vollste Zuneigung widmeten, sich dadurch das Zeugnis mehr innerlicher, schon in jugendlichem Alter für die Gnadenwirkung der Frömmigkeit empfänglicherer Naturen ausstellten. Er betonte häufig, daß man den weiblichen Sinn durch zarte, spielende Weise zu dem Ernsten, Höheren hinanzuziehen streben müsse, wie unser Heiland auch zärtlich gesagt: »Lasset die Kindlein zu mir kommen!« Allein trotzdem er nach diesem Vorbild mit Liebkosungen, manchmal sogar mit Zuckerplätzchen Eingang in die Seelen seiner töchterlichen Pflegebefohlenen zu gewinnen trachtete, befand sich doch eine ziemliche Anzahl von gemütlosen Weltkindern darunter, bei denen seine liebreich ausgesonnene Art ohne nachhaltige Wirkung blieb. Die Meisten verzehrten allerdings mit Wohlgeschmack die ausgeteilten Bonbons; einige indes, die sich dem ungezogenen, in sich selbst unklaren und widerspenstigen Alter des Backfischtums näherten, lachten verstohlener oder lauter und wollten in alberner Manier überhaupt von seinen Süßigkeiten nichts wissen. Ja, zuweilen war die ganze Strenge der Lehrerinnen erforderlich, um sie zu einem respektvollen Verhalten gegen den Doktor Pomarius zu nötigen; ernste Zwangsmaßregeln, welche der letztere jedoch stets durch seine Milde und die unerschütterliche Hoffnung begütigte, die kleinen, lieben, närrischen Christenseelchen würden schon noch zur Erkenntnis gelangen, wie teuer sie seinem Herzen seien, das – gleich dem Heiland – keine scheinbar vergebliche Anstrengung scheue, sie von dem Heil, welches seine Lippen ihnen zu künden berufen worden, zu überzeugen.

Im Hause des Doktor Pomarius befand sich noch eine bejahrte Dienstmagd, Johanna, und eine ungefähr gleichaltrige Haushälterin, deren offizielle Anrede »Mamsell Dorthe« lautete, die indeß von uns, wenn wir etwas von ihr zu erlangen wünschten, »Tante Dorthe« genannt wurde. Sie war äußerst gutherziger Natur, sobald es auf sie allein ankam, und hintertrieb durch diese Schwäche nicht selten die Fortschritte unserer Besserung, da sie uns manchmal, wo uns Nahrungsentziehung zudiktiert worden, heimlich eine Butterschnitte, Obst und dergleichen zusteckte. Die Aengstlichkeit, mit der sie uns anhielt, das Ausgeteilte hastig in irgend einer Ecke oder unbesuchten Stelle des Gartens zu verzehren, zeigte deutlich, wie strafend ihr selbst das böse Gewissen dabei schlug; aber unser fast immer begieriger und vernunftloser Appetit ließ uns das Geringfügige, schnell Vorübergehende dem Gewichtigen, Bleibenden vorziehen und vergaß über der augenblicklichen roh körperlichen Befriedigung die Schädlichkeit ihrer moralischen Wirkung. Im Uebrigen fürchtete Tante Dorthe den Doktor Pomarius nicht minder als wir, nächst dem lieben Gott am meisten, und ich habe aus ihrem, etwas zahnlosen Munde nie eine Widerrede gegen seine Anordnungen gehört. Ihr Gesicht war ältlich-freundlich mit einem vorwiegenden, aus Wehmut und Demut gemischtem Zuge; äußerlich hielt sie genau auf tadellose Sauberkeit und Ordnung an sich selbst und Allem, was zu ihrem Aufsichtskreise gehörte, und ihre kleinen Händchen, die in Tante Dorthe's Jugend sehr niedlich gewesen sein mußten, legten eine rührig geschickte Beweglichkeit an den Tag, von der wir jedes kleine Anliegen aufs Eiligste und Beste erfüllt zu sehen, überzeugt sein konnten.

*

»Wir« nannten uns – um mich abermals in den Vordergrund zu stellen – Reinold Keßler, Philipp Imhof und Fritz Hornung. Später kam noch Eugen Bruma hinzu, doch wir rechneten ihn nicht im engeren Sinn mit, weil er sowohl, als das Verhalten des Doktor Pomarius gegen ihn vom ersten Tage an zeigten, daß er nicht zu den mißratenen Knaben gehörte, sondern gleiches Wohlgefallen bei jenem, wie bei den Lehrern in der Schule erregte. Er war von schmächtiger Gestalt, und seine Augen lagen ungewöhnlich tief in einem ziemlich schmalen, feingeschnittenen Gesicht, das im Sommer und Winter, sogar bei starker körperlicher Anstrengung immer dieselbe Blässe behielt. Wir andern waren kindisch und boshaft genug, uns manchmal halbwegs darüber und über sein Wesen überhaupt lustig zu machen, ihn aufzufordern, sich einmal durch Wettlaufen und Ringen mit uns die Backen rot zu färben, während jeder fähige Beurteiler gerade in der blassen Farbe das Verdienst hätte erkennen müssen und erkannte, daß Eugen Bruma sich von allem solchem unnützen Zeitvertreib fernhielt und ausschließlich aufs Gewissenhafteste der Erfüllung seiner ihm von der Schule und im Hause auferlegten Pflichten nachkam. Er sprach wenig und stieß dabei leise mit der Zunge an; um seine Meinung in einer Sache befragt, zögerte er gemeiniglich und erteilte oft eine Antwort, welche Zweifel an seinem Verständnis und besonderer Geistesschärfe verursachen konnte. Doch er legte dann ebenso häufig Zeugnis für die Gründlichkeit seines Nachdenkens dadurch ab, daß er später in seinem Urteil zu einem völlig entgegengesetzten Ergebnis gelangt war. Er prunkte indeß nie mit einer derartig nachträglich gewonnenen Einsicht, sondern wenn diese sich zufällig einmal ergab, suchte er bescheiden jede weitere Erwähnung zu vermeiden und schnitt in der Regel mit der Annahme eines Irrtums und daß er sich nicht erinnere, eine andere Aeußerung getan zu haben, ab. Sein Vater nahm eine hohe Würdenstellung als Generalsuperintendent ein, und wir bezeichneten im Scherz unter uns andern den Sohn ebenfalls mit diesem Titel. Daß er sich, selbst auf dem gemeinsamen Schulwege, durchaus von uns abgesondert hielt, gereichte uns zugleich zur Schuld und zum Nachteil, da wir uns auf solche Weise einer heilsamen Beeinflussung durch die Musterhaftigkeit seines Betragens entzogen und jenen Neid in uns weckten, den natürlich in Wahrheit nur seine eignen Vorzüge rege machten, unsere Verblendung aber darauf übertrug, daß ihm von Doktor Pomarius und den Lehrern des Gymnasiums bei jedem Anlaß aufs Unverkennbarste der Vorzug gegeben wurde.

Den denkbarsten Gegensatz zu Eugen Bruma stellte Fritz Hornung dar. Er war immer rotbackig, immer vergnügt und immer in Bewegung. Wenn ein Streich irgend welcher Art ausgeübt wurde, beteiligte er sich daran, nicht allein aus Liebhaberei, sondern aus einer inneren Verpflichtung, der Sache nicht seine Unterstützung zu entziehen, und in seinem Charakter lag ein gewisses sich vordrängendes Wesen, das besonders dadurch als renommistisch zu Tage trat, daß er in nicht seltenen Fällen, wo der eigentliche Ausüber eines Frevels sich vor der Strafe fürchtete, die Täterschaft mit lautem Geständnis auf sich nahm. Doktor Pomarius bemerkte, als dies einmal entdeckt ward, in tiefer, schmerzlicher Gemütsergriffenheit, daß eigentlich etwas Ruchloseres gar nicht erdenkbar sei, da das erste, ursprüngliche Vergehen auf solche Weise verdreifacht, zu ihm eine Straflosigkeit des wirklich Schuldigen, eine Irreführung des Richters und eine schamlose Lüge hinzugefügt werde, und Fritz Hornung ward mit schwerster Schulzüchtigung und achttägigem Mittagsfasten im Hause bestraft. Doch so wenig seine roten Backen darunter litten, so wenig auch enthielt er sich bei nächster Gelegenheit eines Rückfalls in die dreifache Versündigung, die mit der Erbsünde zugleich in seinem Blut zu liegen schien und offenbar ihrer Schwere nach von ihm nicht richtig empfunden wurde. Wenn dies und überhaupt die stoisch-unbekümmerte Manier, mit welcher er solche Strafe trug, eine Schwerfälligkeit des Gemütes und Geistes andeutete, zeigte er sich dagegen körperlich desto behender und ruhelos regsamer. Es war ihm eine physische Unmöglichkeit, an einer gefrorenen Gosse vorüber zu kommen, ohne ein Dutzend mal darüber hinzuschleifen, durch einen Quell mußte er hindurchlaufen, und befand sich ein erkletterbarer Baum am Wege, so war er plötzlich verschwunden und lachte, wenn wir am Stamm vorüberkamen, mit seinem semmelblond über die indigoblauen Augen verwühlten Haar vom obersten Ast auf uns herunter. »Wenn Du nicht ein solches Unkraut wärest, hättest Du schon längst den Hals gebrochen,« sagte Doktor Pomarius einmal bei derartigem Anlaß in besonders guter Laune; »ich werde Deinem Vater nächstens wieder eine Rechnung für neue Kleider schicken müssen, ihr seht es selbst, wie der kostspielige Bursche sein Zeug ruiniert«. Eugen Bruma nickte zustimmend mit der Stirn, dachte einige Augenblicke nach und fragte dann: »Wacht der Herr mehr über dem Unkraut, daß es nicht verdirbt, als über dem Waizen?« – »Das Unkraut, mein junger Freund,« antwortete Doktor Pomarius, »läßt Er nach seinem Ratschluß wachsen und bestehen, daß sich das gute Korn ein Beispiel daran nehme, wie jenes mit der Peitsche aus dem Erntesegen des Ackers herausgeklatscht wird. Du hast manchmal den tüchtigen Landmann gesehen, mein lieber Eugen, daß er so ausrodend über die Felder dahingeht, und ihm gleicht der gewissenhafte Lehrer und Förderer der Jugend, dessen Blick sich nicht der fruchtverheißende Waizen zu entziehen braucht, sondern das schuldbewußte Unkraut, das den köstlichen Gottesacker schändet. Wenn Du ein solches erkennen willst, brauchst Du nur zu fordern, daß es die Augen auf Dich richte, und Du wirst das Schuldbewußtsein an dem Merkmal scheiden, daß es Deinen Blick nicht ohne Erröten zu ertragen vermag. Sieh mich einmal an, Reinold Keßler! Kannst Du es, ohne rot zu werden? Seht mich alle an! Der Spiegel Deines Antlizes allein, mein junger Freund, ist von keinem Widerschein des bösen Gewissens gefärbt – ihr andern werdet euch heut abend ohne Imbiß zu Bett legen, und ich werde zu Gott bitten, Er möge eure Herzen wenigstens zur Umkehr noch vor dem Tage wenden, an welchem Er auf Seiner Tenne die Spreu von dem Waizen schüttelt.«

»Ich bin immer rot wie ein gekochter Taschenkrebs, und Du warst's keine Spur, wie Du ihn ansahst,« murmelte Fritz Hornung mit dem Mund an meinem Ohr vorüberstreifend. Ich ging einige Schritte neben Eugen Bruma weiter, der gesenkten Kopfes hinwanderte, dann die Stirn hob und abermals fragte:

»Gibt es auch Menschen, die sich ihrer Schlechtigkeit bewußt sind und doch nicht rot werden, wenn man sie ansieht?«

Doktor Pomarius stand still. »Gewiß, mein Lieber, aber gottlob selten; so selten, wie die eigentlichen Giftpflanzen unter dem Unkraut. Es ist das der Auswurf der Menschheit, die verhärtetsten, wider alle Scham abgestumpften Sünder, die eher durch Blässe an den Tag legen, daß sie den Keim zu jeder Schändlichkeit in sich tragen. Von solchen Leuten heißt es im Gebet: Laß mich nicht, o Herr, in Blindheit an ihrer Seite hinwandeln, sondern öffne meine Augen, sie zu erkennen!« Eugen Bruma wandte sich mit einer bei ihm ungewöhnlich raschen und entschiedenen Bewegung von meiner Seite fort, daß Doktor Pomarius fragte: »Was hast Du?«

»Ich erschrak,« versetzte er, »Reinold ist außerordentlich blaß, scheint mir, er wird doch nicht krank sein?«

Ich wußte nichts zu erwidern, doch Fritz Hornung fiel ein: »Dann müßten wir wirklich um Dich immer in Angst sein, Eugen, aber wir sind nicht gleich so furchtsam wie Du, sonst könnte man einen Schreck kriegen, Du wärst mit dem Gesicht in die Kalkgrube gefallen.«

»In meiner Gegenwart verbitte ich mir so alberne Späße,« sagte Doktor Pomarius streng. »Sieh die Herrlichkeit der Natur, mein junger Freund, sie atmet den Frieden, die Vaterliebe Gottes für alle seine Kreaturen, und nur der Ungeratene, den man mit flammendem Schwert aus diesem Paradiese vertreiben sollte, doch in Nachahmung der göttlichen Langmut von Tag zu Tag noch fortduldet – nur er vermag das Gift der Verführerin von Anbeginn, der Schlange, in seinem unreinen Busen zu hegen und es mit dem Geifer des Erzfeindes über seine Zähne heraufträufeln zu lassen. Hast Du einmal nachgedacht, mein lieber Eugen, wie Du Dir die Verführung

Evas durch die Schlange vorstellst? Etwa durch die Verheißung eines neuen – haha, das kann man nicht einmal sagen – eines Kleides überhaupt, wie es in Lustspielen auf dem Theater der Brauch ist?« Doktor Pomarius lächelte jovial mit dem linksseitigen Profil und schritt, Eugen Brumas Arm in den seinigen ziehend, mit ihm vorauf. Fritz Hornung raunte uns zu: »Im Paradies gab es wenigstens Aepfel zum Abendessen, aber seid ruhig, ich will Tante Dorthe schon herumkriegen, daß sie die Eva spielt. Und habt keine Angst, daß der Engel uns aus dem Paradiese hinausjagt, denn dann müßte er das Kostgeld, das für uns bezahlt wird, mit wegjagen und – hudibrum, eher –«

Fritz Hornung steckte den kleinen Finger seiner rechten Hand zwischen die spatweißen Zahnreihen, biß so kräftig darauf, daß er aufschrie, lachend und hüpfend mit der Hand schlenkerte und sie dann hinter dem Rücken Eugen Brumas mit halb grimmiger, halb komischer Begleitmiene zusammenballend, flüsterte: »Hab' ich dem Generalsuperintendenten seine Kläfferei nicht gut bezahlt? Du bist immer auf den Mund gefallen, Reinold; mach' ihn nur heut abend auf, wenn ich von Tante Dorthe komme!« Und wir folgten mit Imhof langsamer hinter den Voraufschreitenden drein.

Philipp Imhof bildete in anderer Art einen fast ebenso starken Gegensatz zu Fritz Hornung als Eugen Bruma. Sein Vater zählte zu den bedeutendsten Großhändlern der ein Dutzend Meilen von uns entlegenen volkreichen Handelsstadt Hamburg und hatte seinen Sohn, um ihn dem Treiben der letzteren zu entziehen, zum Besuch des Gymnasiums eines kleineren Ortes in die Pension des Doktor Pomarius gesandt. So unterschied Imhof sich, und zwar unverkennbar durch seinen Ursprung, wesentlich nicht allein von uns, sondern von allen Schülern überhaupt. Er hatte etwas Frühreifes, war uns, nicht in den Lehrgegenständen, doch in allen Lebensansichten, weit voraus und *petit-maitre* vom Hut bis zum Schuh. Besonders wenn er die Ferien im Elternhause verbracht hatte, überraschte er uns bei der Rückkehr jedesmal durch sprachliche Wendungen, neue Bezeichnungsweisen, die wir ohne Erläuterung oft zuerst nicht verstanden, dagegen als etwas Höheres, einen Anhauch aus der großen Welt empfanden. Als Beispiel dafür wandte er einmal nach seiner Heimkunft auf jeglichen Gegenstand das adjektivische und adverbiale Epitheton »fabelbar« an. Es war ein fabelbares

Wetter, daß es bei Sonnenschein regnete, und fabelbar, zu sehen, wie ein Sperling einen Maikäfer verzehrte. Fritz Hornung und mich hätte beides vielleicht an und für sich nicht Wunder genommen, oder wir hätten es höchstens mit dem Ausdruck ›fabelhaft‹ belegt. Aber wir fühlten bald ebenfalls, daß in dem Worte ›fabelbar‹ ein durchaus anderer Geist liege, der sich mehr ahnen als definieren ließ, zu dessen eigentlichem Verständnis wir erst heranreifen mußten, und wir betrachteten Philipp Imhof deshalb in diesen Dingen als unbestrittene Autorität und Lehrmeister. Er versah die Stellung des letzteren mit dem eigenen Bewußtsein der Ueberlegenheit, wie er trotz seiner Gleichaltrigkeit auch an körperlicher Größe um einen halben Kopf über uns aufragte. Sein Bau erschien durch die feinste Tuchkleidung, in der er sich stets bewegte, vielleicht ein wenig schmalschultriger, als er in Wirklichkeit sein mochte, und sein von dunklem gewellten Haar eingerahmtes, leicht vorübergeneigtes Gesicht bot immer einen halb zerstreuten oder doch mit uns unbekannten wichtigen Fragen beschäftigten Ausdruck. Er sollte sich nach dem Wunsche seines Vaters auf dem Gymnasium und später auf der Universität allgemeine humanistische Bildung aneignen und zeichnete sich vor allen Mitschülern durch die spielende Leichtigkeit, mit der er fremde moderne Sprachen erlernte, und durch seine Rechenkunst aus. Vermöge der letzteren bildete er für die sämtliche Klasse in schwierigen Zahlkünsten Zuflucht und Orakel und erwies sich stets ausnahmslos gegen jeden zur erbetenen Hilfeleistung bereit. Darum erfreute er sich auch allgemeinster Beliebtheit, ward niemals in einen Streit mit verwickelt, sondern konnte bei einem solchen gewöhnlich mit ernst entscheidender Miene als Vermittler und Friedensstifter auftreten. Er war bei allem ein guter Kamerad, der eigentlich (d. h. in unsern Augen und von unserm kurzsichtigen Standpunkt) keine Fehler befaß, und wenn ich mich ab und zu dabei betraf, daß ich mich im letzten Gefühl zu Fritz Hornung mehr hingezogen empfand, so vermochte ich mir keine Gründe, sondern eben nur ein grundloses Gefühl dafür anzugeben.

Ich selbst? Wer war ich selbst? »Wir können hin und wieder nicht nur aus der Grammatik, Syntax und Metrik des heidnischen Altertums, sondern auch aus moralischen Anforderungen desselben Nutzen ziehen,« sagte Doktor Pomarius, »und zu den letzteren gehört die Vorschrift des Weltweisen: ›Erkenne Dich selbst!‹«

Ob ich den Sinn dieses Gebotes, wie ich es zum erstenmal vernahm, völlig mißverstand – ich weiß, daß ich mich vor einen Spiegel stellte und etwas zuvor noch nie von mir Ausgeführtes vollbrachte, mein Bild aufmerksam und sorglich vom Kopf bis zu den Füßen betrachtete. Weil ich so lange dabei verweilte, steht es mir noch deutlichst vor der Erinnerung: Ich war hoch aufgeschossen und ziemlich aus meinen Kleidern, vorzüglich an den Handgelenken, herausgewachsen; mein Haar, das in frühester Kindheit hellblond gewesen, ging in Braun über, das Gesicht darunter war weder rund, noch von kränklicher Magerkeit und schien mir ungefähr ebenso wie das meiner meisten Altersgenossen mit einer Nase in der Mitte, zwei Augen, zwei Ohren und einem Mund, alles ohne besondere Abweichung, nur daß die Augen nicht gleich denen der Mehrzahl blau, sondern hellgrau aus dem Kopf heraussahen.

Also das war ich, der meine Lehrer und vor allem meinen Wohltäter und Vormund, den Doktor Pomarius, täglich betrübte und ihn dadurch vom Morgen bis zum Abend mit blutendem Herzen zur ernstesten Strenge gegen mich zwang? Das also war ich, der Ungeratene, in Zuchtlosigkeit Verwilderte, an dessen moralischer Besserung selbst die Hoffnung einer an Vater- und Mutterstelle getretenen Liebe verzweifelte? Der den forschenden Blick eines Richters zu keiner Zeit ertragen konnte, ohne rot zu werden, oder sogar noch schlimmer durch Nichterröten meine Sündenverhärtung, Schamabstumpfung und den Keim jeder Schändlichkeit an den Tag zu legen? Das Unkraut, das nicht unter den Waizen, die Schlange, die nicht ins Paradies gehörte und nur durch die göttliche Langmut des Doktor Pomarius noch von Tag zu Tag fortgeduldet wurde?

Ich errötete diesmal vor dem Blick meines eigenen Bildes, denn mich überkam ein Gefühl, daß ich durch mein Aeußeres schon die Leute betrüge, und daß niemand, der mich ohne genaue Kenntnis meines Innern ins Auge faßte, mir die ganze Fülle meiner Schlechtigkeit ansähe. Ja – so leichtfertig ist der Wunsch, die Vorschrift des griechischen Weltweisen zu befolgen geneigt – wenn die Glaubwürdigkeit des Doktor Pomarius mir nicht über jede Anzweiflung erhaben gewesen wäre, so hätte ich mit dem neuen Frevel eines Selbstbetruges selbst nicht an die unheilbare Verworfenheit meines Spiegelbildes geglaubt.

Viertes Kapitel

Unser Haus lag mit der Vorderseite nur durch eine Art erhöhter Rampe von der Straße des ländlichen Vorortes geschieden; oder vielmehr von einer marktähnlichen Platzerweiterung, die statt der geschlossenen Häuserreihen Gärten einfaßten, aus denen näher oder ferner, zumeist mit Linden vor der Tür, Strohdächer aufblickten. Nur nach einer Seite zog sich eine städtische Gasse mit rotbraunen Ziegeldächern fort, doch ebenfalls lückenhaft, häufig durch freie Zwischenräume hereindringender Wiesengründe unterbrochen. In den nicht grade ansehnlichen Baulichkeiten dieser Gasse befanden sich die ziemlich karg ausgestatteten Kaufläden für die täglichen Bedürfnisse der ländlichen Vorstadt, die unumgänglichen Handwerker, Tischler, Klempner, Flickschneider und Flickschuster hatten dort ihre Werkstätten, der Bäcker – der jedoch nur das Privileg besaß, Roggenbrot zu backen und den Kollegen der Stadt durch Weizenbrot keine Konkurrenz machen durfte, so daß Doktor Pomarius, »um den fleißigen Mann nach Verdienst zu unterstützen«, es zum unumstößlichen Hausgesetz gemacht hatte, daß kein Weißbrot bei uns gegessen wurde – der Bäcker erfüllte abendlich bei günstiger Windrichtung von der Gasse her Platz und Gärten mit dem brandigen Schornsteingeruch seines nächtlichen Berufs, und was wir, Philipp Imhof, Fritz Hornung und ich an unerläßlichen Bedingungen zur Lebensfreude in Gestalt von Bindfäden, Marmeln, Goldschaumblättchen und ähnlichen nicht zu entbehrenden Wertartikeln bedurften, fand sich in diesem oder jenem Zauberladen drüben vorrätig. Fritz Hornungs Tasche glich fast immer meiner darin, daß sie kein den Verkäufern angemessenes Aequivalent für jene Gegenstände, oder wenn sie in metallischem Besitz war, doch nur rostige Nägel, ausgedrehte Schrauben und derlei nicht kurante Eisenmünze enthielt; Imhof dagegen war nicht allein der Inhaber einer aus grüner Seide gehäkelten, mit kleinen Goldquästchen verzierten Börse, sondern diese besaß auch stets einen entsprechenden Inhalt, von dem er auf das Bereitwilligste für den gemeinsamen Nutzen zum Besten gab. Nichts lag seiner Natur ferner, als eigensüchtige Knauserigkeit, und Fritz Hornung schüttelte manchmal possierlich-vorwurfsvoll den Kopf und meinte: »Dein lieber Herr Vater wird keine große Freude an Dir haben, Philipp, denn zum

Millionär hast Du nicht viel Anlage.« – »Ich will auch kein Krämer werden,« versetzte Imhof dann lachend und griff noch tiefer in die silbernen Fischschuppen seiner Börse. »Aber wir wollen mit Dir zum Krämer geh'n,« fiel Fritz Hornung ein und raunte mir ins Ohr: »Er will nur gern wieder gefragt sein, von wem er das hübsche seidene Ding hat; tu' ihm doch den Gefallen, Reinold!« Dann tat ich's, allein Philipp Imhof lächelte nur durchsichtig-geheimnisvoll und antwortete: »Ich habe heilig geschworen, es keinem zu sagen, denn es könnte jemand kompromittieren; – aber das versteht Ihr nicht.«

Wir drei befanden uns meistenteils zusammen, weil es fast kaum anders sein konnte. Unsere Neigungen zu diesem oder jenem Spiel, wie die Jahreszeit es mit sich brachte, glichen sich, und die besten Stellen dafür vereinigten uns mit Notwendigkeit. Allerdings schien uns gleichmäßig der große Dorfplatz vor dem Hause jeglicher Lokalität in unserm Garten vorzuziehen, weil er sich im Winter am vorteilhaftesten zur Schlittenfahrt, im Herbst und Frühling zum Ballspiel und Wettlauf eignete. Doch entsprang diese auf uns geübte Anziehungskraft vermutlich wieder nur unserer adamitisch-sündhaften Natur, weil der Aufenthalt uns dort verboten war, da die Kinder der ordinären Leute den Platz, besonders gegen Abend, zu ihren Lustbarkeiten benutzten. So hörten wir ihr allabendliches Lachen und Jubeln nur aus der Ferne, doch Fritz Hornung selbst wagte es, trotz aller angeborenen Lüsternheit, einem Verbot zuwider zu handeln, nicht sich darunter zu mischen, denn ein zufälliger Blick des Doktor Pomarius aus dem Studierzimmerfenster hatte genügt, den Gesetzübertreter entdecken und ihn auf Kosten seiner Eßbegehrlichkeit zur Verantwortung ziehen zu lassen. Es muß um die Zeit gewesen sein, als ich mit dem alten grünen Kirchturm Freundschaft geschlossen, daß mein Verhältnis zu den beiden Hausgenossen sich etwas änderte. Ich selbst empfand nichts davon, aber Fritz Hornung kam manchmal mit dem ärgerlichen Ruf auf mich zu: »Wo hast Du gesteckt? Wir suchen Dich seit Mittag wie einen Federhalter!« und ich hörte, daß er Imhoff zulachte: »Ich glaube, Reinold will das Gras wachsen hören, denn ich habe neulich gesehen, daß er eine Stunde allein drüben auf der Wiese lag und mit dem Ohr auf den Boden horchte. – Was hat's Dir Spaßiges erzählt?«

Er hatte wohl recht, darüber zu lachen, doch es lockte mich trotzdem – ich wußte nicht warum – unwiderstehlich jetzt oft für mich allein in's Feld hinaus. Zuweilen sah ich von weitem eine Stelle, den hochgelegenen Wallrand eines Zaunes, einen vereinzelten Baum am Horizont, daß es mir plötzlich war, als müsse mich dort ein unbekannter Freund, ein ungeahntes Glück erwarten, und ich lief atemlos vorwärts, bis ich den Platz erreichte. Dann war Alles leer, nur der Wind summte über mir durch's Gezweig oder ließ die Halme neben meinem Sitz flimmern. Gedankenlos vor mich hinausschauend, lag ich, bis die Erinnerung an versäumte Schularbeiten oder an die Hausordnung mich aufschreckte und eilig zurücktrieb. Aber wenn Alles nun klein wieder hinter mir blieb, da überkam mich dasselbe wunderliche Gefühl, wie beim Hinauswandern, nur in vergangener Form jetzt, als habe ich dort mit einem vertrauten Freunde gesprochen und sei unsagbar glücklich gewesen.

Mir lag seit Langem eine Absicht, fast eine Nötigung auf der Seele und eines Nachmittags führte ich sie aus. Ich faßte Fritz Hornungs Arm und bat ihn, mit mir in's Feld zu kommen, wo ich ihm etwas Interessantes zeigen wolle. »Ein Tier oder ein Nest?« fragte er. Ich schüttelte den Kopf: »Viel schöner.« – »Kukuk auch, da bin ich neugierig, was Du aufgespürt hast, Reinold,« und wir liefen Hand in Hand. Es war Frühlingsbeginn, die Kätzchen hingen an den Weiden, das Grün drängte tausendgestaltig aus dem feuchtschwarzen Erdrund. Nun hielt ich im Winkel einer einsamen Koppel inne, ein kleiner Teich füllte ihn aus, der Wind wellte leiskräuselnd die dunkle Oberfläche des Wassers, daß es ab und zu wie Lichter daraus aufglimmte, knospendes Haselgesträuch murrte darüber, am Rande stand ein weißes Windröschen, schwankte auf dem langen Stiel hin und her und bewegte ebenso sein Spiegelbild drunten im Gewässer.

Ich schwieg erwartungsvoll, dann fragte ich: »Nun, Fritz, was sagst Du?«

»Sind Molche darin?«

»Das weiß ich nicht; aber ist's nicht schön?«

»Was?«

Die Frage machte mich etwas verwirrt. »Alles – wie es dunkel und hell zugleich ist – da, die Anemone, als schüttelte sie das Köpfchen und möchte fort von hier – und wie der Wind im Busch geht – « »Das war das Interessante, was ich sehen sollte?«

Ich öffnete den Mund, schloß ihn wieder und stand eine Weile. Darauf brachte ich stotternd hervor:

»Läuft Dir denn dabei kein Schauder über den Rücken, Fritz?«

»Wobei?« Fritz Hornung blickte mich kurios an, sah sich um und wieder auf mich. »Hast Du's Fieber?«

Ich nickte. »So ist's, als hätt' ich's – wenn der Wind so in den Spitzen singt –«

»Au!« schrie Fritz Hornung nun laut auf. »Du hast recht, mir läufts auch über den Rücken. Das sind Haselstöcke, die singen, daß es einem braun und blau auf dem Buckel werden kann. Ich danke für Deine Gesellschaft hier, sie ist mir zu interessant. Es dämmert schon und ich will machen, daß ich nach Haus komme, sonst mache ich mit dem Gesang noch heut' Abend Bekanntschaft!«

Er sprang von mir fort, ich rief ihm, zu warten. Als er neckisch sich den Schein gab, noch hurtiger zu laufen, durchschlüpfte ich in plötzlicher Anwandlung einen Zaun und hörte jetzt nicht auf seinen zurückkommenden und suchenden Ruf, sondern schlug einen ihm unbekannten Weg nach Hause ein.

*

Mit den Kindern der ordinären Leute draußen auf dem Platz zu spielen, war uns verboten, doch dies erstreckte sich nur auf unsere leibhaftige Anwesenheit, nicht auf Auge und Ohr, vermittelst deren man vom Gartenstaket aus Zuschauer und Zuhörer des Treibens zu sein vermochte. Imhof besaß von vornherein eine Abneigung gegen die schlechte und geschmacklose Kleidung der Dorfkinder, während Fritz Hornung diese keineswegs bekümmert, im Gegenteil eher angezogen hätte. Doch er meinte: »Hier innen stehen und drein zu gaffen, wär' schon das Oedeste, was ich mir vorstellen könnte; grad' wie bei Tisch sitzen und nichts mit zu beißen; das Vergnügen koste ich genug,« und so enthielt er sich ebenfalls mit frühzeitig auf diesem Gebiet gereifter Philosophie der Versuchung und des Appetits. Mir dagegen war es mit sonderbarem Verlangen, nicht nach der aktiven Anteilnahme, sondern eben nach dem Sehen und Hören, vorzüglich nach dem letzteren, gekommen und ich befand mich seit dem Anfang der milderen Jahreszeit nun allabendlich auf der Rampe vor unserm Hause, um mich an der lauten Vergnüglichkeit, die den Platz dann füllte, zu erfreuen. Knaben und Mädchen tummelten sich, lachten, lärmten und jubelten durcheinander; sie trieben bald in gesonderten Gruppen verschiedene Spiele, bald vereinigten sie sich zu einem gemeinsamen, schlangen lange Ketten, die Einzelne zu durchbrechen suchen mußten; mit der einfallenden Dämmerung ward die Lust immer ausgelassener, die umschleierten kleinen Gestalten huschten dann wie Fledermäuse im Zickzack, nur nicht lautlos, sondern durch eine von Stimmen vibrierende Atmosphäre hin und her. Zugleich kam aber auch das, worauf ich hauptsächlich wartete; die Mädchen schlossen Kreise, drehten sich in eiligem Rundtanz und sangen dazu. Wunderliche, meist sinnlose Reime und Bruchstücke, die sie selbst so wenig verstehen mochten, wie ich; doch ihre Vorgängerinnen auf dem Spielplatz hatten stets die nämlichen gesungen, ohne von ihrer Bedeutung einen Begriff zu haben, und so pflanzten sie die abgerissenen Liedzeilen fort, wie der Wind in der freien Natur den Samenstaub einer Blume um sie verweht und im nächsten Frühling dadurch die nämlichen Blüten unverändert wieder erstehen läßt. Einiges davon ist mir im Gedächtnis geblieben; sie faßten sich an der Hand und sangen:

»Mein Liebchen hat ein schönes Haus,
Das ist geschmückt mit Lilien aus,
Ein schöner Haus hat Keiner mehr –
+++++++Kommt her! Kommt her!«

Nun duckten sie sich alle hastig zu Boden, sprangen wieder auf und tanzten rund:

»Ach, ich armer Mann!
Meine Frau ist nichts nütze!
Zehn Kinder hab' ich,
Die schreien nach Grütze!
Schrei' einmal, schrei' zweimal!
Hebt all' das Geschrei 'mal:
Grütze, Grütze, Grütze, Grütze, Grütze!«

Das gab ein vielstimmiges Gekreisch, Gelächter, Gejauchz, bis zumeist eine aus dem Durcheinander helltönig wieder anhub:

»Die Blumen blüh'n und fallen ab,
+++++++Juchheisasa fileidi –
Sie fallen alle Dir auf's Grab,
+++++++Juchheisasa fileidi –
+++++++Fallt ab! Fallt ab!«

Den Refrain sang die ganze Runde mit und hockte sich bei den letzten Worten abermals zur Erde. Das Zwielicht überrann alles immer tiefer, aber ich konnte nicht mehr fort, eh' der wunderliche Singsang aufhörte, aus dessen närrischen und unverständlichen Reimen mir etwas außer Wort und Ton noch im Ohr vibrierte – ich konnte nicht sagen was – nur daß die lautschmetterndsten Lieder, die ich ab und zu unter Klavierbegleitung durch das offene Fenster eines der um ihre musikalischen Leistungen berühmtesten Häuser vernahm, niemals eine derartige Wirkung in meinem Ohr hervorriefen.

*

Die Stare aus dem ganzen Umkreis unserer Gegend versammelten sich eines Spätnachmittags oben in den höchsten Wipfelzweigen der noch laublosen Ulme, die ihr altknorriges Geäst über die Einfassung unseres Gartens hinüberbog, als die noch nicht zahlreich eingetroffenen Dorfkinder auf dem Platz mit Gekreisch mehr ausgelassen erkünstelter, denn wirklicher Angst vor einem hurtig heranrollenden Fuhrwerk auseinanderstoben. Ich stand unter dem Ulmenbaum und hörte das Rollen ziemlich lange vorher, ehe ich seine Ursache gewahren konnte; so blickte ich unwillkürlich mit einer Art Neugierde in die Richtung, aus der das Dröhnen erscholl, denn mehrere Stimmen drüben riefen: »Habt Acht! Lauft weg! Da kommt der Pelzmärtel von der Himmelswiese mit Birkenreis!« Dann bog plötzlich ein weißer Schimmel um die Ecke, ein holperndes, himmelblaues Wägelchen mit ziegelroten Rädern dahinter und zwei eigentümlichen Figuren darauf. Die eine war ein kleines Mädchen, das sich bei dem Auf- und Niederfliegen des federlosen Wagens auf dem Knüppeldamm des Weges mit beiden Händchen am Sitzrand festhielt, wobei ihr langes tintenschwarzes Haar ihr ebenfalls um Stirn und Schläfen auf- und niederflog. Sie suchte manchmal hastig ihre Augen von dem Gewirre zu befreien und ließ zu dem Behuf flüchtig eine Hand von ihrem Stützpunkt los. Aber dann schnellte das Rad wieder von einem Stoß in die Höh', sie klammerte sich, um nicht den Halt zu verlieren, schleunig abermals an, und das leichte Durchschimmern ihres Gesichtes war im selben Augenblick völlig unter dem dichten Geflatter des natürlichen Schleiers aufs neu verschwunden. »Haarliese – Haarliese!« lachten und schrien die Kinder; neben ihr saß ein Mann mit fast unglaublich lang erscheinendem Oberkörper, den ein enganschließender grauschwärzlich schillernder Rock umgab, auf dem beinahe bis über die Mitte der Brust ein breiter gelbweißer Bart herunterfiel. Auch die buschigen, über einer stark gekrümmten mächtigen Nase zusammenverwachsenen Augenbrauen waren von der nämlichen Farbe, und auf dem Kopf trug er eine umfangreiche, wie grau bereifte oder abgegriffene runde Pelzmütze, so daß seine ganze Erscheinung, zumal in einiger Ferne und in Verbindung mit dem bunten Fuhrwerk, in der Tat an das hergebrachte Bild des Knechts Ruprecht erinnerte. Der Schimmel stutzte jetzt vor dem Geschrei, der Wagenlenker schlug nach ihm mit der Peitsche, und die kecksten von den Buben drängten sich mit allerhand Zurufen und Gelärm wieder herbei. Es war mir zwiefach auffällig, daß sowohl der Alte nicht, wie andere Kutscher, ihre offenbare Ungezogenheit durch einige ausgeteilte Peitschenhiebe vergalt, als auch, daß sie sich keineswegs vor solchen zu fürchten, sondern in voller Sicherheit ihre mutwillige Kühnheit zu verdoppeln schienen. Nun aber schlug der Schimmel mit den Hinterfüßen aus, daß die Herandrängenden erschreckt zur Seite flogen, die Peitsche knallte, und das Gefährt rasselte blitzschnell, die Verfolger zurücklassend, weiter, der städtischen Dorfstraße zu. Ich hörte noch eine Weile das Dröhnen der eilfertigen Räder auf dem Gestein, dann verklang es, ob der Wagen drüben anhalten oder auf einen Sandweg aufsetzen mochte, und über mir in der Ulme musizierten wie zuvor die feinen Stimmchen der Stare, die auch ihr Abendlied eine Minute lang zu neugieriger Betrachtung des ungewöhnlichen Schaustücks unterbrochen gehabt. Die Dorfkinder steckten die Köpfe zusammen und deuteten, eifrig redend, hinter dem verschwundenen Fuhrwerk drein; dies schien ihnen zunächst wichtiger als Fortsetzung ihres täglichen Spiels, doch obgleich ich aufmerksam hinüberhorchte, konnte ich kein Wort erhaschen, das mir Aufschluß darüber gegeben hätte, was sie nachträglich zu so zungenschnellem und eifrigem Gedankenaustausch veranlaßte.

Dann sagte plötzlich eine Stimme neben mir: »Wohnt der Herr Doktor Pomarius hier, junger Freund?«

Ich wandte mich um, ein fremder Herr war von mir unbemerkt halb in meinem Rücken herangekommen, stand und betrachtete mich. Er war von mittlerer Statur, vielleicht dreißig Jahre alt und sah sehr sonnverbrannt aus, mehr als ich's bis dahin bei irgend einem Menschen gesehen. Ich zog meine Mütze und antwortete: »Jawohl, Doktor Pomarius wohnt hier, das weiß jedes Kind in der Stadt.«

»Deshalb weißt Du es, mein Bester, aber Du mußt nicht alle Leute für so klug wie euch Stadtkinder halten,« versetzte der Fremde. »Ihr seid eben von alters her ein berühmtes Geschlecht und solltet etwas Mitleid mit Leuten haben, die von der Natur stiefmütterlicher bedacht sind als ihr.«

Er sagte das mit einem vertraulich nickenden, wunderhübschen Lächeln um den freundlichen Mund, doch der Spott, der in den Worten selbst lag, trat zu klar hervor, als daß es mir nicht zum Bewußtsein kommen mußte, in meiner Erwiderung auf seine erste Frage etwas Unpassendes gesetzt zu haben. So wurde ich rot, blieb mit meiner Mütze in der Hand stehen, sah zu Boden und stotterte halb: »Soll ich Sie zu Herrn Doktor Pomarius hinführen?«

»Wenn ich Dich darum bitten darf und ich Dir nicht zu häßlich scheine, um mich dabei anzusehn.«

Es lag etwas Absonderliches in dem Ton der letzten indirekten Frage; vielleicht täuschte ich mich, daß sie nur eine Fortsetzung der freundlichen Ironie von zuvor bildete, doch mir klang's eigenartig wie ein leis schwermütiger, fast schmerzlicher Hauch hindurch, daß ich sofort seiner Aufforderung nachkam und ihm voll ins Gesicht blickte. Er tat mir einige Sekunden lang das nämliche, dann ging langsam wieder das schöne Lächeln über seine Züge, und er sagte:

»Solltest Du etwa Reinold Keßler heißen?«

Ich wußte genau, den Fragesteller nie gesehen zu haben, und drückte wahrscheinlich große Verwunderung über den Besitz meines Namens in seinem Munde aus, denn er fügte gleich darauf hinzu:

»Wir andern armen Leute müssen uns doch auch auf etwas verstehen und so sehe ich Dir denn Deinen Namen an den Augen an. Das sind brotlose Künste, würde man hier bei euch in der Stadt sagen, und ich muß selbst zugeben, viel kommt nicht dabei heraus. Aber wer es einmal kann, der kann's und freut sich dessen doch – bringe mich zu Deinem Apfelhüter, Reinold Keßler.«

Halb war ich stolz, meine klassischen Fortschritte dadurch an den Tag zu legen, daß ich volles Verständnis für die Verdeutschung des Doktor Pomarius bewies, halb erschrak ich jedoch über die ungenierte und nicht gerade respektvolle Namensübertragung und drehte instinktiv den Kopf nach dem offenen Fenster des Studierzimmers. Der Fremde, der mir schon eine Probe seiner ungewöhnlichen Fähigkeit, in den Augen zu lesen, abgelegt hatte, reihte jetzt eine zweite daran und äußerte halblaut:

»Es scheint, wir fürchten den Obsthändler mehr als wir ihn lieben.«

Das war nicht in den Augen, sondern in der Seele gelesen. So war's, in ein Wort zusammengefaßt, und es offenbarte zugleich das Vollverständnis der ganzen Schlechtigkeit meines Innern. Was niemand sonst mir ansah, die Augen dieses Fremden vermochten es im ersten Moment unserer Begegnung. Ich schwieg betroffen, aber ich fühlte, daß ich mich dadurch wieder einer Lüge schuldig machte, und entgegnete stockend, während wir auf die Haustür zuschritten:

»Kann man jemand so recht lieben, der uns nicht wieder liebt, weil wir zu häßlich – ich meine, zu schlecht –?«

Ich verwickelte mich, doch auch das Benehmen des Fremden trug zu meiner Verwirrung bei. Er hielt seinen Schritt inne, und unter seinen Brauen strahlte einen Moment ein merkwürdiges Licht auf, hell und trüb, wie der Ton seiner Stimme es vorhin schon einmal in ähnlicher seltsamer Mischung gewesen – wenigstens erinnerte es mich daran – und er antwortete:

»Du stellst besondere Fragen, Reinold Keßler, die noch über die gewöhnliche Klugheit dieser Stadt hinausgehen, als hättest Du auch ein besonderes Organ dafür überkommen. Weil wir zu häßlich sind, als daß man uns wieder lieben könnte? Ist's vielleicht ein Aufsatzthema, das Dir einmal zur Behandlung gegeben? Schreib' nur, man kann es unter Umständen darum doch, recht sehr, recht tödlich – was sagtest Du? – geht es hier hinein?«

Auf dem Flur dunkelte es schon, und mein Begleiter setzte hinzu: »Gib mir Deine Hand und führe mich.« Ich tat's, und wir gingen neben einander, dann legte er seine andere Hand, als suche sie eine Stütze, mir auf den Scheitel. Eine sanfte Wärme strömte aus ihrem weichen Druck in mich herüber, und ihre Finger spielten leise durch das Haar an meiner Schläfe; ich konnte mich nicht besinnen, daß mir je eine Menschenhand sonst das getan, es lag etwas mich lieblich Ueberflutendes darin, daß ich unwillkürlich, das fremdartige Gefühl langer zu erhalten, langsamer vorwärts ging. Doch der Flur nahm ein Ende, aus einer geöffneten Tür scholl der Schritt eines Auf- und Abwandelnden. »Hier ist Doktor Pomarius' Zimmer,« flüsterte ich, und gleichzeitig erschien der Genannte mit einer langen Pfeife in der Hand auf der Schwelle. »Herr Doktor Pomarius?« fragte der Fremde.

»So ist mein Name. Mit wem habe ich das Vergnügen zu reden?«

»Ich heiße Dr. Billrod.«

»Darf ich Sie bitten, in meine schlichte Wohnung einzutreten.«

*

Ich war im dunklen Gange, ohne von Doktor Pomarius bemerkt worden zu sein, etwas zurückgeblieben und verharrte eine Weile mit allerhand mir durch den Kopf schießenden Gedanken auf meinem Standpunkt. Was wollte der Fremde, von dem es mir war, als liege seine Hand noch immer auf meinem Scheitel, was suchte er in unserm Hause? Hatte er einen Sohn, den er ebenfalls zu uns zu bringen beabsichtigte? Nach seinem Aussehen mußte ein solcher noch sehr klein, konnte höchstens in meinem Alter sein. Wie aber konnte er mir meinen Namen aus den Augen ablesen und legte mir, trotzdem er mein Inneres obendrein so vollständig durchschaut hatte, seine Hand auf den Kopf, daß es mir so köstlich zu Mut gewesen wie noch nie?

Die Tür war nur angelehnt geblieben, und ich hörte aus der Ferne das wechselnde Gesumme der beiden Stimmen. Wenn ich näher hinanginge?

Um meine Neugier zu befriedigen? Ich sah mich von Doktor Pomarius entdeckt und hörte ihn mit weit aufgeschlagenen Lidern sagen: »Womit Du gesündigt, daran sollst Du gestraft werden –«

Ich fühlte ahnungsvoll das Brennen an meinen Ohren, und doch zog's mich übermächtig vorwärts. Aber es hielt mich plötzlich ebenso an – wenn der Fremde wahrnahm, daß ich lauschte? Erst seit Minuten fast kannte ich ihn, und doch empfand ich deutlich, keine Strafe, die Doktor Pomarius über mich verhängen konnte, würde der gleichkommen, wenn jener mich mit wirklich erzürnten Augen ansähe. Und würde er's nicht, wenn er den Neugierigen ertappte?

Nein, ich war nicht neugierig. Ich wollte, ich mußte wissen, weshalb seine Hand sich im Flur so sonderbar auf mich gelegt, und ich machte die Probe, ob dies Vorgeben eine der gewöhnlichen Spitzfindigkeiten sei, mit denen ich bei der Versuchung mich frevelhaft selbst zu betrügen pflegte. Doch das Herz klopfte nicht anklägerisch, und ich schlich auf den Zehen geräuschlos an die Tür.

Der Spalt war so breit, daß ich auch etwas hindurch zu sehen vermochte, indeß nichts gewahrte als ein graues Dämmerlicht und ab und zu eine Rauchwolke, die Doktor Pomarius, mir selbst unsichtbar, zwischen den Zähnen hervorstieß, daß sie wie ein nebelndes Gewoge gegen das jetzt geschlossene Fenster hinanzog. Dazu antwortete er auf etwas Vorhergegangenes:

»Sie haben sich also recht lange an dieser sogenannten klassischen Stätte des alten Heidentums aufgehalten.«

»Recht lange,« wiederholte Doktor Billrod, »wenigstens für ein sogenanntes Menschenleben. Ein Kind, das bei meinem Fortgehen etwa noch, auf seine Abholung wartend, unter dem Busch der Frau Holle gesessen hätte, würde jetzt ungefähr das klassisch-heidnische Alter von drei Olympiaden erreicht haben.«

»Eine lange Zeit in der Tat, um während derselben christlich zu wirken. Und Sie hegen die Absicht, sich nun hier an unserer Universität als Privatdozent der Geschichte zu habilitieren?«

»Ich hatte bereits das Vergnügen, Ihnen zu bemerken, daß diese hoffentlich von Ihnen nicht gemißbilligte Absicht mir das andere Vergnügen bereitet hat, Ihnen heut meinen kollegialischen Besuch abzustatten, und ich nehme mir noch die Freiheit hinzuzufügen, daß Ihr christlich-pädagogischer Ruf und Beruf mir willkommenen Anlaß gegeben, mich Ihnen fast zuerst unter den hiesigen Koryphäen vorzustellen.«

»Eine dankenswerte Liebenswürdigkeit,« erwiderte Doktor Pomarius mit gemildertem Tonfall der Stimme. »Sollte Sie vielleicht noch ein anderer Zweck zu mir – ich vermag allerdings nach dem Abendlicht Ihr Alter nicht genauer zu schätzen, und es will mir noch von ziemlicher Jugend erscheinen – aber der liebreiche Segen Gottes erfreut den einen später und den anderen früher –«

»Wenn auch nicht mit Söhnen, so doch mitunter mit Neffen oder dergleichen näheren Angehörigen, deren Bestes uns am Herzen liegt,« fiel Doktor Billrod ein. »Ihr, wie ich vernommen, schon durch manche Jahre in diesen Angelegenheiten geschärfter Blick hat sogleich das Richtige durchschaut, daß mein Kommen noch durch einen anderen Zweck beschleunigt worden ist.« »Oh, oh,« stieß Doktor Pomarius zugleich mit einer dichten Rauchwolle aus – »das außerordentliche Interesse an dem geistigen und leiblichen Heil der Jugend –«

»Teile auch ich, wenngleich naturgemäß nur in beschränkterem Maße,« ergänzte der Fremde, »und Sie werden es mir deshalb nicht verübeln, daß ich vorher einige Erkundungen und zwar nach der Richtung einzog, ob nicht etwa eine zu weichherzige Gemütsanlage es Ihnen erschwere, bei Knaben, die ungewöhnlicher Strenge für ihre Erziehung bedürfen, solche scheinbare Härte in Anwendung zu bringen. Denn ich muß leider beifügen –«

»Scheinbare Härte,« wiederholte Doktor Pomarius mit schwermütigem Ernst; »Sie fassen die schwerste Pflicht des Pädagogen in ein unübertreffliches Wort zusammen.«

»Es gereichte mir deshalb zur Beruhigung, zu erfahren, daß die Mehrzahl der Ihnen anvertrauten Zöglinge aus völlig mißratenen Knaben bestehe, bei denen der törichte Aberglaube mancher Leute, man könne derartige Gemüter durch Güte, Nachsicht und Vertrauen zu brauchbaren Menschen heranbilden, auf durchaus falschen Voraussetzungen eines nicht urteilsfähigen Unverstandes beruht.«

»Scheinbare Güte, in Wahrheit unverantwortlicher Unverstand,« entgegnete Doktor Pomarius, und ich hörte an seinem Ton, daß er sich in ausgezeichnetster Stimmung befand.

»So vernahm ich von zweien Ihrer Pflegebefohlenen, namens Imhof und Fritz Hornung –«

Es war offenbar nichts besonders Erstaunliches darin, daß der Fremde mich mit Namen anzureden vermocht hatte, denn er wußte diejenigen meiner Kameraden ebenfalls und fuhr fort:

»Hauptsächlich soll es indes ein Reinold Keßler sein, der mir für meinen Zweck gleichsam als Paradigma dient und geeignet wäre, mich die höchste Zuversicht in Ihre Erziehung setzen zu lassen, wenn der Genannte in der Tat von so heilloser moralischer Beschaffenheit ist, wie der Ruf ihn darstellt.«

»Der Lauscher an der Wand hört seine eigene Schand'.«

Das Wort summte mir heiß und kalt zugleich durch den Kopf, es war die Strafe für mein Tun und offenbarte mir obendrein zugleich, aus welchem Anlaß der Fremde sich in ein Gespräch mit mir eingelassen hatte. Er kannte meine Gemütsart schon vorher genau genug und hatte sich nur noch durch eigene Erfahrung vergewissern wollen, ob ich wirklich so von Grund aus verderbt sei, dem Doktor Pomarius für Alles, was er zu meiner Besserung tue, nicht einmal durch Liebe zu danken. Mir stieg ein Weinkrampf aus der Kehle heraus, und es zog mich gewaltsam von dem Türspalt fort, um nicht noch bitterlicher in meine Enttäuschung hinabgestürzt zu werden, doch der Fuß war mir wie mit Blei gefüllt, und ich hörte Doktor Pomarius erwidern:

»Eh, eh, Reinold Keßler« – er schien mit dem Finger dabei in seinen Pfeifenkopf zu stoßen – »eh, eh, das ist allerdings ein Paradigma, ein böses Beispiel, ich meine ein gutes, das beste, um daran die tägliche Verleugnung des Herzens zu bemessen, welche die Pflicht uns bei solchen Naturen auferlegt. Eine durchaus mißratene Kreatur, an der ich alle Fülle der Liebe, Nachsicht und Sanftmut erschöpft habe, bis ich zu der schmerzlichen Erkenntnis gelangte, daß ich durch solche Mittel eine Verabsäumnis unserer heiligsten Obliegenheiten auf mich lade.«

»Jedenfalls um so bedauerlicher und zugleich ruchloser,« sagte die Stimme Dr. Billrods, »als diese Kreatur, wie man mir mitgeteilt, schon in allerfrühester Kindheit Ihrer Obhut übergeben worden, mithin die Bosheit soweit getrieben hat, unter Ihren eigenen Händen dergestalt zu mißraten.«

»Eine wirklich ruchlose Bosheit« – ich vernahm, daß Doktor Pomarius einige stärkere Züge aus der Pfeife tat – »nur durch die Erbsünde erklärlich.«

»Wieso?«

»Als Erbteil vom Vater und der Mutter.«

»Die wären –?«

»Sie waren nicht Menschen, die nach Dem trachteten, was allein den Wert unseres vergänglichen Daseins ausmacht, besonders die Mutter, nach der ja zumeist, dem Ratschlusse der Vorsehung gemäß, die Söhne ihres Leibes zu arten pflegen. Ich habe sie nur noch kurze Jahre gekannt, doch als ich sie kennen gelernt, ihr Haus kaum mehr betreten, denn mein Herz empörte sich ob der Hoffärtigkeit ihres Wesens, und ich erkannte in ihrem frühzeitigen Tode die Vaterliebe Gottes, welche das unschuldige Kindlein den Händen seiner Verderberin entwinden wollte, um es der Zucht anzuvertrauen, die es in seine Arme zurückführen solle.«

»So, so – Sie erkannten das – ein Glück – eine wahrhaft väterliche Vorsehung.« Ich vernahm, daß der Sprecher aufgestanden war und eine Weile schweigend mit großen Schritten durch das Zimmer wanderte. Dann hob er wieder an:

»Und trotzdem oder vielmehr deshalb trieben Sie die Selbstverleugnung so weit, daß Sie nach dem Tode der Eltern das verwaiste Kind zusammt seiner voraussichtlichen Erbsünde zu sich ins Haus nahmen?«

»Es waren keine Verwandte, nicht einmal Freunde vorhanden, so übernahm ich – mein Beruf gebot es mir gewissermaßen – die Vormundschaft und Erziehung um Gotteslohn.«

Dr. Billrod stand offenbar still. »Ich dachte – ich meine gehört zu haben, daß die Eltern ein recht beträchtliches Vermögen hinterlassen. Vermutlich ist das ein Irrtum, der auf einer Verwechselung beruht.«

»Sicherlich eine Verwechselung,« bestätigte Doktor Pomarius. »Aber es ist nicht meine Art, bei einem irdischen Schaden, einer Einbuße weltlicher Güter, die ich durch ein Gotteswerk erleide, zu verweilen – lassen Sie uns auf Ihre Angelegenheit – und auf daß wir uns auch einmal von Angesicht zu Angesicht gewahren –«

Das Klirren einer Lampenkuppel brach die Worte ab. Es blieb etwa eine Minute still drinnen, und ich hatte Zeit, zum ersten Mal in meinem Leben außer meinem sonstigen Schuldbewußtsein noch den Gedanken aus mich einhämmern zu lassen, der plötzlich aus dem Dunkel über mich gefallen, daß ich eigentlich gar kein Recht auf etwas, nicht einmal auf meine eigene Existenz besaß, sondern lediglich alles der Barmherzigkeit des Doktor Pomarius dankte, der neben der geistigen Vekümmerung, die ich ihm bereitete, auch noch tägliche leibliche Einbuße durch mich erlitt. Ich erschien mir mit einem Schlage nicht würdig, vollständig unberechtigt, jemals auf ein Mittags- und Abendessen Anspruch zu erheben, und es war Ausfluß eigentlich unverantwortlicher Nachsicht, daß ich es manchmal erhielt. Nun blitzte das Licht der von Doktor Pomarius entzündeten Lampe auf und durch den Türspalt mir grade in die Augen. Ich erschrak, mit verdoppeltem Hammerschlag traf mich das heftig erwachte böse Gewissen und trieb mich fort. Nur mußte ich langsam vorsichtig auf den Zehen davonschleichen und vernahm deshalb noch einen Laut der Verwunderung von den Lippen Dr. Billrod's, die ersten Worte nach der eingetretenen Erhellung des Zimmers, mit denen er fragte:

»Täusche ich mich, oder sollten wir uns nicht schon einmal früher im Leben – etwa in München – aber mich däucht, es war ein anderer Name –?«

»Sicherlich wiederum eine Verwechselung, man verwechselt so manches aus früherer Zeit,« fiel Doktor Pomarius mit ziemlich ungewöhnlicher Schnelligkeit der Zunge ein, und eine Verdunkelung und Farbenveränderung des herausfallenden Lichtes deutete an, daß er gleichzeitig einen grünen Lampenschirm über die Kuppel deckte. »Mein Lebensweg hat mich nie in die Stadt München geführt und ebenso wenig vermag sich meine Erinnerung das Vergnügen vorzustellen, Ihnen auf jenem Wege einmal begegnet –«

Die Fortsetzung ward unverständlich, denn ich hatte mich, vorsichtig tastend, um ein halbes Dutzend Schritte jetzt von der Tür entfernt und gelangte, weiter laufend, in's Freie. Tief aufatmend begrüßte ich die weiche Frühlingsnachtluft; im Westen stand noch Abendröte, doch über mir brach schon hier und da ein Stern aus dem Dunkel. Mir war Eins unabänderlich zur Gewißheit geworden, ich mußte mich von einer erdrückend auf mir liegenden Gewissenslast befreien und zu dem Behuf den Fremden am Ausgang des Gartens erwarten. Aber wie in einer unruhvollen Spannung Einem oftmals die damit am wenigsten zusammenhängenden, trivialsten Gedanken durch den Kopf drängen und nicht weichen wollen, so gewahrte ich, während meines Harrens, in der Phantasie immer eine süddeutsche Wirtschaft vor mir, wie Doktor Pomarius sie einmal in unserer Gegenwart Eugen Bruma lebendig geschildert hatte, um ihm einen sittlichen Abscheu gegen das gemeinsame Zusammenkommen wohlerzogener, gebildeter Menschen mit der Rohheit der ordinären Leute einzuflößen. Dann vernahm ich nach einer Weile vom Hause herrannahenden Fußtritt und erkannte den Umriß des Fremden, der, wie es schien, umherblickend der Gartenpforte zuschritt. Zaudernd hielt ich mich zur Seite und machte mich ihm erst, als er bereits vorübergegangen, durch einen leisen Ton bemerklich. Er stand still, drehte rasch den Kopf und fragte: »Bist Du's etwa, Reinold Keßler?«

Ich bejahte, die Sprache versagte mir, und stotternd brachte ich hervor, daß ich auf ihn gewartet, weil ich ihm sagen müsse, ich sei noch viel schlechter, als er bereits wisse, denn ich habe seine Unterredung mit Doktor Pomarius an der halboffenen Tür belauscht.

»So wirst Du wissen,« entgegnete er, »daß Du in meinen Augen und Ohren nicht ›noch schlechter‹ werden konntest, wenngleich die Einfalt Deines Geständnisses nicht geeignet ist, eine besondere Meinung von Deiner Schlauheit zu erwecken. Sollte Dein Gewissen sich indeß mit der Erkenntnis Deiner Unklugheit nicht beruhigen, so findest Du mich morgen nachmittag in meinem Hause. Ich heiße Erich Billrod und wohne in der Gartenstraße, im Erdgeschoß des ersten Gebäudes links. – Wünschest Du noch etwas?«

Ich mußte irgend eine Bewegung gemacht haben, ihn noch zurückzuhalten, auf die hin er die letzte Frage stellte, und ich drückte die Augen zu und entgegnete noch mehr stammelnd als zuvor:

»Ich möchte – ich wollte Sie bitten – es tat mir so wohl – warum Sie mir vorhin im Flur Ihre Hand auf den Kopf –?«

»In der Art?« erwiderte Erich Billrod, und ich fühlte, daß seine Hand sich mir wieder in der nämlichen Weise gleich einem Sonnenstrahl weich und warm auf den Scheitel legte. »Es ist das einmal bei Blondköpfen so meine Gewohnheit, Reinold Keßler.«

Fünftes Kapitel

Es mag um einige Wochen später gewesen sein, und der Vorfrühling ging in den wirklichen über, die gut entwickelte Wintersaat spreitete grünen Schimmer, wohin der Blick im Felde schweifte, und überall zierte die helle Osteranemone den Erdgrund, wie lichte Blüten das Kleid einer jungen Fee. Als liege auch ihr Goldhaar überall ausgebreitet, so lag der stille Sonnenglanz an Feld- und Waldesrand und ein blaues, lächelndes Auge darüber. Nur den breiten Zaun auf hohem Graswall, an dem ich, grüngoldigleuchtende Käfer suchend, entlangwanderte, füllte noch da und dort das braune, vorjährige Laub. Es knisterte manchmal im leisen April-hauch, die Lerchen schmetterten unsichtbar herum, ein Citronenfal-ter taumelte lenzfreudig und sattfarbig über den Acker. Drüben stieg der grüne Kirchturm mit dem Goldknauf in's Blau, ich stand, sah hinüber und es kam mir auf die Lippen, daß ich ihn, wie schon einmal, laut fragte: »Weißt du auch von der Hoffärtigkeit meiner Mutter, und daß es eine Vaterliebe Gottes für mich war –?«

Ich drehte mich plötzlich um, hinter mir raschelte es in dem dün-nen Blattwerk des Zaunes so stark, daß ich im Moment alles Andere darüber vergaß. Ein Windstoß konnte es nicht sein, denn die Luft lag, so ruhig um mich, wie vorher. War's ein Hase, den meine Stimme aus dem Lager aufgescheucht, vielleicht gar ein –?

Nein, ein Fuchs, wie ich halb hoffnungsvoll erwartet, war es nicht, sondern eine große blaugelbe Ringelnatter, die sich am war-men Sandabfall des Walles gesonnt und in langsamen Windungen durch Gras und Gesträuch verschwand. Aber konnte ihre behutsa-me Bewegung das ungewöhnlich starke Blättergeräusch veranlaßt haben?

Es mußte sich noch etwas Anderes dahinter verbergen, mein Au-ge suchte den dichten Laubvorhang zu durchdringen und mir schlug das Herz in freudiger Spannung, denn ich gewahrte droben aus dem Versteck hervor jetzt in der Tat das unruhige Funkeln zweier beweglicher, dunkler Augensterne, die mir grade ins Gesicht leuchteten. Mehr vermochte ich nicht zu unterscheiden, aber un-fraglich – was für ein Tier konnte es sonst überhaupt sein? – war es doch ein Fuchs, und ich sprang, ihn über's Feld fortzuscheuchen, mit lautem »Hussah!« den Wall hinan. Im selben Moment hob sich auch der Kopf mit den dunklen Augensternen erschreckt vor mir in die Höh', halb zum Fortsprung gewandt und halb zaudernd, während ich selbst fast ebenso überrascht und erschrocken stehen blieb, denn es war kein Fuchstopf, noch der irgend eines Tieres, sondern Stirn und Augen eines kleinen, noch etwas jüngeren Mädchens als ich.

Wir mögen uns wohl eine Minute lang gegenüber verweilt und uns stumm angeblickt haben, sie immer, einem überrumpelten Feldtiere gleich, das zögernd die Gefahr der Flucht und des Bleibens abwägt, zum Aufsprung bereit, ich noch vollständig verdutzt und sprachlos über den gänzlich unerwarteten und nur durchaus fremdartigen Anblick. Sie stand etwa bis an die Knie in hohem, überjährig vergilbtem und verdorrtem Gras und trug ein gelbes Kleid völlig von der grellen Farbe des Citronenfalters. Darauf fiel nach hinten auf Rücken und Schultern langes, dichtes Haar von einer Schwärze, die fast in's Bläuliche stach und mich an etwas erst kurz vorher von mir Gesehenes, doch ich wußte nicht woran, erinnerte; vorn aber hob sich von dem gelben Kleid ein magerer, bräunlicher Hals und ein länglich-schmales Gesicht von ein wenig heller schattierter Farbe, zu der das Weiß der Augen stärkeren Gegensatz als gewöhnlich bildete. Die Pupillen waren klein zusammengezogen und boten dadurch einen feindseligen, beinahe stechenden Ausdruck unter nur mäßig hoher Stirn, in die das Haar sowohl oben wie an den Schläfen – ich weiß keine andere Bezeichnung dafür – kranzartig-geflockt hineinwuchs. Ob das Ganze, Kleid, Gestalt, Züge und Haltung ansprechend oder das Gegenteil davon seien, kam mir nicht zur Vorstellung, nur daß ich noch nie etwas so Eigentümliches in der Gesamterscheinung gesehen. Der Rahmen des braunen Laubwerks, der sie einfaßte, die sonderbar abgeschiedene Welt droben auf dem breiten Wallrücken erhöhten das Wunderliche, und so verging geraume Weile, ehe ich mich von meinem Staunen so weit erholt, daß mir die Frage aus dem Mund flog:

»Was machst Du hier?«

Sie zuckte leicht mit den Wimpern, hielt den Kopf forschend zurückgebogen und ihre Lippen zogen sich ein wenig über schneeweiß glänzende Zahnreihen herauf und ließen die Gegenfrage hindurch:

»Willst Du mich schlagen?«

»Schlagen?« versetzte ich verwundert; »warum sollt' ich Dich schlagen? Tust Du Böses?«

»Gewiß nicht!«

Ich schüttelte wie vor einem Rätsel den Kopf; sie fragte hastig hinterdrein:

»Auch mich nicht kneifen, kratzen, beißen? Nichts? Mir gar nicht weh tun?«

Ihr Auge war noch immer mißtrauisch auf mich gerichtet, und ich sah deutlich, daß ihr unter dem gelben Kleid heftig das Herz klopfte. »Wenn Du solche Angst vor mir hast,« entgegnete ich, »will ich wieder herunterspringen.«

Ich drehte mich halb, um es auszuführen; sie schwieg; erst als ich den Fuß ansetzte, sagte sie: »Nein, bleib! Du weißt es jetzt doch einmal. Ich will Dir's glauben, weil Du keine blauen Augen hast.«

»Was tun Dir denn blaue Augen?«

»Die mich schlagen und verhöhnen, haben sie immer.«

»Aber wer schlägt und höhnt Dich denn, und warum?«

»Weil ich schwarze Augen habe.« Sie schien noch etwas hinzufügen zu wollen, schüttelte aber den Kopf, daß ihr kurz das Haar von den Schläfen wie ein Gitternetz über das ganze Gesicht wegflog und eine plötzliche Erinnerung in mir wachrief, die mich erwidern ließ:

»Bist Du nicht vor ein paar Wochen auf einem blauen Wägelchen mit einem Schimmel und einem alten weißbärtigen Mann drüben im Dorf vorbeigefahren?«

Sie nickte. »Mein Großvater war's, er hat mich hergebracht.«

»Also Du wohnst in der Stadt?«

»In der Dorfgasse. Ich soll hier bleiben.«

»Weshalb bist Du denn nicht bei Deinen Eltern?«

»Die sind gestorben.«

»Meine auch.«

Es entfuhr mir unwillkürlich, ich weiß nicht, lag's am Ton der Worte, aber mir war's, als ob ihre Augen mich plötzlich verändert betrachteten. »Dein Vater und Deine Mutter sind auch tot?« fragte sie nachdenklich, machte dann einen Schritt gegen mich vor und setzte schneller hinzu: »Da wirst Du mir nicht weh tun, und ich glaube Dir. Komm, laß uns zusammen wohnen; sieh', ist mein Nest nicht hübsch?«

Sie streckte jetzt auf einmal vertraulich die Hand aus, faßte nach der meinigen und zog mich ein paar Schritte mit sich. Da stand ich inmitten des braunen Buschwerks vor einem wahrhaftigen Nest, etwa in der Größe, wie ein Adler es sich gebaut hätte, doch mit der Sorgfalt und Zierlichkeit eines kleinen Singvogels zusammengetragen. Aus Gezweig und dichten Grasmengen war, von keiner Seite des Zaunes sichtbar, eine allerliebste ovale Lagerstatt ausgerundet und mit Moos überpolstert, das die Kleine ziemlich weither aus dem Wald geholt haben mußte; wie sie mit dem gelben Kleid und den dunklen Augen hineintrat, kam's mir plötzlich mit einem Vergleich, daß ich rief: »Du bist wie ein Pirol in seinem Nest.«

»Was ist ein Pirol?« frug sie.

»Ein gelber Vogel mit schwarzen Augen, er heißt auch Golddrossel.«

»Ja, die kenne ich, aber ich höre lieber, wenn die Schwarzdrossel singt, das läuft Einem so kalt über.«

Ich sah sie fragend an. »Was läuft Einem kalt über?«

»Da,« – ihre kleine braune Hand fuhr mir halb neckisch, halb ernsthaft vom Nacken über den Rücken herunter – »aber das tut's nur bei mir, der Oheim und die Muhme haben keinen solchen Rücken.«

Zum ersten Male war's, daß ein andrer Mund mir davon sprach, und ich hatte, fast noch eh' ich drum wußte, hastig geantwortet: »Bei mir tut's das auch –«

»Oh,« – ihre Augen blickten mich groß und prüfend an – »das kommt wohl daher, weil wir beide keine Eltern mehr haben? Aber dann wollen wir auch zusammen wohnen, nicht wahr?« Und sie zog mich jetzt mit vollster Vertraulichkeit in das Nest zu sich nieder.

So saßen wir in dem engen Raum fest aneinander gedrängt, zur Rechten und Linken über den Feldern sangen die Lerchen, doch ein grüner Schimmer der Aecker fiel in unser Versteck, nur der Himmel lag als eine köstliche blaue Glocke darüber. Bis vor wenigen Minuten war das alles noch ungedacht, in der Welt nicht vorhanden gewesen, und nun erschien es mir fast schon wie selbstverständlich, als hätte es so sein müssen und ich dies sonderbare Nest zu finden erwartet, wie ich in's Feld hinaus gegangen. Wir bogen das Gezweig weiter aus und besserten das Nest überall, um uns mehr Raum zu schaffen, dazwischen redeten wir bald dies, bald das. »Ich meinte, Du wärest ein Fuchs,« lachte ich, »Deine Augen glitzerten grad so aus dem Laub.« Eine Welle ihres langen Haars fiel mir über die Hand und schillerte blauschwärzlich in der Sonne, so daß ich plötzlich wußte, woran es mich vorhin erinnert hatte, und hinzufügte: »Es hat grad die Farbe von der Natter, die ich zuerst sich am Wall fortringeln sah, als ich Dich im Busch rascheln gehört.«

Ihre Schulter und ihr Kopf flogen herum, wohl nur das Geräusch der dürren Blatter war's, die ihr Arm bei der raschen Bewegung gestreift, doch in ihren Augsternen funkelte es einen Moment wieder eigentümlich, als hätte es in ihnen so geknistert, und ihre Lippen stießen kurz aus: »Ich wollt', ich wäre eine Schlange.«

»Warum?«

»Dann wollte ich die beißen, die mich verhöhnten.« Aber sie lachte gleich hinterdrein: »Es war recht närrisch, daß ich mich vor Dir fürchtete, weil ich auf einmal Deine Stimme unter mir hörte und recht dumm dazu, daß ich mich rührte. Sprachst Du mit Dir selber?«

»Nein, mit dem alten Kirchturm drüben.«

Sie nickte, und ihre Miene besagte, daß sie darin etwas ganz Begreifliches finde; nur entgegnete sie:

»Ja, Du kannst natürlich mit ihm reden.«

Sie hatte das »Du« betont, und ich fragte unwillkürlich:

»Warum ich? Könntest Du es nicht?«

»Er geht mich ja nichts an.«

Natürlich nicht, sie sah ihn ja seit wenigen Tagen erst, hatte keinerlei alte Verknüpfung mit ihm, und es war recht sinnlos von mir gewesen, daß ich geglaubt, sie könne auch mit ihm reden. Während ich mir das sagte, fragte sie plötzlich:

»Warum war denn Deine Mutter hoffärtig?«

»Ich weiß es nicht, denn ich habe sie nicht gekannt,« erwiderte ich, »aber mein Vormund hat es gesagt.«

»Und Du glaubst es?«

Ich gab keine Antwort, und sie fuhr fort:

»Ich würde es keinem glauben, wenn er mir von meiner Mutter Schlechtes erzählte, denn damit wollte er mir weh tun. Aber ich würde ihm eine Nadel in's Bett tun, daß er schreien sollte.«

Der Gedanke war mir so neu und seltsam, daß ich die Sprecherin verwundert ansah. »Wenn Du so schlimm bist, muß ich mich wohl vor Dir fürchten?«

Nun lachte sie wieder. »Gegen die, welche mir gut sind, bin ich nicht bös.« Sie griff nach einem Dorn, der neben meiner Hand aus dem Moos hervorsah, nahm ihn und fügte hinzu: »Ich drückte ihn mir eher in's Fleisch als Dir.«

»Das glaube ich nicht,« versetzte ich, halb ohne daran zu denken, was ich sagte.

Doch im selben Augenblick stieß sie sich die Spitze des Dorns tief in ihren braunen Arm, daß ein großer roter Blutstropfen drunter hervorquoll. Sie zuckte nicht dabei, sondern sagte nur ruhig:

»Ich lüge nicht; lügst Du?«

»Nein, ich habe noch nie gelogen,« antwortete ich, erschreckt auf ihren Arm blickend.

»Dann hattest Du auch ohne das glauben können, was ich Dir sagte. Willst Du's künftig immer?«

Ich versprach's und gab ihr zur Bekräftigung die Hand, und wir blieben Hand in Hand sitzen. So redeten wir weiter, über Feld und Wald, über die Tiere darin, die Bäume, die Pflanzen, die Blumen.

Sie kannte alle, ohne die Namen von den meisten zu wissen; ich hatte noch nie jemanden gefunden, der mir so ähnlich war und über alles dasselbe dachte, wie ich. Was ich nur empfunden, ohne Worte dafür zu haben, sprach sie aus, ganz einfach, aber genau so, wie ich es selbst fühlte. Mich dünkte, sie sei viel klüger als ich, und es gereichte mir zu trostvoller Genugtuung, daß ich ihr gegenüber wenigstens inbezug auf die Namen der Tiere und Pflanzen manchmal als Lehrer auftreten konnte. Aufmerksam zuhörend, sprach sie das ihr bis dahin unbekannte Wort nach. Zuweilen falsch, so daß ich sie verbesserte, doch dann schüttelte sie den Kopf und meinte: »Wenn Du's auch anders sprichst, Blume und Vogel bleiben darum doch grad' so wie sie sind und bekümmern sich gar nicht drum, wie wir sie heißen.«

Eigentlich hatte sie darin auch Recht, mir war's nur noch nie eingefallen. Aber etwas anderes fiel mir jetzt bei dieser Wendung des Gesprächs ein, das mir nun erst auf einmal plötzlich über die Lippen kam:

»Wie heißt Du denn?«

Mir schien's, sie tat einen Augenblick, als hätte sie meine Frage nicht gehört, und ich hätte geglaubt, daß sie's wirklich nicht getan, wenn sie nicht danach den Kopf gedreht und kurz gesagt: »Ich heiße Lea.« Aber obwohl sie es mit rascher Bewegung und klarer Aussprache tat, lag etwas Zögerndes, ungewiß Erwartungsvolles in dem Blick ihrer dunklen Augen, die scheinbar vor sich hinaussehend, aus dem Winkel auf meinem Gesicht hafteten.

»Lea?« wiederholte ich, »das ist ein Name, den ich noch nie früher gehört –«

»Nein, Dein Kirchturm da kennt ihn auch nicht.«

»Aber er ist hübsch; das klingt ähnlich wie Dea, und das ist lateinisch und heißt eine Göttin.«

»Nein, Lea heißt eine Magd, glaub' ich,« fiel sie jetzt ein. »Und Du?«

Ich nannte ihr meinen Namen und erzählte ihr, wo und bei wem ich wohne, auch von Imhof, Fritz Hornung und Bruma. Sie ward etwas unruhig dabei und unterbrach mich: »Du darfst's ihnen nicht sagen, daß Du mich hier getroffen hast. Versprich's!«

»Wenn Du es nicht willst – doch warum nicht?«

»Weil sie vielleicht meinen Namen nicht möchten und Dir sagen könnten –«

Sie hielt inne. »Was, Lea?«

»Du solltest ihn auch nicht leiden, und dann würde ich blind werden und ihnen Uebles antun.«

»Du meinst immer, daß andere Dir etwas antun wollen. Bist Du deshalb etwa« – ich dachte einen Augenblick nach – »ist das der Grund, weshalb Du hier allein im Feld das Nest gebaut hast wie eine verwilderte Katze?«

Das letzte Gleichnis kam mir ohne alle Anzüglichkeit, nur um des Zutreffenden seiner Aehnlichkeit willen, doch Lea nickte ernsthaft mit dem Kopf: »Das hast Du gut gesagt, ich wußte das Wort nicht dafür, aber nun hab' ich's. Sie sind die Hunde – ich kann auch klettern und springen wie eine Katze, und wenn meine Nägel mir einmal lang gewachsen sind –«

Sie sprach nicht zu Ende, sondern sah mit einem auffunkelnden Blick auf ihre Finger nieder, die sie an den Spitzen mit ungemeiner Gelenkigkeit zusammenkrümmte und wieder streckte. »Aber Dich will ich nie kratzen, Reinold!« fuhr sie plötzlich ungestüm auf, schlang ihren Arm um meinen Hals und blickte mich so überzeugungsvoll treuherzig an, wie ich bis dahin nicht geglaubt, daß ihre Augen aussehen könnten. »Nicht wahr, wir verabreden, wann wir hier miteinander sein wollen, und dann lerne ich auch wieder von Dir, denn ich bin dumm und weiß nichts, aber ich möchte auch alles, was die andern mit den blauen Augen – nun muß ich nach Haus! Kommst Du morgen nachmittag?«

Sie trat aus dem Nest auf den freien Wallrand hinaus, ich wollte ihr raten und helfen, hinunter zu kommen, doch sie sprang mir unter den Händen fort in weitem Bogen von der beträchtlichen Höhe über den verrankten Graben hin auf den Acker. Dann gingen wir am Zaun entlang, drunter stand Lea still, gab mir die Hand und sagte: »Bis morgen.« – »Wohin willst Du?« fragte ich. Sie deutete: »Das Haus des Ohms liegt dahinüber.« – »So bringe ich Dich hin.«

Doch sie rief: »Nein, ich will's nicht!« und sprang eilig davon, kehrte indes nach einigen Schritten den Rücken, sah mich freundlich an und sagte: »Bitte, tu's nicht und halte, was Du versprochen hast!«

So blieb ich zurück. Die späte Nachmittagssonne stieg schräg an den Horizont, ich blickte Lea nach, wie sie schon ziemlich entfernt drüben lief. Ueber den Acker flog sie wie ein verspäteter Zitronenfalter, sprang nun einem Kätzchen ähnlich wieder einen steilen Wallrand hinan und verschwand in einem Gestrüpp gleich einer eilfertig-geräuschlos zwischen dem knorrigen Strauchwerk fortschlüpfenden blaugelben Natter.

*

Nur ein ziemlich unbeträchtlicher Umweg führte mich bei der Heimkehr vom Gymnasium durch die Gartenstraße am Hause Erich Billrods vorüber, und ich nahm erst wahr, daß es mir zur Gewohnheit geworden, allnachmittäglich diesen Umweg einzuschlagen, als es mir bereits vorkam, ich sei überhaupt niemals auf andere Weise nach Hause zurückgekommen. Es verstand sich von selbst, daß ich mindestens eine Stunde bei Erich Billrod vorsprach, und er schien dies ebenso natürlich und beinahe pflichtgemäß zu finden. Wie der Name der Straße es andeutete, befand seine Wohnung sich in einem Garten, war etwas erhöht und dadurch schön gelegen, denn sie sah bis auf die offene See hinaus, und alte, im Wind sonderbar murrende Bäume umschlossen sie nach der andern Seite mit dunklem Halbkranz. Dazwischen herein blickten die Rückseiten treppenartig gestufter Giebel, und über sie nieder schaute mein Freund, der grüne Kirchturm, in himmelanragender Nähe, daß man die Fugung seiner einzelnen Kupferplatten zu unterscheiden vermochte. Erich Billrod bewohnte zwei äußerst geräumige Zimmer im Erdgeschoß, sehr einfach mit altväterischen Möbeln ausgestattet, doch die Menge der von oben bis unten beladenen Büchergestelle, welche fast rundum die Wände verdeckten, lieh den Räumen eine gewisse Feierlichkeit, die mich beim Eintreten jedesmal mit einer eigentümlichen Stimmung überkam. Wo die Bücher noch einen leeren Fleck gelassen, hingen große, in schlichteste Holzrahmen gefaßte Landschaften, alle in einem mir fremdartigen, braunrötlichen Ton, als falle ein Abglanz herbstlicher Abendsonne darüber hin. Wenn die wirkliche Sonne sich hinzugesellte und durch die hohen, doch aus zahlreichen kleinen Scheiben wie ein Gitterwerk zusammengesetzten Fenster mit breitem Strahlenband hereinfiel, lag in den kühlluftigen Zimmern trotz der Helle, oder vielmehr je voller diese anwuchs, desto auffälliger ein Licht weltabgeschiedener Einsamkeit, als seien eigentlich seit Menschengedenken nur auf- und abtanzende Goldstäubchen die schweigsamen Bewohner und Rechtsinhaber der stillen Verlassenheit.

Erich Billrod saß, wenn ich kam, zumeist an seinem breiten Schreibtisch im äußersten Winkel, wie bei meinem ersten Besuch, und wenn er aufstand und auf mich zutrat, erschien seine Gestalt mir in dem weiten, hohen Raum immer auf's neue kleiner als draußen im Freien. Ich blieb damals etwas schüchtern und verlegen, was ich eigentlich bei ihm wolle, an der Tür stehen, und er kam heran, lächelte und sagte: »Meine Gewohnheit, mit Blondköpfen umzugehen, hat also wohl nicht Deinen Beifall, Reinold Keßler? Wenn Du Dich darüber beschweren willst, sag' es grad' heraus, und fällt Dir das leichter, indem Du mich gleichfalls mit Du anredest, so laß Deine Zunge einmal den Versuch anstellen. Dein Vormund sorgt genug für Schicklichkeit und Anstand, daß ich es mir schon erlauben darf, Dich nicht als einen Pudel zu betrachten, der ausschließlich dazu da ist, um an der Leine dressiert zu werden. Im Uebrigen ist auch das bei Blondköpfen so meine Gewohnheit, zumal wenn sie meine Schüler sind, und da Du den Einzigen dieser Sorte für mich bildest, so ist's die erste Aufgabe, die ich Dir als Lehrer stelle, daß Du mich anredest etwa als ob ich Dein älterer Bruder oder Dein – genug irgend ein Geschöpf wäre, bei dem die Natur Dir Recht und Pflicht auferlegt, es so mit dem Munde – das Herz kann man natürlich nicht dazu zwingen – anzusehn.«

Ich stand, halb vor Freude, halb aus Verlegenheit errötend, und stotterte überrascht: »Soll ich Ihr Schüler –?«

»Fehler und Strafe Nummer 1,« fiel Erich Billrod mir in's Wort, indem er seine Hand nach meinem Ohr ausstreckte und mich daran mit den Fingern leise zu sich heranzog. »Doktor Pomarius hat Recht, Du bist ein verstockter Bursche, bei dem mit Gutem nichts auszurichten ist und der sich nur mit Gewalt zu seiner Pflichterfüllung nötigen läßt. Her zu mir, den Kopf hoch und die Augen mir ohne tückische Furcht fest in's Gesicht gerichtet, wenn Dein böses Gewissen anders noch dazu fähig ist. Hat Dein Vormund Dir nicht gesagt, daß Du fortan jeden Nachmittag nach der Schule zu mir zu kommen hast, damit ich Dir Deiner Trägheit und Unwissenheit halber noch eine Stunde Privatunterricht in der Weltgeschichte erteile? Ich tue das nicht, wie Doktor Pomarius, um Gotteslohn oder Deinetwillen, sondern aus egoistischer Habsucht, denn die Stunde wird mir reichlich vergütet. Hüte Dich darum vor mir, ich bin keiner von den Lehrern, wie Du an sie gewöhnt sein magst, daß sie aus nachsichtiger Schwäche bei Uebertretungen ihrer Schüler ein Auge zudrücken. Du bist mein Schüler und hier völlig in meiner Hand. Also repetitio prima – wie heißt es? Soll ich –?«

Es war etwas wie Betäubung, das sich mir flimmernd vor die Augen und über meine Gedanken gelegt. Er hatte ungefähr die nämlichen Worte gesprochen, die ich von Doktor Pomarius und den Lehrern des Gymnasiums täglich zu vernehmen pflegte, und doch schwoll es mir köstlich und stürmisch aus der Brust, ich konnte nicht sagen warum, als müßte ich darüber aufjauchzen. Ich sah ihm grade und fest in die Augen, und aus ihnen kam eine Kraft über mich, die mich plötzlich mit vollem, kühnem und freudigem Mut durchströmte, seiner ersten Vorschrift Gehorsam zu leisten, daß ich in glückseliger Erregung ausstieß: »Soll ich Dein Schüler sein, wirklich sein – ich begreife es noch nicht –?«

»So ist's recht, Reinold Keßler,« versetzte Erich Billrod, indem seine strafende Hand mein Ohr fahren ließ und mir zur Belohnung meines Gehorsams einigemale das Haar aus der Stirn glättete. »Nur verrätst Du wieder Deinen Hochmut, der Alles gleich begreifen zu müssen glaubt. Es gibt Vieles im Leben, was sich schwer begreift, und das, denke ich, ist eben der Zweck Deines zu mir Kommens, daß Du zu begreifen lernst.«

*

Die Unterrichtsmethode Erich Billrods oder vielmehr besonders seine Anschauung in Bezug auf Umfang und Inhalt des historischen Gebiets war eine eigentümliche. Es kam wohl vor, daß er mir eine Frage stellte, etwas erzählte, das meiner bisherigen Meinung nach in die Rubrik der Geschichte hineingehörte, allein im Allgemeinen zählte dies durchaus zu den Ausnahmen, und die Nachmittagsstunde verlief zumeist unter Fragen, Mitteilungen, Erklärungen und Belehrungen jeder denkbaren Art, ohne daß eine Jahreszahl oder sich bekriegende Könige irgend welche Rolle darin spielten. Eigentlich bildete Erich Billrod ein lebendes Lexikon, das mir auf Alles Antwort gab, was ich nicht wußte, und das war wiederum ungefähr Alles, wohin das Auge sah und der Gedanke ging; aber zugleich mußte er eine merkwürdige Fähigkeit besitzen, mir im Gesicht zu lesen, was ich gern wissen möchte, denn mir schien, jegliche Erläuterung, die er mir erteilte, betreffe grade das, was ich in diesem Moment vorzugsweise zu erfahren gewünscht habe. Es geriet mir im Grunde nie in den Sinn, daß ich etwas bei ihm lerne, ich behielt nur jedes Wort, das er mir gesagt, und war nach einiger Zeit oftmals verwundert, wenn Imhof oder Fritz Hornung Dinge nicht wußten, von denen mir durchaus selbstverständlich vorkam, daß man darüber unterrichtet sein müsse. So erstreckte sich unsere Unterhaltung – denn als solche erschien mir die Nachmittagsstunde nur – auf Himmel und Erde, Meer und Land, Gestein, Pflanzen, Tiere und Menschen mit Allem, was um Alles herlag, sichtbar und unsichtbar, was Andere vor Jahrtausenden darüber gedacht, heut' dachten und vielleicht in Zukunft denken würden. Eines Tages aber entfuhr's mir beinahe unbewußt, in Verwunderung: »Gehört das auch zur Geschichte?«

Erich Billrod sah mich lächelnd an und versetzte: »Du bist ein kleiner *sciolus*, Reinold Keßler. Weißt Du, was das besagt?«

Ich dachte nach und entgegnete mit ziemlichem Latinitätsstolz: »Es kommt von scire und heißt vermutlich ein Vielwisser.«

»Ungefähr, man übersetzt es gewöhnlich mit ›Klügling,‹ kann aber statt dessen auch ›Naseweischen‹ sagen und es ganz ohne Worte durch einen Nasenstüber ausdrücken.« Erich Billrod begleitete die letzte Erklärung mit einem kommentierenden Fingerschnippen gegen meine Nasenspitze und fügte hinzu:

»Wenn Du so auf Deinem Recht bestehst, fände ich es nicht unbillig, daß Du mir erst einmal den von Dir geforderten Begriff etwas näher klar machtest. Was ist Weltgeschichte, Reinold Keßler? Du wirst mir antworten, Zahlen und Namen, die Du nach dem Diktat in der Klasse zu Hause sauber in's Reine schreibst, memorierst, und die Dir dann bei der nächsten Repitition ein gutes oder schlechtes Zeugnis eintragen. Wenn Du höher aufrückst, wirst Du immer klüger und tiefsinniger werden und statt jener Erklärung die Definition außerordentlich schön finden, die Weltgeschichte sei eine Geschichte des Fortschritts der Menschheit. Du kannst Dich sodann noch um einen Grad höher aufschwingen und Dich von der religiös-philosophischen Erkenntnis durchdringen lassen, es manifestiere sich in ihr die Existenz eines planmäßig ordnenden höchsten Wesens. Auf dieser Einsichtsstufe bist Du zu jedem Lehrkatheder und dem mit ihm verbundenen Jahrgehalt herangreift und brauchst Deinen Kopf zu keiner noch erhebenderen Definition abzumühen. Nur zuletzt, in der Stunde, wo jeder Mensch sich einmal gegen die Wand dreht, um sich nicht wieder umzukehren, kommt Dir vielleicht auch noch ein letzter, ganz kurzer Gedanke über die Sache, der sich in die wenigen Worte oder die dunkle Empfindung zusammenfaßt: Jetzt ist die Weltgeschichte aus. Jeder hat so seine Vorliebe, und meinem Kopfe erscheint einmal die letztere Definition als die klarste und verständlichste. Wenn aber die Weltgeschichte wirklich mit den Augen, die sich zuschließen, aus ist, so wirst Du meiner Ansicht eine gewisse logische Berechtigung nicht absprechen, daß sie mit den Augen, die sich zum erstenmal auftun, anfängt. Das ist wahrscheinlich eine sehr unpädagogische Aufstellung, aber da ich nicht Dein Erzieher, sondern nur Dein Geschichtslehrer bin, muß ich Dich bitten. Dich hier in meinem Hause wenigstens auf meinen Standpunkt zu stellen, d. h. Dich selbst als den Mittelpunkt der Weltgeschichte zu betrachten, um den sich Sonne, Planeten und sogenannte Fixsterne, Könige, Staatsmänner, Völker, Weisen und Narren herumdrehen, die sämtlich mindestens für Dich nicht vorhanden wären, wenn Deine Eltern es Dir nicht ermöglicht hätten, alle welterschütternden Taten, Gedanken und Dummheiten derselben zu bestaunen. Du bist es mithin, auf den Alles ankommt, und eine Geschichte, die für Dich ab ovo beginnen soll, kann nur mit Dir selbst anfangen. Glaube im Uebrigen nicht, daß Du in dieser Beziehung eine Ausnahme bildest, sondern Du unterscheidest Dich von allen Deinen Mitteilhabern an der Weltgeschichte lediglich dadurch, daß Du aussprichst, was sie mit mehr oder minder Geschicklichkeit verschweigen. Sag' mir also, was Du als erste Erinnerung über den Dir interessantesten und wichtigsten historischen Gegenstand, der sich Reinold Keßler benennt, weißt. D. h. um in Form und Inhalt gleich gründlich anzufangen: *Quo patre et matre natus es?*«

Es war die mir schon vertraut gewordene, wunderlich aus Ernst und ironischem Lächeln gemischte, hastig wechselnde Art Erich Billrod's, die von einem Eingehen auf die seltsamsten Anforderungen nicht abließ, und ich erwiderte, daß ich von meinem Vater durchaus keinerlei Erinnerung bewahrt habe, von meiner Mutter mir dagegen ein Bild vor Augen stehe, das mir Zweifel einflöße, ob es mir nur ein Traum so vorgestellt, oder ob es aus der Wirklichkeit in meinem Gedächtnis hafte. »Nehmen wir das letztere einmal an und beginnen mit seiner Beschreibung,« versetzte Erich Billrod, nach einem Buch greifend und darin blätternd. »Es wird sich aus etwaigen Widersprüchen ergeben, ob es Traumesphantasie oder wirkliche Erinnerung ist, und da Du, wie Dir klar geworden, der Held Deiner Geschichte bist, wird Deine Auffassungsgabe leicht begreifen, wie wesentlich es für jene sein kann, zu ersehen, ob Du vielleicht von Deiner Mutter etwas bereits als Erbschaft überkommen, und daraus weitere Schlüsse auf eine Aehnlichkeit und Uebereinstimmung zwischen euch zu ziehen.«

Ich schloß die Lider und suchte mir die Gestalt, die vor meiner Erinnerung stand, deutlich heraufzurufen. Da war sie auch, und ich schilderte sie, wie sie allmählich heller und lieblicher aus einem Nebel hervorkam, gleichsam als zöge ihre eigne feine, weiße Hand einen Schleier um den andern von ihrem Gesicht. Blaß, das blondhelle Haar schlicht von der Stirn herabgescheitelt, sah sie mich mit grauen, schwermütigen Augen an. Vielleicht hätte der Blick allein das letztere nicht deutlich zum Ausdruck gebracht, denn die jugendliche Frische des Antlitzes widersprach dem Trübsinn, aber um den liebreichen, mädchenhaft zartlinigen Mund lag auch ein leiser Zug des Kummers, als hätten die Lippen oftmals mit sich selber gekämpft, gesiegt und doch im Sieg sich selbst verwundet. Die Gestalt darunter umfloß der Nebel dichter, doch sie schimmerte so duftig und leicht, als bedürfe sie keiner Flügel, sondern werde von ihrem weißen Kleide in der Luft getragen, und so schwebte sie langsam, in einen goldenen Kreis gefaßt, vor meinen Augen hin.

Ich schwieg und sah ihr noch mit den geschlossenen Lidern nach. Eine Weile mochte es gedauert haben, da sagte Erich Billrod:

»Siehst Du auch die Hände? Hände sind immer eigenartig und haben Bedeutung.«

Vorhin hatte ich sie deutlicher gesehen, jetzt verschwammen sie mir farbloser mit dem weißen Kleide. Nur daß sie sehr schmal waren, erkannte ich, und von einem durchsichtigen Schimmer der feingeschnittenen Finger. Trug einer einen schmalen Goldreif mit grünlichem Stein darin? Ich konnte es nicht mehr unterscheiden, denn leise rann jetzt Alles bleich und wesenlos aus dem gelben Ringe meines Auges fort.

Im Zimmer war es ganz still, als ob ich Alles nur mir selbst erzählt und niemand darauf gehört habe. Nach einiger Zeit schlug ich die Wimpern auf, und da schien's, als hätte meine unwillkürliche Empfindung mich auch nicht getäuscht. Erich Billrod war allerdings zugegen, doch offenbar nicht bei meinen Worten. Er hielt das aufgeschlagene Buch halb auf seine Brust gestützt und sah gedankenabwesend, wie ich ihn noch nie gewahrt, über den Oberrand der Blätter in die auf- und niedertanzenden Goldstäubchen, welche die Nachmittagssonne mit ihrem sonderbar-einsamsten Licht voll überflutete.

Es verging wohl fast eine Minute, dann wandte sich Erich Billiod's Kopf plötzlich herum und blickte mich an. »Weiter!« sagte er; »ja so,« er besann sich, und es mußte ihm doch ein Klang im Ohre hängen geblieben sein, denn er fügte hinterdrein: »Also ein schmaler Goldreif mit einem blauen Stein in der Mitte?«

»Nein, ich sagte, mit einem grünen,« entgegnete ich mechanisch.

Erich Billrod stand auf. »Du bist ein kleiner *sciolus*, Reinold Keßler, der Alles besser weiß. Es ist spät geworden, und Du wirst zu Hause erwartet. Ich bin mit Deiner geschichtlichen Darstellung für heute zufrieden; morgen Nachmittag wollen wir die Prüfung fortsetzen. Geh' und lache über die Weltgeschichte, so lange sie Dir noch Namen und Zahlen bedeutet.«

Ob ich grade an diesem Nachmittag nicht auf dem nächsten Weg nach Hause ging, ich weiß, daß es bereits zu dämmern anhub, wie ich am Rest eines ehemaligen altstädtischen Tores, einem turmartig runden Gebäude vorüber in's Freie hinauskam. Ueber Allem lag eine weiche, träumerische Frühlingsabendluft, die Sperlinge zeterten vergnügt rundum, und aus dem obersten Gezweig der Ulmen, Linden, Eschen, die in Gruppen und vereinzelt die ersten Häuser des vorstädtischen Dorfes von den letzten der Stadt trennten, schlugen Amsel und Graudrossel und warfen sich ihre hochaufjauchzenden Tonstrophen gleich den Barcaruolen Venedigs herüber und hinüber. Gesang, Zwielicht und warme Luftwogen mischten sich wie zu einem süß berauschenden Trunk, sie schlossen mir wieder die Augen, daß ich den gewohnten Weg blindlings entlang wanderte, und vor mir lag das Zimmer meines sonderbaren Geschichtslehrers, wie ich es allnachmittäglich und auch heute verlassen. Warum erschien es, auch wenn Erich Billrod sich darin befand, so einsam und so doppelt einsam, wenn die Sonne auf die tanzenden Goldstäubchen hereinfiel?

Da schlug mir plötzlich von ungefähr ein Geschrei an's Ohr: »Da ist sie! Hussa! Die gelbe Ratze! Die Judendirne! Wir wollen sie mit ihrem Pechhaar an die Weide binden, wie man's früher mit ihnen gemacht!«

Es waren zwei Buben ungefähr in meinem Alter, die es riefen und an mir vorüberstürzten, weiter hinauf flog etwas, das ich nicht unterscheiden konnte, dem Weidenrand einer Wiese zu. Unwillkürlich folgte ich hinterdrein, doch ich lief anfänglich nicht, sondern ging nur; dann hatten offenbar die Verfolger ihre Beute erreicht, oder mindestens sicher umstellt, denn durch ihr Geschrei hindurch hörte ich die Stimme eines Mädchens aus dem Weidengebüsch her: »Was wollt ihr? Ich habe Euch nichts getan!«

»Du bist eine Jüdin und hast Kohlen im Kopf, mit denen Du unsere Häuser in Brand stecken möchtest,« antwortete der Eine, und der Andere rief: »Lauf herum auf die andere Seite! Wir haben sie! Ich werfe mit Steinen nach ihr, daß sie heraus muß!«

Der Sprecher bückte sich, und ich sah noch von weitem, wie sein Arm sich schleudernd durch die Luft bewegte. Aus dem Busch tönte ein instinktiver, schmerzlicher Aufschrei und ein Ruf: »Wollt Ihr mich totwerfen?« Die Stimme klang mir plötzlich bekannt, daß ich rascher hinzulief; der Werfende hatte sich abermals gebückt und einen Stein aufgerafft, zugleich sah ich ein gelbes Kleid in der Weide schimmern, Arme, die sich gelenkig gleich den Beinen einer Katze um das Gezweig geklammert hielten und den Kopf hinter dickerem Stamm zu schützen suchten. Aber die Bedrohte mußte erkennen, daß ihr kein Ausweg blieb, als ein neuer, der Gefahr offen Trotz bietender Fluchtversuch, sie sprang im nächsten Augenblick herab, dem Angreifer grade entgegen und dieser warf sich, dem Kollegen auf der andern Seite zurufend: »Ich hab' sie! Hierher!« über sie hin und packte ihr langes, wild und schwarz um sie her flatterndes Haar. Ich hatte im selben Moment erschreckt ihren Namen ausgestoßen: »Lea!« und traf ihren Feind mit geballter Hand heftig in's Gesicht, daß er seitwärts gegen den Busch taumelte; um diesen herum kam der Andere, doch Lea, kaum befreit, riß einen großen Stein vom Boden auf und schleuderte ihn dem Herannahenden mit ganzer Vollkraft ihres Arms mitten wider die Stirn. Er schwankte, stieß ein furchtbares Geschrei aus und stürzte, ohne sich um seinen Begleiter zu kümmern, halb besinnungslos davon, Lea aber sprang vorwärts gegen den Ersteren, der sich verdutzt jetzt wieder aufrichtete, und rief: »Halt' ihn, Reinold, ich will ihn töten!«

Ihre Hand zog eine Nadel mit schwarzem Glaskopf von der Brust, und ihre Stimme hatte etwas Zischendes, das mich unwillkürlich wieder an eine Natter gemahnte. Der vorherige Verfolger starrte sie jetzt seinerseits einen Augenblick mit stummem Ausdruck instinktiven Entsetzens an, dann verdoppelte die Furcht seine Kraft und er flog, eilig im Dämmerlicht verschwindend, wie ein vom Tode verfolgtes Tier seinen Kameraden nach.

Lea stand noch und sah auf die Nadel herunter, die sie krampfhaft zwischen den Fingern hielt. »Dem hast Du tüchtige Angst eingejagt« lachte ich.

»Wenn Du ihn gehalten, hätt' ich es getan,« antwortete sie heftig.

Was getan, Lea?«

»Ihn getötet. Ich weiß eine Stelle, an der kann man's mit einer Nadel.«

Ich blickte sie betroffen an. »Aber dann hätte man Dich wieder getötet – hingerichtet.« »Was läg daran, ich hätte ihm doch erst so weh getan, wie er mir.« Sie besann sich kurz. »Und dann wollte er mich totwerfen und hat's beinah getan, da war's mein Recht, denn es heißt: Auge um Auge, Zahn um Zahn! Sieh hier!«

Sie zerrte den Oberrand ihres gelben Kleides von der linken Brustseite, wo der Steinwurf sie dicht über dem Herzen getroffen und ihr durch das Gewand die Haut blutig gerissen hatte. Ich erschrak, zog hastig mein Taschentuch hervor und drücke es auf die sickernden Blutstropfen. »Tut es sehr weh?« fragte ich ängstlich.

»Nein, wohl tut's!« sie lachte fröhlich dazu, doch ihr Gesicht ward plötzlich wieder ernst und sie fügte schnell hinterdrein:

»So lang' ich lebe, vergeh' ich's Dir nicht, Reinold, und will's Dir vergelten, wann Du's verlangst. Und wenn ich eine Königin würde, solltest Du bei mir immer der Erste sein, und ich würde Dir Alles schenken, um was Du mich bätest.«

Wir gingen einen Wiesenweg entlang, der, parallel mit der Dorfgasse laufend, sich in einiger Entfernung längs der Rückseite der Häuser hinzog. Eine Weile nur schweigend, dann fragte ich:

»Weshalb kamen die beiden denn eigentlich über Dich?«

»Weshalb?« Lea wiederholte es und blieb stehen, und es verging eine geraume Zeit, ehe sie scharf hinterdrein ausstieß: »Ich meine, Du hättest es hören können, sie haben's deutlich genug geschrien.«

»Weil Du –?«

»Nun, sprich's nur aus,« fiel sie heftig ein, »weil ich eine Jüdin bin.« Sie schleuderte mit einem wilden Ruck ihr schwarzes Haar aus der Stirn, sah mich mit Augen, die im Zwielicht fast zu glühen schienen, an und fuhr fort: »Jetzt weißt Du's und kannst mich auch mit Steinen werfen. Ich hab's verdient, es war keine Lüge, daß ich's Dir nicht gesagt, aber schimpflich und feige war's. Hab' Dank für bisher und für heut', Reinold Keßler – das Nest drüben kann jetzt wohl lange warten, bis es Dich wiedersieht.«

»Warum?« fragte ich, über ihren Ton und ihre Worte verwundert. »Willst Du mich nicht mehr darin haben oder bist Du denn etwas Anderes geworden, weil Du eine Jüdin bist?«

Lea antwortete nichts, ich hörte nur im Halbdunkel, daß ihre Brust von der Schleunigkeit des Atmens einen leisen, pfeifenden Ton ausstieß. Dann sprang sie plötzlich ungestüm, wie eine Katze, gegen mich an, mit vorgestreckten Händen, als wolle sie mir Krallen in's Fleisch schlagen, doch ihre Arme schlangen sich leidenschaftlich um meinen Hals, preßten mich an sie, daß mir der Atem stockte und daß ich fast den Halt verlor, als sie mich ebenso plötzlich wieder losgelassen. Mit einem Sprung war sie lautlos hinter dem Wall eines der Gärten, welche die Wiese begrenzten, verschwunden, und kein Ruf brachte sie zurück, noch erhielt eine Antwort.

Sechstes Kapitel

Das Gymnasium, in dem wir nach der oftmaligen Versicherung unserer Lehrer *»vitae, non cholae«* zu lernen angehalten wurden, war eine der merkwürdigsten und an sich schon lehrreichsten Baulichkeiten der Stadt, ich möchte glauben des Erdrunds. Es lag in einer engen, von stätem Bleilicht überdachten Gasse, deren Pflasterpodium mir einige Schwierigkeit betreffs Auseinanderhaltung von Ursache und Wirkung bereitet, da ich nicht anzugeben vermag, ob die Straße täglich in gleicher Weise unsere Stiefel, oder unsere zahlreichen Füße die Straße schmutzig machten.

Das Schulhaus war einstöckig langgestreckt, von der Farbe einer durch Hochsommerhitze ausgedörrten, rissig-zerbröckelten Lehmgrube; ein Flur führte hinein, dessen rote Ziegelsteine in den Zwischenpausen von den Patriziergeschlechtern der Lehrer ausgewandelt worden, während als Analogon die Plebejerschar der Lernenden im Lauf einiger Jahrhunderte die Stufen der wackelnden Holztreppen ausgetreten *sive* ausgetrampelt hatte. Der letztere Vorgang erzeugte nach dem Schluß der Klassen stets ein donnerartiges Gepolter, das vermutlich in der ganzen Umgegend als eine Art Erdbeben empfunden, nach den Regeln der Gewohnheit jedoch ebenso wenig mehr beachtet wurde, wie das Poltern und Dröhnen in den Eingeweiden des Vesuv von den Neapolitanern.

Es lag eine hübsche Klimax darin, daß je mehr jemand durch die Klassenerfolge in das erhöht konzentrierte Licht der philologischen Wissenschaft aufrückte, desto bleierner sich auch das gemeine Tageslicht um ihn her verdunkelte, so daß die Brillen in der Tertia begannen, in der Secunda sich zur zweiten Potenz erhoben und in der Prima zur ordnungsmäßigen Regel ausbildeten. Bei der innigen Wechselwirkung, die zwischen Körper und Geist besteht, wurde dadurch unfraglich auch der geistige Blick für dunkle Stellen des Aeschylus, Herodot und Horaz geschärft, und die scharfsinnigen Analysen, Interpretationen und Conjecturen in Bezug auf mutmaßlich corrumpirte Textworte traten auf's Glänzendste in Gegensatz zu dem Dämmerschein, der den eigentlichen Inhalt der klassischen Schriftwerke verhüllte. Die Jahresdurchschnitts-Temperatur in den Schulräumen entsprach auf's Vollkommenste jeder sanitätlichen

Anforderung. Wenn schwül erdrückende Hitze ab und zu schlaganfallartige Bewußtlosigkeit erzeugte, so geschah dies, weil die Sommersonne in niedrigen Zimmern höhere Grade zu entwickeln Pflegt, als in freier Luft, und es konnte dem Winter nicht zum Vorwurf gereichen, daß er diesen Wärme-Ueberschuß in entgegengesetzter Richtung auszugleichen bestrebt war. Da Kindern der Wert der Sparsamkeit nicht früh genug *in succum et sanguinem* eingeprägt werden kann, ließen die Oefen sämtlicher Klassen den darin Befindlichen gemeiniglich vom November an das Blut in den Adern erstarren, und die Lehrer nutzten gleichzeitig diesen Anlaß mit zweckdienlichster Pädagogik aus, die Jugend zur Abhärtung und Entsagung zu erziehen, indem sie selbst sich in ihre Oberröcke und Pelze einwickelten, dagegen die Schüler auf's Strengste vor einer Nachahmung ihres Tuns abhielten, die eine nützliche Maßregel zu einem Verweichlichungsversuch umgestaltet haben würde.

Nach den Krankheiten zu urteilen, die zu jeder Jahreszeit die Zahl der Lernbegierigen im günstigsten Falle dezimierten, mochte das physische Fundament des Gymnasiums auf etwas ungesundem, vermutlich sumpfigem Boden ruhen, aber es litt keinen Zweifel, daß die psychischen und moralischen Grundmauern dafür unerschütterlich auf dem Felsen des Glaubens errichtet waren. Wenn der altgriechische Dichter in heidnischer Verblendung die Behauptung aufstellte: »Aus Zeus ist Alles,« so behielt der ethisch vorgeschrittene Geist unserer Schule die klassische Form bei, doch füllte sie mit dem gereinigten Inhalt: »Aus Christo ist Alles,« und christliche Frömmigkeit durchdrang als Sauerteig sogar die unregelmäßigen Konjugationen wie die regelrechten Beweise der Planimetrie. Darum besaß, nach dem Vorbild des Evangeliums, das Wissen an sich keinen Wert vor dem Urteil der Richtenden, und es ereignete sich nicht selten, daß die Offenbarung positiver Kenntnisse mit der schlechtesten Zensur belegt ward, während der zu Tag geförderte Mangel banalen Wissens sich die befriedigendste Anerkennung eintrug. Wenn wir uns nach dem Grunde solcher unerwarteten Preiserteilung befrugen und uns nicht in hartnäckiger Verblendung der richtigen Einsicht verschlossen, erkannten wir dann jedesmal, daß der Lehrer den Fundamentalsatz unserer Religion angewendet: »Dein Glaube hat Dir geholfen,« und es legte ein rühmliches Zeugnis für den gläubigen Eifer der Betroffenen ab, wenn sie es niemals versäumten, sich für diese Hilfe in demütigster Weise dankbar zu erzeigen. Da sie, den veränderten Kultur- und Bekleidungszuständen gemäß, dies nicht wohl nach Art Maria Magdalenas durch Fußwaschung und Salbung mit köstlichen Narden zum Ausdruck zu bringen vermochten, so legten sie ihr gefühlvolles Verständniß ab und zu durch Überreichung von Geschenken an den Tag, und es war eine erfreuliche Beobachtung, wahrzunehmen, wie die Lehrer keine Mühe scheuten, solche Schüler in ihrer vortrefflichen Gemütsrichtung zu bestärken und mit ihnen in steter, fördernder Wechselwirkung zu verbleiben.

Dieser christlichen Ordnung der ganzen Schulgemeinde entsprechend, ließen sich der Rektor, Konrektor, Subrektor und Kollaborator in einem Bilde, das kaum mehr ein Gleichnis, sondern vollste Wirklichkeit darstellte, als Papst, Kardinal, Bischof und Pfarr-Priester bezeichnen. Untergeordnete Funktionare der Hierarchie, die in die Künste des christlichen Rechnens, Schreibens und Handzeichnens einweihten, mochten in Parallele mit dem Vikar Meßner und Chordiener zu bringen sein; außerdem befand sich noch eine Persönlichkeit unter den Oberen, von der sich nicht bestimmen ließ, auf welche Sprosse der Stufenleiter sie einzureihen sei. Es war dies der Lehrer der naturwissenschaftlichen Fächer, Dr. Unger, ein noch junger Mann. Zweifellos gehörte er dem bildlichen Kirchenvorstande mit an und nahm Sitz und Stimme in dem Plenarkollegium desselben ein. Doch sowohl sein Aeußeres entbehrte eines sonst von allen übrigen beredt zur Schau getragenen Tonsur-Analogons, wie auch sein Wesen noch einen Mangel an esoterischem Verständnis für die, ihm durch seine Stellung auf- und eingeprägte Würde bekundete. Man konnte ihm deshalb nur den Ehrennamen eines Weltgeistlichen im allgemeinen zusprechen und mußte sich der Hoffnung hingeben, daß ihm das tägliche Musterbeispiel seiner Kollegen zum Sporn dienen werde, durch wirkliche Verdienste auf der Skala der Hierarchie zu einem anerkennungswerten Mitgliede emporzurücken.

Als letzter schloß das Regiment der alte Pedell, namens Kähler. Er war nach seinem Aussehen und verbreiteter Ansicht – denn er selbst besaß keine sichere Anschauung darüber – fast neunzigjährig, sein Kopf kahl gleich einer gebeizten Ahornplatte und sein fußlanger Bart weiß wie der Schnee Rußlands, durch den er mit der großen Armee Napoleons nach Moskau gezogen. In Wintertagen, wenn bei unserm Eintritt ins Klassenzimmer volle Nacht noch kaum die Bänke und Tische unterscheiden ließ, hockte er manchmal fröstelnd an der Seite des von ihm geheizten Ofens und erzählte mit dünner Stimme und zugedrückten verrunzelten Augen, wie er im Schnee liegen geblieben und nicht wisse, auf welche Weise er wieder herausgekommen sei. Mir war's oft, wenn seine Hände zitternd dabei herumtasteten, als halte er sich eigentlich für gestorben und noch unter der weißen Decke begraben, aber wir waren alle zufrieden damit, daß er wieder draus hervorgekrochen, denn so furchtbar er dereinst den russischen Vaterlandsverteidigern erschienen sein mochte, so wenig natürliche Befürchtungen flößte er uns ein, selbst wenn er in hochfeierlichen Momenten mit seinem Lictor-Attribut, dem Rohrstock, auf dem Forum des Konferenz-Zimmers erschien.

*

Man soll den Tag nicht vor dem Abend loben, und wer singend am Morgen aus dem Bette springt, legt sich weinend wieder hinein. Die Spruchweisheit des Volkes geht selten fehl und besitzt ihre Vollgültigkeit sowohl für die Jugend wie für das Alter. Ich erinnere mich, daß Tante Dorthe sich an dem Morgen, der mir beide Sprüche bewahrheitete, offenbar auf's äußerste anstrengte, aus dem Winkel ihres freundlichen Auges einen strengen Seitenblick über mich hinstreifen zu lassen, und sie reichte mir das Frühstück mit den Worten: »Diesmal hättest Du eigentlich wahrhaft verdient, nichts zu bekommen, Reinold.« Mit einiger Verwunderung hörte und sah ich sie an, denn im Grunde befand sich mein Gewissen – von seiner allgemeinen stetigen Anklage gegen meine Existenz überhaupt abgesehen – gerade heut in einem ungewöhnlichen Zustande von Seelenruhe. Ich wußte meine Arbeiten für den ganzen Tag in vollster Ordnung, hatte mich ausreichend präpariert und konnte die großen und kleinen Propheten ohne zu stocken an den Fingern herzählen. Deshalb fragte ich höchlich erstaunt und zugleich mit einer siegeszuversichtlichen Furchtlosigkeit: »Aber warum denn nicht, Tante Dorthe?«

»Ich bin nicht Deine Tante Dorthe, ich heiße Mamsell Dorothea,« versetzte die Alte mit fremdartig gemessenem Ton. »Für jemanden, der sich mit solchen Geschöpfen einläßt, bin ich's nicht, such' Du

Dir eine Tante bei Deinen – o Kind, Kind, wie kann man nur so sündhaft – ich meine, so tollköpfig – ich wollte sagen, so unvorsichtig sein! Du hast's am Ende gar nicht bedacht, und nun werden sie Dich um das abscheuliche Ding –«

Tante Dorthe stockte, denn sie wischte mit der einen Hand eine Träne von der Backe und strich mit der andern die Butter doppelt so dick als sonst auf die für mich bestimmte Brotschnitte. Dazu schüttelte sie den Kopf auf meine wiederholte Frage, und es war nicht mehr Zeit, weiter in sie zu dringen, denn wir hatten uns verspätet, mußten aufbrechen und den Schluß unseres Frühstücks auf dem Schulweg besorgen. Das taten wir mit zufriedener Emsigkeit; als ich fertig war, fragte ich Imhof, ob er eine Ahnung davon habe, was Tante Dorthes rätselhafte Worte bedeuteten. Doch er war nicht klüger als ich, Fritz Hornung dagegen sagte, noch mit beiden Backen kauend: »Ich weiß es auch nicht, aber ich hörte gestern abend, daß Doktor Pomarius mit dem Superintendenten redete, und daß Dein Name dabei vorkam. Und nachher fragte der Superintendet: »Wenn man so etwas gegen Christen mit Leuten, die den Heiland gekreuzigt haben, tut, ist das nicht, als ob man unfern Erlöser auf's neue wieder an's Kreuz schlüge?« – »Ganz richtig, mein lieber Eugen, völlig wahr,« antwortete Doktor Pomarius ihm; »es ist das und die Tat Kains gegen seinen Bruder zugleich.« – »Aber was es bedeutete, hab' ich nicht begriffen.«

So gelangten wir in die Quarta und schlugenden Cornelius Nepos auf, bei dessen Erläuterung uns der Klassenlehrer und Kollaborator Aberell die Bedeutung des Wortes Nepotismus auseinandersetzte. Er sagte, es liege darin eine ungerechte Begünstigung, Bevorzugung solcher Persönlichkeiten enthalten, die keinerlei Verdienst-Anrecht darauf besäßen, und der Nepotismus sei ein heidnischer Brauch gewesen, der gottlob mit der Einführung christlicher Ordnung vollkommen aufgehört. Die mathematische Stunde, welche sich daran reihte, erteilte der Konrektor Schachzabel. Er bewies uns die mathematische Unmöglichkeit, daß eine gedachte Linie irgendwo anfangen und irgendwo enden könne, und fragte: »Hat jemand es nicht gefaßt?«

Fritz Hornung hob die Hand.

»Was hast Du nicht begriffen, Hornung?«

»Wenn der liebe Gott sich nun eine Linie dächte, könnte er sich da auch Anfang und Ende nicht vorstellen?«

»Gott ist selbst unendlich, also Deine Frage eine höchst unpassende, zumal da sie nicht in den mathematischen Unterricht gehört.«

»Aber in der Bibel steht, Gott sei Alles möglich. Kann die Mathematik denn mehr als er?« murmelte Fritz Hornung.

»Du bist ein dummer Junge und sitzest eine Stunde nach, um über den Unterschied zwischen mathematischen und Religionslehren nachzudenken. Was Gott nicht will, kann er selbstverständlich auch nicht, und da seine Güte nicht gewollt hat, daß ein planimetrisches Axiom anders sei, als es ist, liegt der logische Beweis für die Unumstößlichkeit desselben auch theologisch erbracht vor. Nachher kommst Du zu mir in meine Wohnung und teilst mir das Resultat Deines Nachdenkens mit, Hornung.«

In der eintretenden viertelstündlichen Vormittagspause stieg Fritz Hornung nach dem Fortgehen des Lehrers auf den Kathedersitz, schlug seinen Nepos auf, rief: »Stille!« und fügte mit der Stimme des Kollaborators Aberell hinterdrein: »Hat Einer von Euch noch nicht begriffen, was Nepotismus ist?«

Mehrere hoben, ihren Pausenschmaus zwischen den Zähnen verarbeitend, zum Spaß die Hand, und Fritz Hornung fuhr fort:

»Wenn Eugen Bruma so gefragt hätte, wie ich's getan, so würde er die Antwort bekommen haben: Da stellst Du eine sehr tiefsinnige Frage, mein lieber junger Freund, die das glänzendste Zeugnis für Deine Gediegenheit und die Unermüdlichkeit Deines Forschungseifers ablegt. Sie allein zeigt, daß Du es verdienst, um eine Bank weiter aufzurücken; tu's und besuche mich zum Kaffee heut' in meinem Hause, damit ich Deinen edlen und unbezwinglichen Wissensdrang befriedige.«

Es entstand ein Gelächter unter den Hörern, Fritz Hornung rief dazwischen:

»Ich meine nur – das ist natürlich nichts als Einbildung von mir, zu der ich gar keinen Grund habe, denn so etwas hat gottlob mit der Einführung christlicher Ordnung vollkommen aufgehört.«

Unter noch lauterem Gelächter sprang er, selbst lachend, noch grade rechtzeitig vom Katheder, um nicht von dem Subrektor Beireis überrascht zu werden, und die Geschichtsstunde nahm ihren Anfang. Wir standen vor dem Beginn des peloponnesischen Krieges, und der Lehrer entwickelte uns in begeisterter Schilderung die niemals wieder erreichte Stufe menschlicher Kultur, zu der griechische Kunst und Bildung jene glückselige Zeit, das historische goldene Zeitalter der Menschheit emporgehoben. Welcher Politiker wäre Perikles vergleichbar? Welcher Redner Demosthenes? Gibt es jemanden, der neben Sophokles noch Anspruch auf den Namen eines dramatischen Dichters hätte? Wer verdiente mit Phidias zusammen genannt zu werden? Wer mit Appeles? Hat ein erhabnerer Geist die Weltbühne überschritten, als Platon? Ein größerer Philosoph als Sokrates? Und für alle diese riesenhaften Erscheinungen, meine jungen Freunde, besitzen wir aus der nämlichen Zeit einen Maßstab, der uns genau ihre Größe bemessen läßt, wie eine ärmliche Hütte neben dem Kirchturm deutlichere Vorstellung von der Höhe des letzteren erregt. Während der Blütezeit Griechenlands lebte unfern in räumlicher Beziehung ein anderes Volk, dessen Namen wir um mehr denn zwei Jahrtausende früher in der Geschichte auftauchen sehen, doch von seinem Beginn bis zu seinem Ausgang in gleich rohem Zustande verharrend, bedeutungslos für die Entwicklung, den Fortschritt der Menschheit, ohne Kunst, ohne Dichtung, ohne Staatsmänner und Feldherrn; ein trauriges, seines späteren Unterganges würdiges Volk. »Was für Volk war das, Hornung?«

Fritz Hornung ließ ein Taschenmesser auf seine Knie fallen, mit dem er an der Ausarbeitung eines Schnitzkunstwerkes aus dem rohen Holzmaterial seines Tischanteils beschäftigt gewesen, hob den Kopf und antwortete sogleich mit einer Zuversicht, die keinen Zweifel an seiner sicheren Beherrschung des einschlägigen Gegenstandes verstattete:

»Die Hottentotten!«

Ein verhaltenes Lachen durchlief nicht, aber ging in der Art des sprichwörtlichen gesellschaftlichen Engels durch die Klasse, während der Subrektor Beireis die flachsblonden Augenbrauen bedrohlich zusammenzog und mit dem Fingerknöchel auf den Kathedertisch klopfend erwiderte:

»Will Er sich etwa mit mir, den griechischen Heroen und der Weltgeschichte zugleich einen faulen Jungenswitz erlauben? Er sitzt eine Stunde nach und kommt dann in meine Wohnung, um mir Beweis dafür zu bringen, daß Seine geographisch-ethnologischen Begriffe sich geklärt haben.«

Um Fritz Hornung's Mundwinkel ging ein kaum wahrnehmbares philosophisches Lächeln, um das Platon und Sokrates zusammen ihn beneidet haben würden, und er hatte bereits in der Verborgenheit künstlerischen Schaffens seine plastische Tätigkeit wieder aufgenommen, als der Subrektor Beireis mit veränderter Stimme auf's Neue anhub:

»Dies erbärmliche Volk, das den Gegensatz zu der Hoheit griechischer Kulturgröße bildete, waren natürlich die Juden, meine jungen Freunde, die uns kein Denkmal der Bildung, Kunst und Wissenschaft auf irgend einem Gebiete hinterlassen haben, sondern in alter und neuer Zeit die nämlichen geblieben sind, wie wir sie denn auch schon in den Anfängen der germanischen Geschichte unverändert in den römischen Kolonien auf deutschem Boden gewahren.«

Mir war, als ob der Blick des Sprechers sich unter den Flachsbrauen hervor aus der allgemeinen Abscheuwürdigkeit des berührten Gegenstandes noch mit einem Ausdruck konkreter Verachtung auf mich gerichtet habe. Eine dämmernde Ahnung verflocht mir diesen Blick mit den rätselhaften Frühstücksworten Dorthe's, und ich war froh, daß die Uhr vom Turm draußen die elfte Stunde schlug und der Subrektor Beireis Katheder und Zimmer verließ, um den Geschichtsunterricht durch den der Religion ablösen zu lassen. Den letzteren erteilte in allen Klassen der Rektor, Professor Tix eigenhändig, konnte man sagen, denn er pflegte jeden Satz durch eine ausdrucksvolle Bewegung seiner Hände zu unterstützen, die in kollegialischer Gemeinschaft mit den Füßen sich anschaulicher durch das allgemeine Begriffswort Gliedmaßen bezeichnen ließen. Sie hatten in der Form wie in der Art ihrer auf- und niederklappenden Regsamkeit etwas von Biberschwänzen und man vernahm ihren Aufschlag auf eine Tischplatte, sowie den Tritt der kollegiali schen Füße auch ungefähr in der nämlichen Entfernung, welche den nordamerikanischen Biberfänger von der Anwesenheit seines Jagdobjekts zu unterrichten pflegt. Draußen im Korridor erscholl nun von weitem der Tritt, doch Fritz Hornung benutzte noch das eingetretene flüchtige Interregnum, indem er aufstand und fragte:

»Wißt ihr schon den neuesten Satz aus der Regel-de-tri, den ich entdeckt habe?«

»Nein, was ist's, Fritz?«

»Zweimal eins macht eins,« lachte er, »und dreimal eins würde auch dasselbe Facit ergeben.«

Die Tür ging auf und Professor Tix erschien. Er war sehr lang, sehr mager und sehr strubbelköpfig, das Haar dunkel, aber nicht recht schwarz, und von anderer Farbe untermischt, aber nicht recht grau. Er ging weniger, als daß er nach dem klassischen Vorbild des homerischen Helden das Knie dem Knie vorbeischob und so nach physikalischen Grundsätzen eine Abreibung der Bekleidung jener verursachte, die sich in der Erscheinung wechselnder Glanzlichter an den Tag legte. Um den obern Teil des Körpers trug er einen, je nach dem Faltenwurf da oder dort das Spiegelbild der Umgebung zurückwerfenden Schniepel, der in gleicher Weise von figürlicher, wie von physischer Anhänglichkeit redete und zur noch deutlicheren Kennzeichnung der letzteren stets die für den Wandhaken bestimmte Schlinge im Nacken des Trägers über die schwarze Alterskravatte hinaufschob. Dagegen schien es nach physikalischen Regeln unbegreiflich, auf welche Weise das Straußenei durch den Flaschenhals, oder vielmehr die Hände durch die Rockärmel hindurchgelangt seien, und es gab unter uns eine dem Wunderglauben abholde rationalistische Erklärungspartei, welche die Behauptung verfocht, daß der Schneider ursprünglich in *corpore vili* gearbeitet, das heißt, den Aermel um den Arm her verfertigt habe. Professor Tix' Zunge beging bei jedem Satze, den sie bildete, eine Sammlung, da sie nach einer Anzahl von Worten innezuhalten und eine aus zwei verschiedenartigen Tonäußerungen zusammengesetzte Interlocution – »Hm-abera« – einzuschalten pflegte. Damit eröffnete er auch jetzt die Stunde, indem er recapitulirend begann:

»Wir sagten gestern – hm-abera – daß, wie kein Haus, keine Kirche sich erbauen läßt ohne ein Fundament aus Felsgestein – abera –

das in den brüchigen Boden eingesenkt worden – hm-abera – ja, daß so auch unsere christliche Religion auf einer unverrückbaren Basis fuße – abera – welche der Schöpfer und Erhalter Himmels und der Erde – hm-abera – Jahrtausende zuvor in die Herzen eines anderen, kleinen, doch in seiner gereinigten Erkenntnis einzig erhaben dastehenden Volkes eingesenkt – abera. Dieses Volk benennen wir das auserwählte Volk, das Volk Gottes – hm-abera – das inmitten heidnischer Verderbtheit, eitlen Scheines, Götzendienstes und abscheulichster Laster, wie das räumlich unfern auftretende Griechentum sie repräsentiert – hm-abera – dem Glauben an den Herrn anhing – abera – und so zum Mittelpunkte des Erdballs, zum wichtigsten, erleuchtetsten Volke der Menschheit wurde – hm-abera – auf dessen Erkenntnisstamm erst als ein veredeltes Reis unsere heilige Lehre sich pfropfen ließ – abera. Dieses Volk, das wir im Altertum vor allen bewundern und verehren müssen, weil es von Gott als das Felsfundament seiner Offenbarungen auch für uns auserkoren worden – hm-abera – wie benennt es sich – abera – Keßler?«

Ich hörte, daß Fritz Hornung halb vernehmlich brummte: »Diesmal sind's doch gewiß die Hottentotten,« über meine unklare Gemütsstimmung aber ergoß sich aus der Frage eine Art Beruhigung und ich antwortete: »Die Juden.«

Dennoch mußte im Ton meiner Entgegnung ein leiser Zweifel an ihrer Richtigkeit gelegen haben, denn Professor Tix erwiderte:

»Eine unrichtige Namensbezeichnung – abera – für das israelitische Volk – abera. Unter dem Worte Juden verstehen wir etwas durchaus Anderes – hm-abera – als das auserwählte Volk Gottes, von dem Deine Antwort in Frage zu ziehen scheint – abera – ob Du es als die verehrungswürdige Basis unserer christlichen Religion betrachten sollst – abera. Wir waren gestern zu den sogenannten kleinen Propheten des alten Testamentes vorgerückt – hm-abera – zähle mir ihre Namen auf, Keßler – abera.«

»Hosea, Joel, Amos, Obadja –« ich stockte.

Professor Tix schlug mit der rechtsseitigen Biberplatte auf den Tisch und wiederholte: »Obadja – abera –«

Am Morgen hatte ich sie noch gewußt wie das Abc, aber aus dem eigentümlich auf mich gerichteten Blick des Rektors tanzten jetzt lauter tolle Buchstaben mir vor den Augen und im Gehirn – ich begegnete dem mir ebenfalls zugewendeten Blick Fritz Hornungs und plötzlich sagte dieser laut:

»Abera –«

Professor Tix sah ihn erstaunt an: »Du bist nicht gefragt, Hornung. Aber wer ist der kleine Prophet Abera – abera?«

»Sie sagten es eben selbst, Herr Professor,« entgegnete Fritz Hornung seelenruhig, »Obadja, Abera.«

»Hm-abera« – und Professor Tix lenkte seinen unheimlichen Blick von mir ab – »wir glauben, Hornung –«

»An Gott den Vater, den Sohn, den heiligen Geist,« ergänzte Fritz Hornung zuversichtlich.

»Nein, wir glauben – abera – es ist Jemand hier toll geworden.«

»Das würde ich ganz gut begreifen, Herr Professor, denn der Herr Subrektor hat uns eben in der Geschichtsstunde gesagt, die Griechen wären das edelste von allen Völkern und die Juden das erbärmlichste gewesen.«

Fritz Hornung gab diese Antwort durchaus naiv-gemütlich, mit einem gewissen dumm-aufklärungsbegierigen Anstrich in seinen Zügen, daß Professor Tix einige Augenblicke nur sprachlos in wechselndem Takt mit beiden Biberschwänzen auf den Tisch schlug. Dann verzog seine Miene sich jedoch, wie es manchmal geschah, zu einem ironischen Ausdruck und er erwiderte:

»Tibi impera – abera – *difficile est, satiram non dicere*, Hornunge – m-abera. Du bist *me hercule*, einfältiger, als es für einen Quartaner erlaubt ist, und kannst heut' Mittag eine Stunde nachsitzen, um über den Unterschied zwischen Geschichts- und Religionsstunde nachzudenken – abera. Im Uebrigen, wollen wir Dir *sine urbana dissimulatione* gesagt haben, bist Du ein unverschämter Bengel – abera – der eine ganz andere Strafe verdient hätte.«

Fritz Hornung senkte überzeugt und schwer betroffen den Kopf, während er unter dem Tisch mir zugewandt drei Finger der rechten Hand und einen der linken in die Höh' streckte und ein Multiplikationszeichen dazu machte, welches wie ein ›Lied ohne Worte,‹ doch als ein äußerst humoristisches, deutlich besagte: »Dreimal eins ist auch eins«. Mir ward erst jetzt klar, daß er, um mir aus der Not zu helfen, eine Variation seines vorherigen Themas aus der Regel-de-tri gespielt hatte, und ich warf ihm einen dankbaren Blick zu, denn Professor Tix hatte in der Tat über dem Propheten Abera die übrigen und mich mit ihnen vergessen. Die Stunde ging fort, dann schlug die Uhr, der Schniepel glänzte vom Katheder auf und der Inhaber beider sagte:

»Also Hornung sitzt nach – abera – und Reinold Keßler wartet hier, bis er gerufen wird – hm-abera.«

Ich konnte nicht sagen, daß ich nach dem Verlauf des Vormittags eine viel günstigere Erwartung mehr gehegt hatte.

*

»Siehst Du, daß dreimal eins eins macht,« lachte Fritz Hornung, als wir uns unter vier Augen in der verlassenen Quarta befanden. »Es tut mir nur leid, daß ich mich wahrend des Nepotismus so vorzüglich betragen habe, daß auch viermal eins für einen geschickten Rechenmeister dasselbe Facit gibt. Nun gehe ich nachher erst zum Subrektor und sage ihm, ich hätte es jetzt vom Herrn Professor Tix selbst gehört, die Juden waren die ausgezeichnetsten Menschen von der Welt und die Griechen ganz erbärmliche Kerle gewesen, und dann gehe ich zum Konrektor und sage ihm, ich hatte furchtbar nachgedacht – abera – aber was hast Du denn eigentlich so Furchtbares verbrochen, Reinold?« »Ich habe –«

Es kam mir unwillkürlich auf die Zunge, doch im selben Augenblick sah ich Lea in ihrem gelben Kleide vor mir stehen und mit dem Kopf zugleich das schwarze Haar schütteln, und ich schloß den angefangenen Satz mit »Nichts – ich weiß nichts –«

»Du hast gar keine Vermutung?«

Ich schwieg, und Fritz Hornung fuhr fort:

»Weißt Du, so etwas wie eine Vermutung habe ich meistens, eine Art von Ahnung, daß ich ziemlich hoch darauf wetten würde, es läuft auf dies oder das hinaus. Aber bei Dir kann ich auch nachgrade nichts recht mehr vermuten, denn wir kriegen Dich ja kaum noch zu sehen, als hier bei der Tinte oder zu Haus' bei der nämlichen Flüssigkeit, die Doktor Pomarius uns übrigens, glaube ich, am

Liebsten zum Frühstück, als Suppe und zum Abendbrot geben würde. Steckst Du denn immer mit dem Doktor Billrod zusammen?«

»Oft – meistens, Fritz,« erwiderte ich, über den mir dargebotenen Ausweg erfreut.

»Wartet er denn irgendwo im Feld auf Dich? Ich sehe fast jeden Tag, daß Du allein über die Wiese hinter unserm Garten fortläufst.«

»Ja, zuweilen – das heißt, sehr selten – ich erinnere mich eigentlich nicht.«

»Ich glaube, Du erinnerst Dich an gar nichts und weißt kaum mehr, wer Du selber bist,« lachte Fritz Hornung.

Er hatte einen Federhalter in's Tintenfaß getaucht und malte damit die Silhouette des Rektors Tix auf den Tisch, sah dann auf und fragte: »Er ist ähnlich – hm-abera – nicht wahr? Der reinste Prophet – abera. Weißt Du auch nicht, was man sagt, wer Doktor Billrod eigentlich ist?«

Ich schüttelte den Kopf. »Wer sollte er denn anders sein, als er ist?«

»Die Leute sagen, er wäre eigentlich Dein Vater.«

»Eigentlich?« Trotz dem, was mir bevorstand, mußte ich doch auflachen. »Du, Fritz, ich glaube, der Alte hat eigentlich Recht.«

»Womit?«

»Daß Du für einen Quartaner mehr als erlaubt ist, ein –«

Ich brach ab, denn mir lag eine Frage auf den Lippen, für deren Beantwortung ich Fritz Hornung nicht verstimmen wollte, und ich ergänzte:

»Sag' 'mal, hältst Du die Juden auch für die abscheulichsten Geschöpfe, wie der Subrektor?«

Er sah mir verwundert in's Gesicht. »Was kümmert denn Dich das? Das kommt darauf an, ob man sie aus der Geschichtsstunde oder Religionsstunde –«

»Nein, ich meine, in Wirklichkeit.«

»Da kenne ich nur Einen, der hinkt, schleppt einen Sack auf dem Rücken, sammelt altes Eisen, Knochen und Lumpen aus dem Kehricht, heißt Aaron und wohnt drüben in der Dorfgasse. Schön ist er nicht, aber ich glaube auch nicht, daß er beißt, denn er hat nicht viel Zähne mehr im Mund, wie ein Hund, als hätt' er sie an seinen aufgesammelten Knochen abgenagt.«

»Würdest Du ihm denn Böses antun, Fritz?«

»Warum? Er tut mir ja nichts.«

»Ich meine, wenn nun Einer mit Steinen nach ihm würfe?«

»Dann würde ich Dem wünschen und was ich könnte, dazu tun, daß er dabei in einen Graben fiele und sich die Nase entzwei schlüge.«

»Auch wenn es eine Jüdin wäre?«

Fritz Hornung tippte sich mit dem noch tintenassen Federhalter einen schwarzen Fleck vor den Kopf und antwortete mit weit aufgesperrten Augen:

»Du, es ist nicht richtig in Deinem da! Gibt es Jüdinnen? Ich habe noch nie eine gesehen, ich bin wohl, wie Du vorher sagen wolltest, für einen Quartaner zu einfältig dazu –«

Die Klassentüre ging auf, der alte Pedell guckte über die Schwelle und sagte aus seinem Schneebart hervor mit dünner Stimme:

»Keßler, Du sollst in das Konferenzzimmer kommen.«

Fritz Hornung gab mir gerührt seine tintenkleckrige Hand. »Es tut mir leid, denn man muß wahrhaftig nachsitzen, um einmal ordentlich wieder mit Dir zusammen zu sein, Reinold. *Moriturus me salutas* – das ist eine feine Wendung – abera.«

Ich ging, doch an der Tür kam er mir nochmals nach und wisperte: »Du, Kähler hat seines Urgroßvaters schwarzen Rock an, das ist ein *omen sinistrum*. Aber schlimmsten Falls macht auch bei ihm zwölfmal eins noch nicht einmal eins.«

Diesmal verstand ich den neuesten Satz aus Fritz Hornungs Regel-de-tri nicht, dachte indes auch nicht darüber nach, sondern folgte dem schlarrenden Schritt des Alten, der durch tiefen Schnee zu gehen schien, über den Korridor.

*

Das Konferenzzimmer nahm an der allgemeinen Lichtlosigkeit des interessanten Gebäudes bevorzugten Anteil, und im ersten Moment des Eintretens ward es mir schwer, etwas Anderes als einen mit dunkelgrüner Decke überspreiteten Tisch und eine Zahl gelblich-schweigsamer Gesichter um ihn her zu unterscheiden. Dann erkannte ich die gesamte Hierarchie höheren Grades bis zum Doktor Unger hinunter, von dem es nicht deutlich sichtbar war, ob er sich noch auf der eigentlichen Stufenleiter mit befand, oder auf einer ausrangierten Sprosse daneben saß; außerdem zählte Doktor Pomarius zu den Anwesenden, und auf einer Seitenbank hockten zwei Buben, deren vorderster eine etwas aufgeschwollene Nase zeigte, während der andere sein Gesicht mit einem abgebrauchten seidenen Tuch umwickelt hielt.

»Der Quartaner Keßler,« sagte der alte Kähler, und mir ging ein Summen im Ohr, als hätte er hinzugefügt: »Wie Eure Heiligkeit befohlen.« Er blieb wie ein Schneemann, dem das Tauwetter die Rippen einzudrücken begonnen, neben der Tür stehen, und es blieb eine Minute lang so still im Zimmer, wie die Griechen es sich am Eingang in die Unterwelt vor der Halle der Hadesrichter vorstellten, dann wiederholte eine andere Stimme aus der stygischen Beleuchtung:

»Der Quartaner Keßler – hm-abera – ein sehr schwerer Fall – abera. Herr Kollege Aberell – abera – er betrifft Ihre Klasse, und Ihnen ist die Anzeige des begangenen Verbrechens gemacht worden – hm-abera – wollen Sie die Güte haben, uns noch einmal über die Tatsachen Bericht zu erstatten – abera.«

Es war der Kollaborator Aberell, der sich von seinem Sitz erhob und mit traurig bewegter Stimme erwiderte:

»Ich habe Manches in meiner reichbewegten Lehrerlaufbahn erfahren, aber ich muß es mit schmerzlichem Nachdruck aussprechen, daß eine solche an die Zeiten des Wandalismus erinnernde Roheit, die bei einem in den Bund des Christentums aufgenommenen Wesen nur der tiefsten sittlichen Entartung zu entspringen vermag – *mores agrestes, turpes, depravatiques, sola ex turpitudine animi repitendi,* wie unser leuchtendes Vorbild der Klassizität und philosophischen Pflichtbewußtseins sich ausdrücken würde – mir – ich danke der

Güte des Schöpfers dafür – bis heut' noch nicht begegnet ist. Dieser Mißratene, der hier, des strengsten Urteils gewärtig, sich uns mit der Miene eines Lammes darstellt, von dem ich leider nicht abzuleugnen vermag, daß er der meiner besonderen Obhut vertrauten Herde angehörig ist – er hat zwei friedliche Knaben, Söhne ehrenwertester Eltern, die auf den Schutz der Gesetze, der Bildung, was sage ich, der ihnen eingeborenen Nächstenliebe, wie drücke ich es am Höchsten aus, der Vorschriften unserer Religion der Liebe und Barmherzigkeit bauend, sich in kindlicher Harmlosigkeit in der freien Gottesnatur ergingen – diese hat er in der stillen Freudigkeit ihrer Betrachtungen, *sicut belua silvestris*, mit der Faust angefallen, überwältigt, dem Freunde, der nach heiligem Gesetz der Menschlichkeit mit tapferer Unerschrockenheit dem Freunde zu Hülfe zu kommen trachtete, einen Stein des Feldes in's Antlitz geschleudert, daß er blutend, ein Bildnis des Entsetzens zu seinen verzweifelten Eltern in's Haus kehrte. So gewahren wir die beiden schreckensvoll entstellten Zeugen der blutigen Untat hier an unserer Seite. Unglaublich aber fast erscheint es – *incredibile horribilique dictu* – daß der Täter von seiner frühesten Kindheit auf des Segens teilhaftig geworden, im Hause eines der würdigsten, gottesfürchtigsten und hochverehrtesten Männer unserer Stadt, den wir hier mit tiefer Anteilnahme heiße Tränen über die Verworfenheit seines Mündels vergießen sehen, aufzuwachsen, sich des täglichen Umgangs, der Belehrung und des moralischen Ausblicks an einem solchen Manne empor zu erfreuen, und dennoch sich der zügellosen Schändlichkeit seiner Gemütsverwilderung nicht zu entschlagen. Welche Strafe wäre ausreichend, ein Aequivalent, nicht für seine Tat, sondern für die innere Verderbnis, von der sie Zeugnis ablegt? Dieses Geschöpf ist ein verlorenes, würde die Gerechtigkeit sagen, welche Gott in die Hände der Obrigkeit gelegt, und sie würde ihn abscheiden fortan von allen guten Gliedern der Menschheit, ihn einem bösen Tiere gleich unschädlich machen, indem sie ihn sein Leben im Zuchthause beenden ließe. Das geschähe, wenn das Strafgesetz nicht um seines Alters willen eine Ausnahme mit ihm verstattete und die Vergeltung seines Verbrechens nicht noch einem anderen Hause der Zucht anheimstellte, demjenigen, in welchem wir uns hier versammelt befinden, das auch an ihm sein wohltätiges Erbarmen bekundet und an Stelle der kalten Strafe des Richters die einer warmen, schmerzlich bewegten väterlichen Pflichterfüllung über ihn verhängt.« Der Kollaborator Aberell verstummte und setzte sich. »Zuchthaus – Haus der Zucht – hm-abera – *annominatio eximia*, Kollege Aberell – abera,« sagte Professor Tix, sich zu ihm wendend. »Ein anerkennenswerter Vortrag, von ungewöhnlicher oratorischer und pädagogischer Befähigung Zeugnis ablegend – abera.«

Der Kollaborator erhob sich halb vom Sitz und verneigte den Oberkörper dankend gegen den Sprecher; mir rannen mehrere Bilder undeutlich vor dem Blick durcheinander. Ich sah Doktor Pomarius, den auf ihn, bezüglichen Passus des vernommenen Vortrags bewahrheitend, mit einem Zipfel seines Taschentuchs am rechten Augenwinkel vorübergleiten und zugleich gewahrte ich die »friedlichen Söhne ehrenwertester Eltern« mit äußerst stier-verwunderten Augen dreinblicken, als gäben sie sich einem gewissen Zweifel darüber hin, ob sie unter den »in kindlicher Harmlosigkeit« Lustwandelnden sich zu verstehen hätten. Es kam plötzlich mit einer sonderbaren Phantasmagorie über mich, einer Vortäuschung, daß ich meinte, ich hätte mich mit den beiden gemeinschaftlich ihrer »stillen Freudigkeit der Betrachtung der freien Gottesnatur« hingegeben und sei deshalb des entsittlichenden Umgangs mit den Kindern ›ordinärer Leute‹ angeklagt – dann weckte mich Professor Tix aus dieser, die Unzurechnungsfähigkeit meines Verstandes bloslegenden Täuschung, indem er den Kopf gegen mich herumdrehend sagte:

»Wie Du gesündigt hast, spricht das Evangelium, sollst Du gestraft werden – hm-abera – das heißt, nicht mit Stein, sondern mit Holz – abera. Die Konferenz hat Dir einstimmig von Seiten der Schule fünfundzwanzig Stockschläge zuerkannt und die weitere Bestrafung der häuslichen Zucht und dem pädagogischen Bemessen Deines Wohltäters und Vormundes anheimgegeben – hm-abera – Kähler!«

»Herr Direktor,« ertönte die Stimme des Alten, als sei sie eingefroren und mache nur mühsam einen Teil von sich aus den aufgestauten Eismassen los.

»Fünfund – abera – was wollen Sie bemerken, Herr Kollege – abera?«

Dr. Unger hatte die Unterbrechung veranlaßt und erwiderte mit einem Ton, der weder recht zur physischen Beleuchtung noch zur geistigen Stimmung in das Konferenzzimmer paßte:

»Erstens, Herr Direktor, muß ich mich gegen die Einstimmigkeit des Strafvotums verwahren und sodann bemerken, daß in der Rechtswelt der Grundsatz gebräuchlich ist – um mich in der hier, wie es scheint, auch bei solchen Angelegenheiten für passend erachteten Sprache auszudrücken –: *Audiatur et altera pars.*«

»Hm-abera – ein klassischer Grundsatz, aber ein unnötiger für den Klarsehenden – abera. Ueberdies hat der Angeklagte seine Schuld nicht abgeleugnet – abera.«

»Es gibt Gemüter so verblendeter Art,« versetzte Dr. Unger gelassen, »welche sich nicht verteidigen, weil sie in dem unbegreiflichen Wahn befangen sind, jeder Versuch in dieser Richtung werde nur eine Erschwerung der für sie vorausbestimmten Strafe, eine Belastung mit neuer Schuld nach sich ziehen. Ich weiß nicht, ob ein solcher Fall hier vorliegt, er würde jedenfalls eine an sich schon äußerst strafwürdige Ungerechtigkeit gegen das anwesende Spruchkollegium enthalten, aber durch meine Fachwissenschaft bin ich mehr als Sie, meine Herren Kollegen, darauf hingewiesen, physische Wahrscheinlichkeiten und Unwahrscheinlichkeiten in Betracht zu nehmen, und ihnen gemäß will es mir nicht völlig glaubhaft vorkommen, daß der Angeklagte in der so vortrefflich vom Herrn Kollegen Aberell dargestellten Weise einen Angriff auf die beiden Beschädigten unternommen habe, von denen der Augenschein lehrt, daß jeder einzelne derselben ihm an Körperkraft überlegen ist. Es widerstreitet das sowohl psychologischer wie physischer Annahme und ich muß als Mitglied der Konferenz das Recht beanspruchen, an den Beklagten eine darauf bezügliche Frage zu richten.«

»Hm-abera,« versetzte Professor Tix, beide Hände schaufelartig durch die Luft bewegend, »es ist in der Tat –«

»Möglich, daß meine verhältnismäßige Unerfahrenheit es mir erschwert, die Verantwortung einer solchen Sentenz in der erprobten Art der Herrn Kollegen auf mich zu nehmen,« fiel Dr. Unger ein, und gegen mich vorschreitend fragte er:

»Hast Du die Tat, deren Du beschuldigt bist, so wie sie dargestellt wird, begangen, Keßler?«

»Nein.« – Es flog mir heraus; jedem andern gegenüber wäre ich entschlossen gewesen, mit Ja zu antworten, nur dem Fragsteller gegenüber war mir eine Lüge, selbst aus Kosten, daß mein Verkehr mit Lea entdeckt würde, unmöglich.

Dr. Unger sah mich mit aufmunternd freundlichen Augen an, nickte bestätigend und erwiderte:

»So erzähle mir« – er betonte das Pronomen – »wie die Sache sich zugetragen.«

»Die beiden wollten – ich hörte –« antwortete ich; doch plötzlich stand Lea wieder den Kopf schüttelnd vor mir, und ich stotterte, stockte und schwieg.

Statt dessen nahm eine andere Stimme meine Worte auf. Es war die des Doktor Pomarius, der mit dem Tuch nochmals an den Augen vorüberglitt und verhalten-schluchzend äußerte:

»Womit habe ich Beklagenswerter es verdient, daß diese junge Schlange, die ich mit dem Herzblut meiner Liebe an meinem Busen aufgezogen habe, mich nötigt, die ganze, noch weit größere Abscheulichkeit des in Rede stehenden Vorganges zu offenbaren? Ich wollte schweigen, aus väterlicher Schwäche, ich gestehe es, doch der Mißratene zwingt mich, alles rückhaltslos auszusprechen. Diese beiden Knaben christlicher Eltern fanden auf ihrem Abendwege ein junges Geschöpf weiblichen Geschlechtes aus jenem fluchwürdigen Volksstamm, der nicht allein die Erbsünde über die ganze Menschheit gebracht, sondern im Beginn unserer Geschichte den Heiland und Erlöser des ganzen Weltalls ans Kreuz geschlagen. Es ist ein Jammer, daß die Obrigkeit den Aufenthalt dieser vom Fluche des Herrn Betroffenen in unserem christlichen Lande verstattet, die von ihrer Kindheit an unterrichtet werden, unsere Rechtschaffenheit und gläubige Ehrlichkeit zu betrügen, uns den irdischen Segen, den Gott dem Verdienste der Seinen verheißen, zu stehlen, unsere Söhne durch die Verführung schändlicher Sinnenlust – ich kann vor den Ohren der Jugend hier das Ruchlose nicht beenden. So schlich sich das genannte häßliche Geschöpf in der Dämmerung gleich einer Fledermaus, einem Vampyr hinaus, um über den neusten

Betrug nachzusinnen, den sie verüben wollte, als die beiden wacke-
ren Knaben ihrer ansichtig wurden und mit dem ihnen im frommen
Elternhause eingeprägten Abscheu die schöne Gottesnatur von der
Berührung und Vergiftung durch das jugendliche moralische Un-
geheuer zu befreien trachteten. Sie aber, statt sich in den schmutzi-
gen Wänden ihres von allen Rechtschaffenen gemiedenen zu verbergen, setzte sich frech zur Wehre und nahm höhnisch einen Platz
in einem Gebüsche ein, von dem aus sie der berechtigten Aufforderung, spottete, wie ein Tier aus sicherem Versteck die Zähne
fletscht. Da entbrannte der heilige Zorn dieser christlichen Jugend,
welche der Verhöhnung gedachte, mit welchem einst die Voreltern
des Judenkindes unsern Herrn auf seinem Leidensgange begleitet,
und sie suchten die garstige Enkeltochter jener Uebeltäter durch
passende Mittel zu veranlassen, aus ihrem Schlupfwinkel hervor-
zukriechen. Doch in demselben Augenblicke kam dieser, den ich
hinfort nicht mehr wie meinen eignen Sohn betrachten kann, hinzu
und anstatt sich als Christ mit seinen Glaubensbrüdern zu vereini-
gen, stürzte er den einen von ihnen hinterrücks zu Boden, während
die Judendirne aus dem Busch hervorsprang und den andern, der
ahnungslos heranwandelte, einen Feldstein ins Gesicht schleuderte
–«

»Hm-abera – *quod quis per alium fecit, id ipse fecisse putatur,*« schaltete Professor Tix ein. »In Gemeinschaft mit einer Judendirne – abera – *nullum hujus facti simile* – hm – unerhört für den Zögling einer
christlichen Schule – abera.«

»So,« fuhr Doktor Pomarius fort, »vollzog sich der Vorgang, über
den ich, seit mir Mitteilung von ihm geworden, nicht aufgehört
habe, zu wei –«

Es war eine naturwissenschaftliche Rücksichtslosigkeit Dr. Un-
gers, daß dieser sowohl das letzte Wort des Sprechers, als eine dasselbe betätigende Aufwärtsbewegung des Taschentuches mit der
plötzlich an mich gerichteten Anfrage unterbrach:

»Bestanden die passenden Mittel, mit welchen der heilige Zorn
dieser christlichen Jugend das Judenmädchen zu veranlassen suchte, aus ihrem Zufluchtsort hervorzukommen, vielleicht aus Stein-
würfen, Keßler?«

Das Unerwartete dieser von einem unmutigen Räuspern des kritischen Kollegiums kommentierten Hypothese überraschte mich und ließ mich nickend ein einsilbiges Ja hervorbringen, auf das hin Dr. Unger sich rasch gegen die Zeugenbank umwandte:

»Und ihr beiden elenden Burschen habt die Frechheit, euch über das Recht, das euch widerfahren ist, zu beklagen, jemanden anzuklagen, der zur rechten Zeit hinzugekommen, um die Ausführung eurer Bosheit und erbärmlichen Feigheit an einem armen hilflosen Mädchen zu verhindern? Zeigt wenigstens so viel Schamgefühl, daß ihr euch im Augenblick von hier fortmacht und nicht durch eure scheinheilige Heuchelei die Gerechtigkeit herausfordert, die zu geringe Züchtigung, welche euch betroffen, in voll verdienter Weise nachzuholen.«

Der Sprecher hatte in unverkennbarer Andeutung die Hand gehoben, die beiden Söhne ehrenwertester Eltern schielten einen Moment aus dem Augenwinkel zu ihm auf, sprangen dann gleichzeitig lautlos von der Bank und suchten den Ausgang zu gewinnen; doch Professor Tix' Hände streckten sich noch gewaltiger als je aus der Enge der Schniepelärmel nach ihnen aus, zogen sie mit einem milden Ruck, gleich wie ein Anwalt und Fürsorger zweier verlassener Waisen von der Tür zurück, und den Oberkörper nicht unbeträchtlich nach hinten überbeugend, sagte er sanftstimmig beginnend:

»Bleibet, meine Lieben, und entschlaget euch eurer kindlichen Furchtsamkeit – hm-abera – es hat niemand hier die Befugnis euch gehen zu heißen – abera – als ich. Frechheit –? hm – scheinheilige Heuchelei? – abera. Es mögen das naturwissenschaftliche Anschauungen der Neuzeit sein, Herr Doktor Unger – hm-abera – physikalische Fiktionen – abera – chemische Reagentien auf das ungestörte menschliche Gehirn, junger Mann – abera – aber christliche Grundsätze, wie sie gottlob in diesem Hause noch herrschen und unter meiner Führung zum Heile der Verirrten fortherrschen werden, sind das nicht – hm-abera – abera. Christlicher Grundsatz ist nach dem Gebote des Heilandes, daß der die linke Backe darreiche – abera – den auf die rechte ein Streich getroffen, und wer sich also am Worte Gottes versündigt und die Jugend dadurch zu entsittlichen trachtet – hm-abera – daß er sie nicht zu christlicher Vergebung, sondern zur Gewalttätigkeit heidnischer Rache anstachelt –

hm-abera – der hat an dieser Stätte der Gerechtigkeit nicht zu sprechen: Sorgt, daß ihr euch fortmacht! – abera – sondern ihm wird gesprochen, Herr Doktor Unger – hm-abera –«

Der Redner hielt einen Augenblick inne und füllte diesen durch ein paar Zugluft erregende Ruderschläge seiner Handgelenke aus. »Ich verstehe, Herr Direktor,« fiel Doktor Unger, mit einer leichten Verbeugung nach seinem Hut greifend, ein, »dem wird gesprochen, daß er an dieser Stätte der Gerechtigkeit nur eine profane Stimme besitzt und, nachdem er dieselbe zu Protokoll gegeben, im Schoße des heiligen Inquisitionstribunals nichts mehr zu suchen hat. Es ist überdies zum letztenmal von mir geschehen, und ich werde keine Reagentien auf das zerstörte menschliche oder vielmehr unmenschliche Gehirn mehr anwenden. Ich empfehle mich den Herrn Kollegen.«

Doktor Unger verließ, noch mit einem profan-bedauerlichen Blick über mein Gesicht hinstreifend, das Konferenz-Zimmer, Professor Tix sah ihm nach und rezitierte halblaut: »Hm-abera – *odi profanum vulgus et arceo* – abera; es sind das die unheilvollen antichristlichen Einwirkungen der Naturwissenschaft auf das menschliche Gemüt – abera – ein neuer Fingerzeig, daß man sie gänzlich aus dem Bereich einer christlichen Schule verbannen sollte – und wir werden wohl Fürsorge zu treffen haben, meine Herrn Kollegen, daß dieser junge Mann recht gesprochen – abera es sei dies zum letztenmal hier von ihm geschehen – abera.«

Er hielt einen Moment inne, drehte mir den Kopf zu und fuhr fort:

»Obwohl – hm – ja, obwohl wir nach dem Licht, das dieser würdige Freund uns gespendet – abera – nicht umhin können, noch eine ungemeine Erschwerung des betrübenden Falles zu erkennen – hm-abera – da das ausgeübte Verbrechen nicht allein gegen christliche Kinder, sondern gradesweges im Verbündnis mit den Erzfeinden unserer Religion – abera – wider den christlichen Glauben selber begangen worden – hm-abera – so wollen wir doch in unserer väterlichen Barmherzigkeit – abera – für diesmal keine Erhöhung des Strafmaßes daraus folgern, sondern hoffen – hm-abera – daß die junge Seele auch bei so geringer Heimsuchung ihrer Sünden sich in ihrer Zerknirschung winden wird – abera – und deshalb – Kähler –

abera – soll es nur bei den fünfundzwanzig verbleiben – hm-abera. Fangen Sie an, Kähler, ich werde zählen – abera.«

»Herr Direktor befehlen,« antwortete die Stimme des Alten, wie aus der Entfernung einiger hundert Meilen, und er faßte nach dem an der Wand bereit lehnenden Rohrstock. »Stelle Dich grad', Keßler.«

»Jawohl, stelle Dich grad', Keßler – hm-abera – und halte Dir Deine Sündhaftigkeit vor Augen – abera!«

»Amen,« sagte Doktor Pomarius leise.

Ich versuchte, der Aufforderung Folge zu leisten, aber es wollte mir nicht gelingen. Die Herzensverstocktheit in mir benutzte offenbar grade diesen feierlichen und heilsamen Augenblick, sich zu unseliger Herrschaft in mir aufzuringen und mir einzuflüstern, daß ich lieber auf die Tür zuspringen und gradaus in die Welt hineinlaufen, verhungern und umkommen solle, als mit schweigender Zustimmung die mir zugemessene Strafe auf mich nehmen. Es zuckte mir im Fuß, und er löste sich zum Aufsprung vom Boden, da fiel plötzlich mein Blick durch das Fenster hinaus, und vor mir, von heller, mittägiger Frühlingssonne übergossen, stand der alte grüne Kirchturm, sah mir in's Gesicht und schüttelte ruhig, fast wie freundlich lächelnd seinen goldenen Knauf. Und in der nächsten Sekunde setzte meine Fußsohle sich auf den Boden zurück – dann war's mir, als hätte jemand mir aus weiter Ferne einen Schneeball auf den Rücken geworfen – noch einen – und in langsamen Pausen ein Dutzend hinterdrein –

»Siebenzehn – abera,« zählte Professor Tix. Auf dem grünen Turm und vor meinen Augen lag der goldhelle Frühling – ich dachte kaum an den müden, kraftlosen Winter hinter mir. Doch beinah hätte ich auflachen müssen, denn mir kam auf einmal das Gedächtnis an Fritz Hornungs neuartige Regel-de-tri, und ich erweiterte seinen letzten Satz aus ihr dahin, daß unter Umständen auch fünfundzwanzigmal eins noch nicht einmal eins mache.

»Fünfundzwanzig – abera,« sagte Professor Tix. »Es ist gut, Kähler – abera.«

»Wenn ich mir die Gegenbemerkung erlauben darf, Herr Direktor,« hob der Kollaborator Aberell die Stimme, »so ist es das

Schmerzlichste, was mir in meiner reichbewegten Lehrerlaufbahn begegnet, daß diese Züchtigung dem jugendlichen Bösewicht, der unter der erdrückenden Last seines Schuldbewußtseins hätte zusammenbrechen müssen, nicht einmal eine Träne reuiger Zerknirschung zu entpressen imstande ist.«

Ich glaube, mir wäre im nächsten Augenblick als Antwort entflogen: »Weint man denn, wenn man geschneeballt wird?« Doch Doktor Pomarius' rechtzeitige väterliche Fürsorge hielt mich schirmend vor diesem Sacrileg zurück, denn er stand von seinem Sitz auf und sprach bewegt:

»Meine hochverehrten Herren, ich danke Ihnen mit tief ergriffenem Herzen für die Unterstützung meiner Pflichten, für die Gerechtigkeit der Schule, welcher hier Genüge geschehen; das weitere wird die christliche Zucht des Hauses im Geiste des Herrn zu liebevoller Vollendung bringen. Geh' nach Hause, Reinold Keßler, und sage Mamsell Dorothea, daß Du von heute an vierzehn Tage lang nicht an dem Mittagessen teilnehmen wirst und Dein Frühstück und Deine Abendmahlzeit aus Wasser und trockenem Brot zu bestehen habe. Vielleicht wird das wenigstens die Verstocktheit Deines Gemütes zermalmen und Dir eine Träne der Reue entlocken, an der die Güte Deines Schöpfers Wohlgefallen empfinden kann.«

Siebentes Kapitel

Es geht Alles vorüber, und Warten ist der Inbegriff aller Lebenskunst. Für ihr Verständnis bin ich von frühauf dem Gymnasium meiner Vaterstadt verpflichtet gewesen, denn wie ich mir an sonnenfreudigem Sommermorgen beim Eintritt auf den lichtlosen, ausgewandelten roten Steinflur heimlich sagte, es möge kommen, was da wolle, aber einmal müsse es vom grünen Turm herunter Mittag schlagen, und dann sei alles gut, und alles, was mir jetzt noch bevorstehe, so gut wie nicht gewesen – so hat oft dieser Gedanke mir auch später in der Schule des Lebens den nämlichen Trost zugeraunt, Mühsal, Sorge und Weh der Gegenwart sei im Grunde nur wesenlose Traumesnot für den, der zuversichtlich an den sonnigen Punkt hinüberblicke, wo die Uhr einmal schlagen *müsse* und alles Vergangene gleichgültig geworden. Nur daß die Uhren der Sterblichen sehr verschieden gehen und manchmal für diesen oder jenen die Sonne schon verschwunden ist, wenn der erharrte Glockenschlag herabtönt.

So ging denn auch die häusliche Zucht bei Wasser und trockenem Brot für mich vorüber, und da es nach dem alten Sprichwort ein böser Wind sein muß, der nicht etwas Gutes herbeiweht, gewann ich auf Kosten meiner mittäglichen Eßlust Zwei freie Stunden, in welchen ich von niemanden beachtet durch den Gartenzaun auf's Feld hinausschlüpfen und mit Lea indem Golddrosselnest auf dem einsamen Wall zusammentreffen konnte. Die Wintersaat stand jetzt schuhhoch ringsum und flirrte in Wind und Sonnenglanz, die Haselsträuche um unser Versteck rollten grüne Blätter auf, und wie absinkende Schatten schwand unter ihnen von Tag zu Tag das braune vorjährige Laub, aber die Lerchen jubelten heller noch als früher über der stillen Ackerwelt, und aus dem Busche blickten die Augen Leas, die mich stets schon im Nest erwartete, mir täglich vertrauter, mich als ein heimliches und darum desto köstlicheres Glück begrüßend, entgegen. Ich begriff nicht mehr, daß ich ihre Augensterne zum erstenmal für die eines Fuchses gehalten, so freundlich, zutraulich-offen, ja unterwürfig richteten sie sich mir ins Gesicht, und mit dem gelben Kleide, das sie abgelegt, war auch die manchmal sonderbar in mir aufdämmernde Aehnlichkeit mit dem andern Tier, das sich zuerst raschelnd unter ihrem Zaunbau fortgeringelt, verschwunden, so daß nur noch das schwarze, jetzt ebenfalls nicht mehr lose, sondern in dicken Zöpfen aufgeflochtene Haar sie von andern Mädchen unterschied.

Es waren einige Tage vergangen, ehe wir zum erstenmal wieder zusammentrafen, und ich sah schon von fern, daß sie auf dem Wall stand und ihr Auge gegen die Sonne schattete, um mir entgegen zu blicken. Dann kam ich heran, und sie sprang nieder und faßte heftig meine Hand. »Sie haben Dich geschlagen, um meinetwillen,« und ihre Hände glitten streichelnd mir über den Rücken. Ich lachte: »Es waren Schneebällen, die nicht weh taten,« aber ich sah plötzlich, daß ihr Tränen über's Gesicht herabglänzten und fragte hastig: »Was hast Du, Lea? Hat Dir auch jemand weh getan?«

»Mir? – Du!« stieß sie fast zornig aus.

Verwundert entgegnete ich: »Was habe ich – womit, Lea?«

»Weil Du für mich Böses gelitten hast und ich's nicht wieder kann für Dich! Weil ich nicht schlafen kann, bis ich's auch getan habe! Weil ich nun immerfort alles tun muß, was Du von mir verlangst, um es wieder gut zu machen.«

Es sprudelte ihr wie ein aus der Erde hervorbrechender Quell von den Lippen, ich schüttelte den Kopf ohne eigentliches Verständnis ihrer Worte: »Ich verlange ja nichts von Dir, warum sollt' ich's denn?«

»Das ist's eben, tu's! Soll ich mir die Haare vom Kopf reißen? Soll ich mir mit den Nägeln das Gesicht zerkratzen? Bitte, sag' ja! Soll ich – weißt Du, daß ich im Dunkeln mich hinten in den Garten hinein um das abscheuliche Haus geschlichen habe, wo sie Dich geschlagen, weil ich es in Brand stecken wollte?«

Ich erschrak, so ungestüm überstürzte sich alles aus ihrem Munde. »Um Gotteswillen, Lea,« – Aber dann lachte ich: »Garnichts sollst Du tun, als da hinauf in's Nest klettern.«

Nun flog sie wie ein zahmer Vogel, der in seinen Käfig zurückbeordert wird, und saß denn auch gleich einem Vogel, doch wie ein trauriger, der das Köpfchen hängen läßt, zwischen den Moos- und Glaswänden. Einsilbig gab sie auf meine Fragen Antwort. Warum sie das gelbe Kleid nicht mehr trage? – Weil ihr Oheim ihr ein andres gegeben, damit die Christenknaben sie nicht mehr aus der Ferne an der hellen Farbe erkennen sollten. – Weshalb sie ihr Haar in Zöpfen geflochten habe? – Auch aus demselben Grund. – Ob der alte Aaron, der mit dem Sacke auf dem Rücken gehe, ihr Oheim sei? – Ja. – Ob sonst niemand in ihrem Hause wohne? – Die Tante und die beiden Muhmen.

Bei der letzten Antwort kam mir plötzlich eine Erinnerung. Von dem Lindenplatz vor unserm Hause bog ein schmaler Gang ab zwischen Gärten hinein, und hinten, in einer Gegend, die ich nie besucht, blickte kaum unterscheidbar aus dichtem Gebüsch ein kleines eigentümlich geartetes Gebäude mit rundem Dach wie es von weitem schien. Ueber den Platz aber und den schmalen Gang hinunter schritten, so lang ich zurückdenken konnte, stets am Freitag abend, wenn die tiefe Dämmerung hereingebrochen, mehrere dicht verschleierte weibliche Gestalten und verschwanden zwischen dem Gebüsch, welches das runde Dach umgab, aus dem wallend und sonderbar dann ein weißlicher Nebel ins Dunkel zerflatterte. Ein geheimnisvolles, phantastisches Etwas umbreitete mir das Ganze, das noch erhöht wurde, als Tante Dorthe eines Abends neben mir stehend die schreitenden Gestalten wahrnahm und zu sich selbst redend seufzte: »Da gehen die Judenweiber wieder, ihre bösen Schabbeskünste zu treiben.« »Was für Künste, Tante Dorthe?« fragte ich neugierig. Sie wandte sich erschrocken um. »Gott behüte, Kind, wer das wüßte! Ein Greuel muß es sein, mehr kann niemand sagen.«

Das alles kam mir plötzlich ins Gedächtnis, wie Lea von ihren Muhmen sprach, und ich erzählte ihr davon, wie ich für mein Leben gern schon lang' einmal gewußt und gesehen hätte, was in dem Häuschen mit dem runden Dach geschähe, und ich fragte, ob ihre Muhmen auch mit zu den verschleierten Frauen gehörten, und ob es wirklich solch' ein Greuel sei, der dort getrieben werde? Lea horchte, seitdem ich zu sprechen begonnen, eigentümlich auf, ließ mich jedoch wortlos zu Ende fragen und erwiderte dann nur, mit ihren weißen Zähnen auflachend:

»Ein Greuel? Ich hab's oft gesehen, aber nichts Greuliches dabei.«

»Doch was ist's denn?« fragte ich eifrig.

Sie blieb stumm und drehte einen abgebrochenen Zweig zwischen den Fingern. Endlich versetzte sie:

»Willst Du's wissen?« »Wenn Du es oft gesehen, kann ich's da nicht auch sehen?«

Lea hatte bisher vor sich niedergeblickt, nun schlug sie plötzlich die Lider zu mir auf, und halb lag ein Lachen in ihrem Gesicht, halb in ihren Augen ein ungewisses, scheues Funkeln, doch mir unverständlicher, anderer Art, als ich es je in ihnen wahrgenommen. Dann sagte sie langsam.

»Wenn Du es verlangst, muß ich es tun.«

Mir kam es jetzt auf einmal aus ihren Worten, daß ich eine Macht über sie ausübte, und ich antwortete mit freudiger Ueberraschung nachdrücklich: »Ja, ich verlange – nein, ich bitte Dich darum. Das heißt, wird man mir auch etwas Schlimmes dort antun?«

Sie schüttelte die Stirn. »Dir nicht – ich will Dich schon gut verstecken, denn ich kenne jede dunkle Ecke d'rin. Aber mich würden sie – es wäre nichts dagegen, zu hungern und Schläge zu bekommen – warum, weiß ich nicht, ich denk's mir nur. Wenn Du gewiß keinen Ton von Dir geben willst, der uns verrät, bringe ich Dich am nächsten Freitag hin.«

Ich versprach's und wollte fragen, warum ihre Tante und Muhmen denn, da sie nichts Böses trieben, so zornig werden würden, falls sie uns entdeckten, aber Lea faßte im selben Augenblicke meine Hand und deutete durch eine fensterartige Lücke des Busches auf das Kornfeld unter uns. Eine weiße Wolke trieb an der Sonne vorbei, und ihr Schatten lief, wie Schritt um Schritt gegen uns herankommend, über die grüne Saat. Ich sah, daß es Lea schaudernd von den Schläfen herunter über den Körper floß, und mir war's auch so, und wir saßen stumm Hand in Hand, dem Schatten entgegen blickend. Als er kam und auch über uns mit fröstelndem Anhauch die Sonne weglöschte, drückte Lea plötzlich mit heftigem Ungestüm ihre Stirn wider meine Brust, faßte meine Hände und zog sie sich fest gegen Ohr und Schläfe; mit meinem Herzschlag zugleich fühlte ich ihr schleuniges Atmen in der Brust. Dann kam Glanz und Wärme zurück, und sie hob, ängstlich nachspähend, den Kopf. »Was war Dir?« fragte ich.

»Ich weiß nicht, aber mir grauste. Kannst Du Dir nicht denken, es käme so, aber nicht über Einem weg, sondern faßte mich an, daß alles kalt wie Eis in mir würde, ich hab's gefühlt. O, die Sonne ist so schön, Reinold, ich hab' nur sie lieb und Dich, und ich würde mich selbst töten, eh' ich euch beiden Böses antäte.«

Es klang so wunderlich, ich begriff nicht, was sie meinte, und halb dunkel empfand ich's doch; ihre Brust war noch wie von einem kalten Schauer gerüttelt, und mir flog's heraus:

»Hast Du die Sonne so lieb, Lea? Der Kollaborator sagte, Du wärest eine Fledermaus, die nur im Dunkel ausflöge, ein Vampyr.«

»Was ist das, ein Vampyr, Reinold?«

Ich wußte es zum Glück und belehrte sie, nicht ohne heimlichen Stolz. »Ein Tier, das bei uns nicht vorkommt, sondern in den heißen Ländern. Eine Art Fledermaus ist es auch, aber größer, und bei Nacht schleicht er sich zu den Menschen an's Bett und trinkt ihnen das Blut aus. Es gibt auch abergläubische Leute, die meinen, er sei im Grunde gar kein Tier, sondern ein verwandelter Mensch, der nächtlich wiederkomme, um die zu verderben und sich an ihnen zu rächen, welche ihm bei Lebzeiten Böses getan, aber das ist natürlich nur eine Fabel.«

Lea hatte zugehört, schwieg, doch sah mich mit ihren rätselhaften Augen an. »Was denkst Du?« fragte ich nach einiger Zeit.

»Ueber Deine Fabel. Ich wollte gleich tot sein, wenn ich dann ein solcher Vampyr werden könnte.«

»Und wolltest dann nur bei Nacht leben?«

Nun lachte sie. »Was schwatzest Du für närrische Dinge, Reinold? Komm, wir wollen uns an der Sonne freuen und uns Maigrün zu Tapeten für unser Nest suchen.«

*

Es ward ein wunderliches Wetter, manchmal in der Folge einer Stunde bald heiß und bald winterkalt. Unten war es still, doch am Himmel trieb der Wind dann und wann blauschwarzes Gewölk auf; wenn es vorübergejagt, lag die Sonne wieder auf den roten Punkten, die das Aufbrechen der Dornblüte verkündeten, auf dem bläulichen Schimmer der Syringen und den noch grünen Kugeln der

Schneebälle. Ich kam wie immer durch diese farbige Welt, von der die Gartenstraße ihren Namen erhalten, nach dem Nachmittagsunterricht zu Erich Billrod und klopfte an seine Tür, doch kein Hereinruf antwortete heut', und wie ich den Drücker anfaßte, war die Tür verschlossen. Aber zugleich klang eine leise, freundliche Stimme hinter mir: »Ich soll Dir sagen, daß der Herr Doktor habe ausgehen müssen, Du möchtest warten, er komme bald zurück.«

Als ich mich umsah, stand ein kleines Mädchen da, wohl nicht ganz so alt wie ich selbst. Ihr Gesicht war etwas blaß, gleich dem von Kindern, die sich nicht viel im Freien umhertummeln, und über den Augen lag's wie ein ganz leichter Flor, dem kaum wahrnehmbaren, schattenhaften Gitterschleier ähnlich, den manchmal eine Spinne über einen farbenfreudigen Blumenkelch gezogen. Doch daraus hervor leuchteten die Augen sammetweich und blau wie Veilchen; man hätte sagen können, sie dufteten unter der schmächtigen, durchsichtigen Stirne herauf. Zu diesen stand ein silbernes, fast weißliches Haar eigentümlich, wie ich es nie gesehen; es glich keinem ergrauten und auch nicht allein der Farbe des Silbers, sondern erschien wirklich wie unsagbar fein ausgesponnenes Metall, und der erste Gedanke, von dem ich bei seinem Anblick angerührt wurde, war der an einen weißen Finken, den mein Auge eines Tags mit staunender Ueberraschung unter seinen bunten Kameraden gewahrt hatte. Die Kleine stand, leicht mit der Hand auf ein niedriges Fenstergesims des Flurs aufgestützt, und nickte mir freundlich ins Gesicht. »Wer bist Du? Kennst Du mich?« fragte ich.

»Ich habe Dich oft hier hinein gehen sehen,« versetzte sie, »die Großmama und ich wohnen dort indem Häuschen.«

Sie deutete, und ich sah nach dem kleinen Hause am Gartenrande hinüber, das ich wohl früher schon wahrgenommen, doch bis jetzt kaum beachtet hatte. Es lag zwischen Gesträuch halb versteckt, ein unansehnliches, einstöckiges Nebengebäude, das ursprünglich als Gärtnerwohnung des alten herrschaftlichen Haupthauses gedient haben mochte. Ueber das Dach des Häuschens hin ging der dunkle Halbkranz der alten, sonderbar im Wind murrenden Bäume, die weit auf die See hinaus sahen.

Ich wußte nicht recht, was ich erwidern sollte und sagte: »Das ist hübsch von Dir, daß Du mir den Auftrag ausgerichtet hast, sonst wäre ich von der geschlossenen Tür weggegangen. Du hast wohl auf mich gewartet?«

Sie nickte, und ich fragte: »Wollen wir zusammen im Garten spielen, bis Dr. Billrod zurückkommt?« »O ja, ich mag so gern spielen,« und sie nahm meine Hand und wir gingen hinaus. Ich sah ihr ins Gesicht, und mir war's, als hätte ich mich vorhin getäuscht und der Flor über ihren Augen sei völlig verschwunden, so fröhlich ging ihr Blick jetzt auf mich und rund um uns her. Wir betrachteten zuerst die Blütenknospen der Gesträuche, manche davon waren in Doktor Pomarius' Garten nicht vorhanden und mir fremd, doch meine Begleiterin wußte von allen die Namen und nannte sie mir. Dann meinte ich: »Es ist kalt, wir müssen uns warm laufen. Was spielst Du am liebsten? Versteck oder Kriegen? Wir sind freilich immer nur zu zweien.«

Sie warf einen Blick nach dem Häuschen, dessen Fenster uns jetzt vom Gebüsch verdeckt waren, und versetzte: »Was am hübschesten ist und Du am liebsten tust; ich weiß es nicht.«

Ich sah sie wohl erstaunt an. »Kennst Du Versteck und Kriegen gar nicht?«

Der Flor war jetzt offenbar wieder unter der schmächtigen Stirn, die sie leis schüttelte: »Hast Du denn keine Freundinnen, mit denen Du spielst?« fragte ich.

»Ich gehe mit vielen Mädchen in die Schule, aber ich spiele nicht mit ihnen.«

Mir kam ein Gedanke. »Das geht zu zweien!« Wir standen am Rande eines ziemlich kreisrunden Bosquets. – »Du läufst hier rechts und ich links, und wer drüben zuerst an der Vase ankommt, hat gewonnen. Aber weil Du ein Mädchen bist, sollst Du zwanzig Schritte vorhaben; wenn ich »drei« zähle, laufen wir beide ab.« Sie entfernte sich zustimmend um die Laubecke und war verschwunden, ich zählte laut und lief und sprang nach einer Weile an der anderen Seite mit dem Ruf: »Ich bin hier!« auf die von einem Baumstamm getragene Tonvase zu. Dann sah ich auf, da kam meine Spielgegnerin erst um den Rand des breiten Gesträuchs. Sie lief mit voller Anstrengung, offenbar so schnell sie vermochte, doch unsicheren Schritts, ihr linker Fuß zog sich schleppend nach und ihre rechte Hüfte hob sich bei jedem Auftreten empor. Ich eilte ihr halb erschreckt entgegen und rief: »Bist Du gefallen oder hast Du Dir den Fuß gestoßen, daß Du hinkst?« »Nein, ich kann nicht anders,« antwortete sie halblaut. Auch zu sprechen vermochte sie merkbar nicht mehr, denn sie legte ihre beiden kleinen Hände gegen die Brust und stand mühselig Atem holend. Dabei bewegte sich neben ihrem linken Handgelenk eine Stelle ihres Kleides eigentümlich auf und ab, daß ich unwillkürlich fragte: »Was ist das?«

»Es kommt vom Herzklopfen, das tut's immer, wenn ich gelaufen bin.« Sie sah mich mit einem schwermütigen Blick an. »Nun magst Du wohl auch nicht mehr mit mir spielen, wie die andern?«

Ich fand nicht Zeit zu antworten, denn etwas uns beide Ueberraschendes kam. Eine der blauschwarzen Wolken, größer und dunkler noch als gewöhnlich, war über unsere Köpfe gezogen, öffnete plötzlich ihren Schoß und überschüttete in einem Nu uns und alles ringsum mit dichten, fast handflächegroßen Schneeflocken. Es glich der Verwandlung eines Zaubertheaters; wo eben die grüne Welt um uns gelegen, war mit Minutenschnelle alles weiß und ebenso das Silber auf dem bloßen Scheitel des Mädchens unter zollhoher Flockendecke begraben. Dann hatte der Wind die Wolke schon vorüber gejagt, die Sonne kam goldflammend zurück, und es war nichts, als daß ein Schnee auf den Frühling gefallen und vielleicht irgendwo eine zarte Knospe im innersten Lebenskeim erkältet hatte, daß sie nicht in ihrer Freudigkeit und vollen Schönheit zur Sommerblüte emporgedeihen würde.

»Das war Frau Holle, die ihr Bett ausschüttelte,« lachte meine Gespielin vergnügt und schüttelte sich selbst die niederstäubenden Flocken vom Kopf. Doch gleichzeitig rief es von dem ehemaligen Gärtnerhäuschen hinter dem Buschwerk mit heller Frauenstimme: »Magda! Magda!«

»Die Großmama ruft, ich muß hinein,« sagte sie, sich umblickend. Ich stand und sah jetzt deutlich, wie sie mit dem nachschleppenden Fuß einige Schritte vorwärts machte, und mir war's, als tue mir etwas im Herzen dabei weh. »Kommst Du nicht mit?« fragte sie, stehen bleibend.

»Heißt Du Magda? Das ist ein hübscher Name.«

Es freute sie sichtlich, denn sie lächelte. Ich war ihr nachgegangen, und sie faßte wieder meine Hand und bat: »Aber sag's der Großmama nicht, daß ich gelaufen bin, Reinold.«

»Woher weißt Du meinen Namen?«

»Schon lange, ich habe den Onkel Billrod danach gefragt, der hat ihn mir gesagt; ich finde ihn viel hübscher als meinen.«

Wir gingen zusammen durch den Schnee, der schon wieder um unsere Füße zerrann, und Magda erzählte mir, der Onkel Billrod sei oft bei ihnen, des Nachmittags und auch des Abends, ganz allein, und rede mit der Großmama stundenlang. Aber auch mit ihr selbst, fügte sie stolz und beglückt hinzu, und die meisten ihrer schönen Märchen wisse sie von ihm und habe er ihr im Buch geschenkt, in das er vorn auf dem ersten Blatt hineingeschrieben: »Magda Hellmuth.«

Wir bogen um den Gesträuchrand und standen gleich darauf dicht vor der Eingangstür des Nebenhäuschens, von deren Schwelle eine alte Frau nach uns ausblickte. Sie mußte schon in ziemlich hohem Alter sein, doch ihre Haltung war fest und grad', ihre Bewegung rüstig wie die kräftigster Jugend. Ihr Gesicht bot in den Zügen, und im Rahmen, welcher diese umgab, größte Aehnlichkeit mit denen Magdas, denn das Haar lag silberhell an den Schläfen herab, doch von den Jahren gebleicht, kein uranfängliches Spiel der Natur, wie bei der Enkelin. Das Kleid, das sie trug, bestand aus einfachstem, grauem Stoff, ohne jeden Aufputz, nur mit einem schlichten Leinwandkragen am Hals, aber dem eben gefallenen Schnee gleichend, und kein Stäubchen zeichnete sich von der, mir wollt's fast erscheinen anmutigen Sauberkeit ihres Anzugs ab. »Kommt ins Haus, Kinder, ihr holt euch nasse Füße im Schnee,« sagte sie freundlich, und wir folgten ihr in die Wohnstube. Es war ein niedriges Zimmer, auch ganz schlicht, beinah' übereinfach in seiner Ausstattung, allein nach wenigen Augenblicken däuchte mir, es könne gar nicht anders sein, wenn die Alte darin wohnen solle. Auch nicht freundlicher; blühende Geranien, Reseden und Goldlack befanden sich in irdenen Töpfen vor den Fenstern, ihr Duft hatte in dem kleinen Gemach etwas Süßeres, als ich je geglaubt, daß eine so geringe Blumenzahl ihn auszuströmen vermöge. Vor einem der Fenster stand ein altmodischer, mit bequemer Rückenlehne ausgebogener

Sessel, ein Tischchen davor und ein aufgeschlagenes Buch drauf deuteten, daß es der gewöhnliche Platz der Großmutter sei. Außerdem machten einige andere Stühle, ein alter Eichentisch und ein langgestrecktes Sofa fast das ganze Mobiliar aus. Ein paar Kissen auf dem Sofa waren mit zierlich gehäkelten Schondecken bekleidet und darüber sahen aus wurmzerlöcherten Goldrahmen zwei alte Familienbilder herab, weich und farbig mit Pastell gezeichnet, Bruststücke, ein Mann und eine Frau, vielleicht aus der ersten Hälfte des vorigen Jahrhunderts, von denen das sanfte Gesicht der Frau unverkennbarste Aehnlichkeit mit dem der Großmama Magdas aufwies. Daneben hing an verblichener Kordel eine ziemlich breite Bücherrolle mit mehreren Stockwerken an der Wand nieder, und es fiel mir auf, daß sie nicht, wie ich es sonst überall bei alten Damen gesehen, dicke und schwarze Einbände mit vergoldetem Schnitt darauf befanden, aber meine Aufmerksamkeit ward schnell von allem anderen durch eigenartige, mir völlig fremde Ausschmückungen der Wände abgelenkt. Einige Seiten waren dicht damit bedeckt, die verschiedensten Gegenstände drängten sich hart aneinander. Große, fremdländische, getrocknete Blätter, darüber schwebend ein wunderlicher aufgespannter Schirm, der wie aus buntem, mit schwarzen Schnörkeln bemaltem Papier erschien. Dann weiße Korallen, wie ich einmal von einem Schulkameraden ein kleines Stückchen zum Geschenk bekommen und einen unermeßlichen Schatz darin zu besitzen glaubte. Doch hier waren sie an Größe der Krone des Myrtenbäumchens gleich, das mit vor dem Fenster stand, ich hatte nicht geahnt, daß es etwas so Herrliches in der Welt gäbe, und daran dehnte sich ein Glaskasten mit riesenhaften, leuchtenden Schmetterlingen von zehnfacher Größe und Schönheit, als sie auf unsern Feldern umherflogen. So ging es fort, der Blick wußte nicht, wohin er sich zunächst wenden sollte, und ich stand fast betroffen und scheu vor all' den Wundern, die das Häuschen, an dem ich täglich achtlos vorübergelaufen, umschlossen hielt. Endlich sah ich Magdas über mein Staunen frohlockendes Auge auf mich gerichtet. Halb sprachlos noch, fragte ich nur: »Gehört das alles Dir?«

Mein Vater hat es mitgebracht aus andern Ländern,« versetzte sie, »er war ein Schiffskapitän.« »Und ist er wieder dahin fort und bringt Dir noch mehr mit?«

Sie schüttelte den Kopf. »Ich glaube, er kommt nicht wieder, denn er ist bei meiner Mutter, sagt die Großmama, und die ist tot.«

Frau Helmuth hatte sich in ihren Sessel gesetzt und das aufgeschlagene Buch zur Hand genommen, in dem sie ohne Brille las; sie drehte jetzt die Stirn und sagte:

»Zeig' Reinold Deine Sachen, Magda, wenn es ihn freut.«

»Darf ich, Großmama? Setz' Dich dahin, Reinold!« Und sie drängte mich auf das Sofa, dann nahm sie Stück um Stück, soweit sie es mit der Hand vom Boden aus erreichen konnte, behend-vorsichtig von den Wänden und legte es auf den Tisch. Doch die Schmetterlinge hingen zu hoch, sie holte eifrig einen Stuhl herbei und wollte hinaufsteigen, doch dabei versagte die Kraft ihr, und nach mehrmaligen fruchtlosen Versuchen, auf die ich, in Bewunderung der aufgehäuften Schätze versunken, nicht geachtet hatte, wandte sie mir den Kopf zu und flüsterte leise, mir schien's, um die Großmutter nicht aufmerksam zu machen: »Bitte, heb' mich ein bischen.« Der traurige Ausdruck lag dabei wieder in ihren Augen, ich sprang hinzu, um selbst den Kasten herabzunehmen, aber sie wehrte mir bittend: »Nein, nur mich stützen, dann kann ich's,« und ich hob sie halb in den Armen, daß sie sich auf den Stuhl zu schwingen vermochte. »Hinunter kann ich allein,« lachte sie nun, mir die Schmetterlinge behutsam in die Hände legend, und sie kniete auf der Stuhlplatte nieder, glitt zur Erde und setzte sich glücklich neben mich auf's Sofa.

Welche Wunderdinge! fast alle ohne Namen für mich, doch Magda kannte sie Stück für Stück genau und von jedem das Land, aus dem es herstammte. Ich hörte ihr mit Verwunderung zu, es war manchmal gar nicht, als ob ein Kind, jünger noch als ich, mir die fremden Herrlichkeiten erklärte, sondern wie wenn jemand, der selbst drüben in der weiten Ferne gewesen und alles mit eigenen Augen gesehen, mit seinen Ohren gehört, von den Dingen erzähle. Dabei ward ihr blasses Gesichtchen röter, und ihre Augen leuchteten wie zwei Edelsteine, die nie eine Trübung befallen könne. Allmählich antwortete ich nichts mehr, sondern hörte nur auf ihre leise Stimme, aber ich hätte auch keinen Anlaß gefunden, auf etwas zu erwidern, denn sie erzählte von allen Gegenständen, welche sie in die Hand nahm, die seltsamsten, phantastischen Berichte, als hätte sie diese selbst erlebt. »Das ist ein Sonnenschirm aus China,« sagte sie, »und die schwarzen Flecke darauf sind chinesische Buchstaben. Daran hat ein kleines chinesisches Mädchen lesen gelernt, das sah so possierlich aus mit dem langen Zopf auf dem Rücken und den kleinen Schuhen, worin sie kaum gehen konnte. Die Sonne schien so furchtbar heiß, wie sie auf der Bank an dem breiten Fluß saßen, sie mit ihrer Mutter zusammen, daß sie den Schirm nicht über ihrem Kopf wegziehen wollte, denn einen Hut hatte sie nicht, und sie sollte doch von dem Schirm lesen, das wollte die Mutter. Und dann flog der große blaue Schmetterling, der größte da im Kasten, vorbei und setzte sich oben auf die Buchstaben, weil er die bunten Farben dazwischen für Blumen ansah, und sie griff nach ihm mit der Hand, daß die Mutter zu schelten anfing. O, es war so schön und so warm, und die Wellen liefen über den Sand, mir beinah' bis an die Füße herauf –«

»Dir?« fragte ich erstaunt; »warst Du denn dabei?«

Sie sah mich halb befremdet an. »Kannst Du Dir nicht denken, Du wärest dabei gewesen? Mir ist's immer so,« und sie begann schon wieder eine andere Geschichte von der weißen Korallenkrone, und in ihren Erzählungen lief und tanzte und kletterte sie, daß ich ihr metallenes Haar im Meereswind vor mir fliegen sah. Dann schlug eine altmodische, vergoldete Pendule auf dem Gesims – die alte Uhr hatte ein helles Stimmchen, grad' wie die alte Dame am Fenster – und diese drehte gleichzeitig den Kopf und sagte: »Da kommt der Doktor Billrod nach Haus.« Ich hatte ihn und den Zweck meines Hierseins vollständig vergessen gehabt und warf wohl einen bedauerlichen Blick auf die Schätze, von denen Magda noch nicht erzählt, denn Frau Helmuth fügte hinzu: »Wenn Du wieder zu uns kommen willst, Reinold, wird Magda sich gewiß sehr freuen. Du bist ja vernünftig und nicht so wild, wie die meisten anderen Knaben und wirst Magda, wenn sie draußen spielt, nicht zum Laufen verführen, daß sie Herzklopfen bekommt und ihrer Gesundheit schlimm schadet, wie der Arzt gesagt.«

Die Großmutter gab mir die Hand, und die Enkelin brachte mich bis an die Haustür. Der Schnee draußen war schon spurlos zergangen, und die Nachmittags-Maiensonne lag wieder auf der frisch duftenden Erde. »Die Großmama ist so ängstlich,« sagte Magda,

»aber wenn ich erst ganz gesund wieder bin, da will ich's nachholen, und Du sollst mir beim Laufen nichts vorzugeben brauchen. Kommst Du morgen?«

Ich erwiderte schnell bereit »Ja –«

»Gewiß? Gib mir die Hand darauf – und alle Tage, wenn Du zum Onkel Billrod gehst.«

Es ward mir leicht, was ich selbst seit einer halben Stunde sehnlichst wünschte, zu versprechen. Doch bei ihren Worten kam mir das Gedächtnis an etwas und ließ mich fragen: »Ist Erich Billrod wirklich Dein Oheim?«

Sie verneinte. »Wir haben niemand, der mit uns verwandt ist; ich heiße ihn nur so, weil ich ihn lieb habe.«

»Dann wollte ich, Du hießest mich Deinen Bruder; ich habe auch niemand, mit dem ich verwandt bin.«

Ich hatte es, fast ohne zu wissen, was, geantwortet, aber in ihren schönen, schwermütigen Augen glänzte es freudevoll auf, und sie erwiderte sogleich:

»O, gern, das will ich tun, Bruder Reinold. Leb' wohl und vergiß Deine Schwester morgen nicht, Bruder Reinold!« –

Der Weg bis zu Erich Billrods Zimmer hinüber war nur kurz, doch noch nie hatten sich in einer Minute in meinem Kopfe so viele Gedanken über einander gedrängt. Ich war so glücklich und stolz, im Herzen war's mir so warm, wie noch nie, und doch lag es zugleich mit einer Angst auf mir, ich hätte Magdas Gesundheit vielleicht schlimm dadurch geschadet, daß ich sie zum Laufen verführt, und mein eigenes Herz klopfte heftig, wie ich an die sonderbar zitternde Bewegung des Kleides dachte, die ihr Herzklopfen verraten. An der Schwelle des Haupthauses wandte ich mich noch einmal um, da stand Magda noch unter der Tür ihres Häuschens, hell von der Sonne überschüttet, ein weißes Bildchen im Grün, und lächelte und winkte mir mit der Hand. Vor einer Stunde hatte ich noch nichts von ihr gewußt, und jetzt war sie meine Schwester, als wäre ich in dem kleinen Stübchen unter all' den bunten Wundern mit ihr aufgewachsen, und als gäbe es keinen heimlicheren und altvertrauten Fleck für mich auf der Erde, selbst nicht das Golddrosselnest drüben in dem einsamen Feldzaun. Und da es so von allen Seiten über mich hereinkam, drängte sich auch die Erinnerung an das einfältige Wort Fritz Hornungs dazwischen; in der märchenhaften Welt, wie sie mich heut umgab, schien es mir nicht mehr so töricht, und ich setzte den Fuß über Erich Billrods Schwelle mit dem Entschluß, ihn darum zu befragen.

Von Unterricht war der Verspätung halber heut auch keine Rede mehr, und es gelang mir bald, eine Gelegenheit zu finden, bei der ich meine Frage anbringen konnte. Ich stand vor Erich Billrod, sah ihm neugierig ins Gesicht und sagte: »Kann jemand auch zwei Väter haben?«

Er lachte. »Warum meinst Du?« Aber dann war es seine andere Art, mit der er hinzusetzte: »Ich denke, Du müßtest Dir selbst die Frage am erfreulichsten beantworten können, Reinold, da grade Du das Glück gehabt hast, als Waise einen zweiten, so christlich-ausgezeichneten Vater zu finden.«

Ich stand trotz meiner vorherigen Empfindung doch fast verblüfft vor der Erwiderung, die mithin dennoch Fritz Hornung Recht gab und versetzte stotternd:

»Also ist es doch wahr, was die Leute sagen –«

»Was sagen die Leute, *amice*?«

»Daß Du eigentlich mein Vater bist?«

Ich erschrak, fast noch ehe ich das letzte Wort zu Ende gesprochen, denn Erich Billrods Gesicht ward so weiß wie der Schnee, der vorhin draußen die Büsche überdeckte, und gleich danach glühte es ihm in den Schläfen auf, und es pochte darin, ähnlich wie Magdas Kleid auf der Brust zitternd hin und wieder geflogen. Seine Hand hatte sich hart, wie noch niemals, auf meinen Arm gelegt und umschloß ihn mit den Fingern, daß mir der Muskel schmerzhaft zuckte, aber das heftige, zürnende Wort, das ich über meine offenbar zu einfältige Frage als Begleitung von seinen Lippen erwarten mußte, kam nicht, sondern die Finger lösten langsam ihren Griff von meinem Arm, und er wiederholte nur, starr an mir vorübersehend: »Eigentlich?« –

Dann lachte er sonderbar, schrillen Klangs, der mich an Möwenschrei im Nordsturm erinnerte, auf.

»Eigentlich! Du bist ein kluger Geselle, Reinold Keßler, daß Du einen eigentlichen und einen uneigentlichen Vater haben zu müssen meinst. Sag' den Leuten, wenn sie es Dir wiedererzählen, sie seien Narren oder Schurken – und geh', es ist spät heut –«

Er schickte mich unverkennbar fort, ich stand zaudernd und fragte bekümmert: »Bist Du böse auf mich, weil ich so dumm gewesen?«

»Pah, Du bist ein *sciolus*.«

Das Wort und der Nasenstüber, den er mir dazu versetzte, ermutigten mich etwas wieder, daß ich noch zu fragen wagte:

»Was ist Magda denn, die, wenn sie von Dir spricht, Dich auch Onkel Billrod nennt, ohne daß Du doch eigentlich ihr Oheim bist?«

Sein Antlitz war wieder ruhig und freundlich begütigt, wie ich es bis heut nicht anders gekannt, und er lächelte:

»Dann ist Magda wohl eine *sciola*. – Woher weißt Du denn das?«

Ich erzählte, wie sie ihren Auftrag an mich ausgerichtet, daß wir zusammen gespielt und ich darauf in ihrem Hause gewesen, um ihre Schätze zu besehn, und daß ich morgen und jeden Tag wiederkommen dürfe. Erich Billrod nickte dazu: »Tu's – die Frommen würden sagen, Du verdientest Dir Gotteslohn damit –«

Er brach ab und stand einige Augenblicke schweigsam da, dann sah er mich an und fügte hinzu:

»Hast Du einmal einen weißen Schmetterling gesehen, Reinold, den die Natur am späten Nachmittag aus seiner Puppe hervorschlüpfen ließ, daß er nach Sonnenuntergang noch im kalten Schatten umherflatterte? Das war Magda Helmuth.«

*

Der Freitag-Nachmittag kam, auch der Schluß der Schulstunde mit ihm, doch unsäglich langsam, wie diese, rückte heut die Sonne am Himmel hinunter. Meine Erwartung steigerte sich mit jeder Minute zu höherer Ungeduld, ich freute mich, als ein Dunst am Horizont aufzog und wenigstens die Sonne vor der Zeit zu überdunkeln begann. Er verstärkte sich allmählich und bedeckte den ganzen Himmel mit grauem Blei, aber die Luft ward mit der dämmernden Trübung fast noch schwül-heißer, als sie den Tag hindurch gewesen. Dann sagte ich mir, es sei jetzt Zwielicht und die verabredete Stunde gekommen, und ich lief ins Feld hinaus, dem Zaunnest entgegen. Lea war bereits dort, doch empfing mich mit dem Gruß: »Es ist noch zu früh, Reinold, die Sonne ständ' noch am Himmel, wenn die Wolken nicht wären,« und wir hockten uns zusammen und plauderten. Ich sah sie zum erstenmal seit mehreren Tagen wieder und erzählte ihr, daß ich Magda Helmuth kennen gelernt und was diese für Herrlichkeiten von ihrem Vater besitze und mir gezeigt. Lea schaltete einsilbig ein: »Also darum bist Du nicht gekommen?« Und wie ich fortfuhr, zu berichten, unterbrach sie mich nach kurzer Weile mit dem Ruf: »Sieh' den Hasen, wie er drüben am Graben die Ohren spitzt, das ist amüsanter, als all' Deine fremdländischen Schmetterlinge, Vögel, Korallen und Geschichten.«

»Die sind auch nicht das Schönste daran,« entgegnete ich, »aber ich wollte, daß Du Schwester Magda selbst einmal sähest. Du müßtest sie auch lieb haben.«

Lea gähnte, hob die Hand über sich und sagte: »Ich glaube, es regnet.« Dann jedoch drehte sie den Kopf und fragte mit scharfer Stimme: »Was heißt das, Schwester Magda? Sie ist doch nicht Deine Schwester.«

»Nein, wir haben abgemacht, wir nennen uns nur so. Sie heißt mich ihren Bruder, ist das nicht hübsch?«

Ich wurde völlig sprachlos, denn Lea sprang plötzlich auf und in das grüne Haselgesträuch hinein, das sie fast verdeckte und aus dem nur ihr Kopf und ihre Augen, wie sie mir zum erstenmal aus dem braunen Laub entgegen gefunkelt, sich mir in's Gesicht wandten. »Hübsch?« wiederholte sie, »ich finde es abscheulich, eine häßliche Lüge, ein Mädchen seine Schwester zu nennen, wenn sie es nicht ist. Und noch mehr finde ich es einfältig und albern und kindisch – und von ihr – ich hätte nicht gedacht, daß ein Geschöpf so schlecht sein könnte.«

Damit knackte das Gezweig, und sie verschwand, und ich hörte, daß sie vom Wall auf das Feld hinuntersprang. Ich eilte ihr nach und rief: »Was willst Du, Lea? Sollen wir jetzt gehen?«

»Geh' Du zu Deiner Lahmen und Hinkenden und sorge dafür, daß sie kein Herzklopfen bekommt!« antwortete sie. »Ich mag heut nicht und gehe nach Haus.«

Es gelang mir indeß, ihren Arm zu fassen, sie zu halten, und ich entgegnete:

»Ich verstehe nicht, was Dich aufgebracht hat, Lea, Du bist heut launisch und ungerecht –«

»Nein, gerecht!«

»Ist es gerecht, etwas nicht zu halten, was man versprochen hat? Und bin ich nicht deshalb hierher gekommen, um Dich zu treffen?«

Sie sah mich zaudernd an. »Und bist Du deshalb nicht heute bei der – bei den Schmetterlingen und Korallen gewesen?«

»Nein, weil ich wußte, daß Du auf mich warten würdest.«

Nun nahm sie meine Hand. »So komm; was man verspricht, muß man immer halten,« und wir gingen am Rain entlang. Es regnete in der Tat, doch in seinen Sprühtropfen, die man kaum empfand, nur von den Zweigen rieselte es leis auf die Grashalme darunter nieder, die in seltener Unbeweglichkeit, von keinem Luftzug geregt in die Höh' standen. Auch die Ackerkrume wurde weich und hielt den Fuß zurück; ich sagte unwillkürlich: »Die arme Magda, auf dem schlüpfrigen Boden würde sie gar nicht gehen können. Hast Du denn kein Mitleid mit ihr, Lea?«

Sie schüttelte den Kopf. »Warum sollte sie nicht gehen können? Sie wird sich nur so anstellen, damit Du sie bedauerst.« Und nach einigen Augenblicken des Nachdenkens fügte sie hinzu: »Hätte sie mit mir Mitleid gehabt, wenn sie gehört, daß die Christenbuben mich mit Steinen geworfen?«

»Gewiß, sie ist so gut –«

»Ich will aber kein Mitleid von ihr haben,« fiel Lea heftig ein, »und mir soll sie nicht gut sein –«

Sie verschluckte etwas und sprach nicht weiter. Es war jetzt wirklich tiefste Dämmerung, wir näherten uns, ohne das Dorf zu berühren, auf einem Umweg durch's Feld unserm Ziel und erreichten von der Rückseite den Garten, in welchem das geheimnisvolle Dach unter den Wipfeln hervorlugte. Man unterschied es kaum mehr, nur der weißliche Nebel, der meine Phantasie oft aus der Ferne gereizt, stieg jetzt, wallend und zerflatternd, dicht vor uns aus dem Dunkel auf; rund umher tropfte es hörbar von blütenschwer niederhängenden Syringenbüschen, die fast betäubenden Geruch in die schwüle Luft des eingeschlossenen Raumes ausströmten. Von weitem kam ein leises Rollen und vermurmelte; es legte sich mir mit einer Art von Unheimlichkeit um die Sinne, daß sich das Verlangen in mir regte, von meiner Absicht abzustehen, doch ich schämte mich, es auszusprechen und fragte nur:

»Was geschieht denn eigentlich drinnen, Lea? Es ist schon spät, und wenn es nicht sehr interessant ist, tue ich vielleicht besser, nach Hause zu gehen, ehe Doktor Pomarius mich vermißt.«

»Hast Du auch Furcht, wie Deine einfältige Tante Dorthe?« flüsterte sie halb spöttisch.

Das stachelte meinen Knabenehrgeiz. – »Nein!«

»So wirst Du's schon sehen, wenn Du drinnen bist, und daß es nichts Teuflisches und nichts zum Erschrecken ist.«

Lea flüsterte es, wie zuvor, ich konnte ihr Gesicht nicht mehr gewahren, aber mir klang's, als ob ihre gedämpfte Stimme ein hervordrängendes Lachen unterdrücke. »Denke dran, daß Du mir versprochen hast, keinen Laut von Dir zu geben,« wisperte sie hinterdrein, und sie zog mich an der Hand in eine niedrige, dunkle Rücköffnung an der Wand und durch tote Finsternis einige Schritte weiter. Ich folgte ihr mit laut klopfendem Herzen, offenbar kannte sie auch in der völligen Lichtlosigkeit jeden Fußbreit genau, denn sie duckte mich nach einigen Sekunden auf einen feuchten Boden nieder, drückte ihren Mund an mein Ohr und raunte: »Wir müssen warten, sie sind noch nicht da.«

Ich sah umher, denn es lag ein Schimmer jetzt vor mir, der, wie mein Auge sich gewöhnte, allmählich etwas heller wurde, ohne daß ich erkennen konnte, woher er seinen Ursprung nahm. Nur die Mutmaßung kam mir, daß er aus der Höhe von einer dicht verhängten, rötlichen Ampel stammen müsse, die ihren matten Schein so undeutlich auf eine ziemlich breite, ab und zu leicht glitzernde Fläche vor mir herabwarf, daß ich mir nicht zu deuten vermochte, woraus die letztere bestehe. Dabei lag mir eine feuchte Hitze so drückend auf den Lidern, daß ich diese kaum geöffnet zu halten imstande war und mich nach und nach der Einbildung hingab, ich liege in einem wunderlichen, beängstigenden Traum, aus dem ich plötzlich von Fritz Hornungs lachendem Ruf und Rütteln: »Reinold, Siebenschläfer, Murmeltier, Dachs, es hat sieben geschlagen!« aufwachen müßte. Dann hörte ich in der halben Betäubung ein Geräusch von Türen und Stimmen, Rauschen von Kleidern, und es ward wieder still, bis nach einer Weile eine Hand mich anstieß und ich Leas hauchende Stimme erkannte, die mir »Da!« zuflüsterte. Ich öffnete gewaltsam die Augen, doch sah ich nichts, als einen weißen, mystischen Schimmer, der auf die mattglimmernde Fläche heranzuschweben schien, und hörte ein leises Plätschern, wie das Aufschnellen eines Fisches, oder wie von einem Fuß, der sich prüfend ins Wasser taucht.

Dann schrie ich von plötzlicher Blendung, Schreck, unheimlichem Grausen und Verwirrung aller Sinne überwältigt laut auf. Der kaum wie von Sternenlicht erhellte Raum war wie mit einem Schlage von schwefelgelber Flamme greller als der vollste Mittagssonnenglanz es vermocht hätte, überlodert, ich erkannte die rätselhafte Fläche vor mir als ein aus Steinen und Zement ausgemauertes, mit leicht dampfendem Wasser bis fast zum Rand gefülltes Becken, in das von drüben aus einer Art Nische eine kleine Holztreppe hinabführte, und auf der vordersten Stufe stand eine völlig unbekleidete Gestalt, der das schwarze Haar Leas, nur länger noch, über die vollen weißen Arme und den Rücken niederzufallen schien. Auch die Gesichtszüge Leas waren es, nur nicht die eines Kindes, sondern die eines erwachsenen jungen Weibes – und so tauchte die weiße, nackte Gestalt – die erste, die ich im meinem Leben sah – einem blendend bestrahlten und Strahlen ausgießenden Marmorgespenst gleich, schreckhaft drohend aus der Finsternis.

Ein Augenblick nur, und alles war wieder in Nacht verschwunden. Ich weiß nicht, ob mein Schrei der erste war, ob das Gekreisch von drüben zugleich ausgestoßen worden. Ein Schmettern und ein furchtbarer Krach, wie Einsturz eines Turmes, verschlang alles; ich fühlte Leas zitternde Handfläche auf meinen Mund gepreßt, jenseits des Wasserbeckens schrie es: »Der Blitz hat ins Bad geschlagen!« Wie wir hinausgekommen, vermochte ich nicht zu sagen; um uns

sauste der Regen mit der Wucht von Schlossen und der Sturm heul-
te und peitschte den Wipfel einer, wie lodernde Kerze aufflammen-
den Föhre hinüber und herüber. Wir standen ziemlich fernab und
ich starrte darauf hin und hörte wieder wie im Traum Leas Stimme
mit noch bebenden Lippen sagen:

»Es hat nur in den Baum geschlagen, nicht ins Bad. Gottlob, daß
sie alle so vor Schreck aufschrien, sonst hätten sie Dich gehört und
uns entdeckt, denn grad meine Muhme Rebecca hat Augen wie ein
Habicht. Aber der Blitz kam von unserer Seite oben durch's Fenster
und blendete sie, darum hat sie uns nicht gesehen.«

Achtes Kapitel

Ungefähr zwei Jahre später muß es gewesen sein, als ich mich noch einmal umwandte und über rotblühendem Haidegrund den alten Kirchturm gleichsam in die Erde heruntersinken sah, so fern und nebelhaft, wie ich ihn bis zu diesem Tage noch niemals gewahrt. Dann sagte Philipp Imhof: »Du wirst Dich wundern, die Türme bei mir zu Haus sind doppelt so hoch, und man sie sieht sie meilenweit, ehe man in die Stadt kommt.« – »Sind sie auch so grün?« fragte ich. Er zuckte verächtlich die Schulter: »Das fehlte, bei uns ist man reich genug, den Grünspan abkratzen zu lassen, wenn er darauf kommt,« und wir wanderten auf dem heißen, tiefsandigen Weg, von braunen Grashüpfern umschwirrt, vorwärts.

In die fremde Welt hinaus, ich wenigstens zum erstenmal. Es war ein köstliches Glück, und trotz der Julihitze hatte ich ein Gefühl in den Füßen, als wollten sie mir aufschwirren, wie die zirpenden Braunflügler vor ihnen, und ich sah voll Danks auf meinen Begleiter, den Spender dieses Glücks. Er hatte mich mit Erlaubnis seiner Eltern eingeladen, die Hundstagsferien bei ihm in seiner Vaterstadt zu verbringen, und wir befanden uns auf der Fußwanderung dorthin, die mir unsäglich herrlicher dünkte, als eine Fahrt in der dunklen, geschlossenen Postkutsche, der Tante Dorthe sorglich zusammengewählt unser Gepäck übergeben. Immer weiter ging's, jetzt auf der staubigen Landstraße, dann auf schmalen Fußsteigen über Kornfelder und am schattigen Waldrand hin: durch Dörfer, in denen die Hunde kläfften und die barfüßigen Kinder vom Spiel aufhörten, um uns verwundert nachzugaffen; auf's neue in die stille und doch von tausend unsichtbaren Stimmen belebte Einsamkeit hinaus. Imhof kannte Schritt und Tritt überall aus öfterer Erfahrung genau, ich bewunderte ihn und folgte jeder seiner Vorschriften mit der Sorgfalt eines Neulings in der Fremde. Er wiederholte manchmal, daß er sich nur um meinetwillen an der Fußtour beteilige, denn es sei im Grunde nicht *gentleman-like*, einen so weiten Weg zu gehen, und er müsse mich bitten, in seinen Kreisen keine Erwähnung davon zu tun. »Aber Du bist früher doch oft gegangen,« schaltete ich ein. – »Ja, früher,« entgegnete er, »als Knabe kann man so etwas, doch später hat man Verpflichtungen gegen den guten Ton und die Leute. Uebrigens, wenn doch die Rede etwa darauf kommen sollte, werden wir erwidern, daß wir es nach ärztlicher Vorschrift aus Gesundheitsrücksichten getan haben.«

Daß unsere Reiseart in der Tat zur Förderung der Gesundheit *mentis sanae in carpore* gereiche, empfand ich mit jeder Stunde deutlicher. Wie heiter und wonnig war alles umher, wie rätselhaft schimmernd die Ferne vom Gipfel des Hügels, wie geheimnisvoller noch der dunkle verrankte Waldfleck im Wiesengrund. Das Herz hüpfte in der Brust, hielt die Füße an und trieb sie beflügelt wieder auf. So köstlich hatte ich mir die Welt draußen nicht gedacht, selbst das worüber Imhof geringschätzig-mitleidig die Nase rümpfte, entzückte mich. Doch dann ward er eifrig und sagte, er begreife nicht, wie ein vernünftiger und nachdenkender Mensch diesen mageren Sandboden, die roten Haidestrecken und öden Fichtenstämme darauf schön finden könne, da sich ihm doch gleich der unerfreuliche Gedanke aufdrangen müsse, daß alles Das für den Landbau verloren sei und niemals einen Ertrag einbringe. Eine kleine Straße seiner Vaterstadt, ja ein einziges Haus darin habe mehr Wert, als hier eine halbe Meile Land, so daß es sich kaum verstehen lasse, wie in solcher Gegend sich noch immer Leute ansiedelten und sich Dörfer bauten, wie das, auf welches er grad' hinwies.

Es war, wie ich aufblickte, allerdings ziemlich armselig, ein Dutzend Kathen an lehmigem Bachabhang, aber ich antwortete:

»Und doch ist das Dorf vielleicht schon älter als Deine große Vaterstadt, Imhof. Es kommt einem wunderlich vor, wenn man so ein paar Häuser im Feld ansieht, aber Dörfer sind überhaupt meistens älter als Städte, das Allerälteste, und haben schon beinah' ebenso dagelegen und eine alte Geschichte gehabt, ehe noch Städte vorhanden waren. Da kam der Rauch schon grad' wie jetzt aus der offenen Haustür, und die Tauben flogen über dem Strohdach, und die Bäuerin ging, wie die da drüben, an den Hebelbrunnen –«

Philipp Imhof stand still und sah mich groß an. »Bist Du toll geworden? Was schwatzest Du für Unsinn? Das miserable Dorfnest da sollte älter sein, als meine Vaterstadt?«

»Ich weiß nicht, ob grad' dies, aber die Größe tut's nicht –«

Nun lachte er mir hell ins Gesicht. »Woher kommst Du zu solcher hirnverbrannten Albernheit, Keßler?«

»Dr. Billrod hat es mir einmal gesagt, es sei etwas vom Seltsamsten und Nachdenklichsten, wenn man ein solches verräuchertes Dorf betrachte und sich dabei vorstelle, was alles Großes durch Jahrhunderte gekommen und vergangen, und immer hätten die Leute Tag ein, Tag aus das nämliche gedacht und getan in diesen Häusern – nur daß sie immerfort in derselben Art neu wieder aufgebaut und vermorscht wären – und wenn alle Städte auf der Welt zu Grunde gingen, würden sie immer noch ebenso da bleiben –«

Doch Imhof unterbrach mich mit einem noch lauteren Gelächter. »Das hat Dir der Doktor Billrod erzählt? Dann sag' ihm nur, er müsse wohl noch nie in seinem Leben eine Großstadt gesehen haben, und er möge kommen und nur einen Blick einmal auf meine Vaterstadt werfen, da werd' es ihm klar werden, was für einen Blödsinn er Dir aufgebunden. Alle Häuser in dem Dorf find noch nicht so viel wert, wie eine Etage in der Stadt, nicht den zehnten Teil. Da weiß bei uns jedes Kind, wenn es nur durch die breiten Straßen geht, mehr Geschichte, als Dein Doktor Billrod, Keßler. Und wenn Du erst die Anlagen, Promenaden und Bosquets rundherum siehst, damit ist überhaupt all dieser jämmerliche Kram von Wald und Feld gar nicht zu vergleichen.«

So wanderten wir, manchmal schweigend, öfter redend, erzählend und debattierend vorwärts; wo wir hungrig und durstig einkehrten, bestritt Imhof die Zeche, obwohl ich zum erstenmal im Leben selbst eine Börse mit einigem Taschengeld bei mir führte, allein er behauptete, da er mich eingeladen, die Reise mit ihm zu machen, habe ich als *gentleman* die Pflicht, alle daraus entstehenden Unkosten zu berichtigen, und es verstoße von meiner Seite eigentlich schon gegen den guten Ton, überhaupt merken zu lassen, daß ich etwas vom Bezahlen wahrnähme. Dies letztere konnte ich freilich nicht gut unterlassen, da er meistens, wenn er seine feinmaschig gehäkelte, seidene Börse hervorzog – sie war nicht mehr grün, sondern rot, doch ebenfalls mit kleinen Goldquastchen – eine zeitlang mit ihr tändelte und mich, so nebenbei, fragte, wie mir die Farbe gefalle.

»Es ist ein hübsches Kirschrot,« sagte ich. – »Jawohl, *Cérise* ist augenblicklich Modefarbe in der großen Welt,« entgegnete er. » *Cérise*-Sonnenschirm, » *Cérise*-Bandschleifen, » *Cérise*-Bänder im Haar, man sieht kaum etwas anderes. Wirklich, es ist höchst komisch, wenn man denkt, daß noch ein halbes Jahr vergehen kann, eh' in unser Gymnasialnest drüben, obwohl es höchstens zwölf Meilen von der Großstadt entfernt liegt, nur eine Ahnung von » *Cérise* hinkommt.«

Philipp Imhof war ein vortrefflicher Kamerad, gutmütig und dienstgefällig, wie wenige, immer auf alles einzugehen bereit, und wir verbrachten die zwei Tage und zwei Nächte, in denen wir zusammen marschierten und im »Wirtshaus an der Landstraße« übernachteten, in fröhlichster Laune und Eintracht. Doch am dritten Tage, als wir bereits eine gute Strecke gewandert und es weit vor uns im Mittagsduft wie halb ahnungsvolle Schattenbilder hoher, grauer Türme aufzusteigen begann, verlor sich allmählich Imhofs Beredsamkeit, er ging in Gedanken versunken, gab nur einsilbige Antwort und schwieg zuletzt ganz, bis ich fragte: »Denkst Du über etwas nach?« Nun sah er zerstreut auf und versetzte: »Lieber Freund, ich sehe, daß Du Dir nicht recht vorzustellen vermagst, was eine solche Zurückkunft für mich heißt. Da gibt es viele Verhältnisse zu überdenken, aus welchen man sich herausgelebt und in denen man doch *au fait* sein muß, um nicht zu verstoßen. Auch die Frage, in welcher Kleidung man da oder dort« – er musterte mich, abbrechend, mit dem Blick – »ist Dein schwarzer Anzug, den Du im Koffer hast, nach dem Schnitt, wie die Konfirmanden in unserm Schulnest drüben ihn mindestens schon seit einem Vierteljahrhundert tragen?«

»Er ist nach gar keinem Schnitt,« lachte ich, »denn ich habe keinen schwarzen Anzug und noch nie einen gehabt.«

Philipp Imhof stand still und sah mich fast bestürzt an. »Keinen schwarzen Anzug? Ja, aber mein Gott, wie kann ich Dich denn in die Gesellschaft – wenn Du mir das vorher gesagt hättest, würde ich Dich gar nicht –«

»Kommt's denn auf die Farbe an?« fragte ich, wie er nicht aussprach. »Die Jacke und Hose, die ich anhabe, sind fast neu.«

»Bitte, sprich vom Beinkleid, wenn wir in der Stadt sind, d. h. man redet überhaupt nicht von solchen Gegenständen, wenigstens nicht auf deutsch, sondern sagt, falls eine Erwähnung nicht zu umgehen ist, *pantalons* oder *inexpressibles*. Du bist wirklich furchtbar naiv, Keßler; ich kann Dich doch nicht in einer Jacke – wenn es noch wenigstens ein Jaquet wäre – in junge Damenkreise einführen. Doch zum Glück fällt mir ein – wir sind ja ungefähr von gleicher Statur – ich habe noch einen ältern schwarzen Anzug zu Haus, der Dir passen wird –«

Die grauen Türme traten deutlicher aus dem Dunstschleier, und ich sah nach der letzten Unterredung mit einer gewissen Beklemmung ihrem Näherkommen entgegen, denn mich hatte ein dunkles Gefühl beschlichen, daß ich im Begriff stände, in eine fremdartige Welt, nicht nur von Straßen und Häusern, sondern mehr noch von Menschen einzutreten, denen man ohne schwarzen Anzug nicht vor Augen geraten dürfe, und ich hätte gewünscht, die Stadt läge noch meilenweit vor uns, oder besser noch, es gehe immer so weiter, nur durch Feld und Wald, wo sich kein Geschöpf befand, das an dem Namen, noch an der Wirklichkeit von Jacke und Hose Anstoß nahm. Doch unendlich ausgedehnt, den ganzen Halbkreis des Horizonts umspannend, hoben sich nun auch Dächer und Häuser vor uns, Alleen begannen, an denen zur Rechten und Linien in Garten, die so untadelhaft gehalten waren, als dürfe kein Stäubchen auf den Bosquets und Blumenbeeten liegen, vornehm um sich blickende Häuser in immer wechselnden Bauarten aufstiegen – gothische, burgähnliche Gebäude, Schweizerhäuschen, weißblendende, sandsteingraue, buntbemalte Würfel, Rechtecke, Trapeze – um uns rasselten und flogen unter den Bäumen elegante Equipagen, Mietswagen, Fuhrwerke mit riesigen Tonnen, die durch ein Sieb Wasser in den Wegstaub hinuntersprühten, und die Häuser dichter zusammenrückend, fingen allmählich städtische Straßen an, nach allen Richtungen ausstrahlend, sich zu öffnen. Imhof blieb stehen: »Es ist die höchste Zeit, wir könnten hier leicht in unserm Aufzug einen Bekannten begegnen. He, Kutscher!«

Auf seinen Ruf hielt ein leer vorüberfahrender Wagen. »Steig' ein, Keßler, Du bist mein Gast hier,« sagte Philipp Imhof. Er rief dem Kutscher die Wohnungsadresse zu, folgte mir nach und warf sich mit einer nachlässigen Sicherheit in die Ecke der etwas abgenutzten Sammtkissen des Rücksitzes, die mir heimliche Bewunderung einflößte. Dazu ließ er sogleich an seiner Seite ein blaues Rouleau am Wagenfenster herab. »Willst Du denn nicht auf die Straßen hinaussehen?« fragte ich, vom Anblick derselben und dem Getümmel auf ihnen halb wunderlich im Kopf.

»Es ist zwar ein alter, unfashionabler Stadtteil, durch den wir zunächst fahren,« antwortete er, »aber es befinden sich doch manchmal Bekannte in Geschäftsangelegenheiten auch hier, von denen gesehen zu werden ich vermeiden muß, damit sie uns nicht etwa anhalten und unsere staubigen Füße uns verraten.« Er bückte sich bei den Worten, schlug mit seinem Taschentuch sich sorgsam den Staub von den Füßen, und ich tat mechanisch nach seinem Beispiel das nämliche. Dann griff er in die Tasche und zog ein Paar in Seidenpapier gewickelte neue Glacéhandschuhe hervor. »Es ist Zeit,« sagte er, mich anblickend, »wir fahren nicht lange.«

Unwillkürlich steckte ich meine Hand auch in die Tasche und suchte. Ich wußte genau, daß ich nichts darin finden würde, daß ich eine Sekunde vorher auch nicht im Traum an Handschuhe gedacht hatte, und doch kam es mir vor, als müsse ein gütiger Gott mir ein Paar für diesen Moment hineingezaubert haben, um mir den neuen, schrecklichen Anstoß zu ersparen. Es drängte sich mir auf die Lippen zu sagen: »Ich habe meine verloren,« aber halb erfüllte die Versuchung der Lüge, halb verlegene Scheu mein Gesicht mit Schamröte, und ich schloß den Beginn: »Ich habe meine,« mit: »keine, meine ich.«

»Um Gotteswillen, mit Deinen braun verbrannten Händen willst Du meiner Mama vor die Augen kommen?« fragte Imhof erschreckt.

Bestürzt sah ich auf meine Hände. »Ja, habt Ihr denn Tag und Nacht immer Handschuhe an, sonst bekommt Deine Mama sie ja doch zu sehen.«

»Du bist wirklich gottvoll, Keßler, man wird Dir wegen Deiner Naivetät flattieren. Da ist zum Glück ein Handschuhladen – Kutscher halt!«

Ich mußte hinaus mit Imhof, der für mich auswählte, und kam mit einem Paar hellbläulicher Handschuhe zurück, die, wie er mir erklärte, für die Promenade und für die Gesellschaft zugleich geeignet seien, und ich suchte meine von der Hitze und Feuchtigkeit verbreiterten Hände hineinzuzwängen. Darüber sah ich nichts mehr von den Straßen, durch die wir fortrasselten, und als der Wagen plötzlich hielt und mein Begleiter mit dem Ausruf: »Da sind wir!« den Schlag öffnet, eh' meine rechte Hand noch völlig in das enge

Leder hineingekommen, wurde es mir fast schwarz vor den Augen. Ich zog und zog, während wir durch ein vergoldetes Gittertor traten und über einen Kiesweg, auf dem mir ein Steinchen ganz genau dem andern zu gleichen schien, durch einen Vorgarten gingen, von dem ich nichts sah, als lauter sich in der Luft kreuzende blaue, rote und grüne Streifen. Dann standen wir in einem großen, kühlen, mit grauen und weißen Marmorplatten belegten Hausflur, ich riß hastig meinen Filzhut vom Kopf, denn aus einer Tür im Erdgeschoß trat eine elegant gekleidete Dame hervor, die Imhof, halb abgedreht, nicht zu bemerken schien, so daß ich ihn leise anstieß und ihm zuflüsterte: »Deine Mutter ist da.« Nun wandte er den Kopf und lachte danach, der Dame kurz mit der Stirn nickend, lustig auf. »Ist meine Mama zu Hause und zu sprechen, Demoiselle?« Die Angeredete machte eine leichte Verbeugung und rief: »Lisette!« Ein Mädchen mit schneeweißer Schürze, schneeweißem, eigenartig über das Haar zurückgebogenem Häubchen und auch fast weißem Gesicht erschien; die ›Demoiselle‹ erteilte ihr gemessen den Auftrag: »Melden Sie Madame, der junge Herr sei gekommen und ein Knabe mit ihm!« und das Mädchen flog breite, mit Teppich bedeckte Treppenstufen hinauf. Wir folgten, denn Imhof sagte, nachdem er noch einen Blick über meine Stiefel geworfen und mit einer raschen Handbewegung etwas an meiner Halsbinde zurechtgerückt: »Komm, wir wollen gleich mitgehen.« Oben durchschritten wir einige saalartige Räume, die mir alle völlig gleich erschienen, denn ich mußte die Füße mit der größten Vorsicht auf den glatten Boden setzen, um nicht auszugleiten, und gewahrte infolgedessen nichts als ein Flimmern von Marmorfiguren, breiten Goldrahmen, Kronleuchtern, Kandelabern und buntseidenen Möbelüberzügen um mich her. Eine Tür ging wieder auf, ward von der heraustretenden Lisette geöffnet gelassen, und diese sagte: »Madame ist bereit, den jungen Herrn zu empfangen.«

Ich blieb instinktiv auf der Schwelle zurück, während Imhof auf eine sehr hochgewachsene und blaßgesichtige Dame zuging, die neben einem Kamin aus glänzend schwarz poliertem Marmor nachlässig in einen Sessel zurückgelehnt saß. Sie war ganz in Grau gekleidet, doch die Seide des Kleides, der Gürtel, der reiche Spitzenbesatz boten sämtlich verschiedene Nüancen derselben Grundfarbe, so daß alles bald in perlendem Licht, bald wie überschattet durcheinanderfloß. Auch in das schlicht, aber mit tadelloser Genauigkeit an den Schläfen herabgescheitelte Haar mischten sich graue Fäden, und zwei unbewegliche graue Augensterne sahen, von langen Wimpern umrandet, an dem schmalen, scharf, doch schön geschnittenen Nasenrücken hervor.

Philipp Imhof faßte, sich niederbückend, mit den Worten: » *Chère mama*,« ihre Hand und küßte diese. Sie richtete die Stirn ein wenig vor und versetzte: » *O, mon cher fils*, ich habe mich sehr gesehnt, Dich wieder zu sehen, und Auftrag gegeben, daß man Dich gleich, noch eh' Du Toilette gemacht, zu mir bringe. Mein Gott, wie braun Du bist, tragt ihr denn keine Sonnenschirme bei euch in dieser Sommerhitze? Das ist unverantwortlich von dem Doktor – wie ist sein Name doch, er entfällt mir immer – aber ich hoffe, daß Du in Deinen *études* Fortschritte gemacht hast. Ist das Dein Freund, von dem Du geschrieben?«

»Reinold Keßler, mein Zimmergefährte bei'm Doktor Pomarius,« antwortete Philipp Imhof, mich mit der Hand heranwinkend.

Ich trat ein paar Schritte vor und versuchte, eine mutmaßlich ziemlich unglücklich ausfallende Verbeugung zu machen, denn um die Mundwinkel der Mutter Imhofs hob sich ein leichter, ironischer Schatten. Sie nickte mir zu und sagte:

»Recht, Pomarius ist der Name; ein vortrefflicher Mann von günstigster Reputation in seinen Kreisen. Ich sprach noch vor einigen Tagen unsern Hauptpastoren an der Marienkirche, und er rühmte ihn ausnehmend, wir hätten keine sorgfältigere Wahl für Dich treffen können, als Dich seiner Obhut anzuvertrauen. Sie heißen Keßler? Der Name ist mir bis jetzt nicht bekannt gewesen. Was war Ihr Herr Vater?«

Ob es mich verwirrt machte, daß ich zum erstenmal in meinem Leben mit ›Sie‹ angeredet wurde, oder ob die ganze Atmosphäre des Zimmers das ihrige dazu beitrug, ich stotterte als Antwort:

»Ich habe ihn nicht – ich glaube – man hat mir gesagt – ein Beamter.«

»Vermutlich, in einer kleinen Beamtenstadt, wie die Ihrige.« Frau Imhof hielt sich die schmale, feinfingerige Hand leicht vor die Lippen. »Du wirst wohl am besten tun, Philipp, zum Arrangement eurer Kleidung Deinen Gast jetzt auf euer Zimmer zu führen. Dein Vater wird gleich kommen, und wir werden in einer halben Stunde zum Diner gehen. Ich täuschte mich nicht, da ist er bereits.«

Eine Tür öffnete sich, und ein Herr von mittlerer Größe trat ein, ganz in Schwarz gekleidet, nur mit blendend weißer Wäsche, einer schweren goldenen Uhrkette, die halb zwischen dem offenen Rock hervorschimmerte, und mit einem goldenen Doppellorgnon, das, an feiner, schwarzer Schnur hängend, leicht vor seiner Brust hin und her tanzte. Sein Gesicht war glatt rasiert bis auf die Wangenseiten, an denen das bloße Kinn zwei kurzgehaltene Bartgeländer von einander trennte, die Augen machten den Eindruck der Kurzsichtigkeit, oder vielleicht mehr einer Uebersichtigkeit über das Umgebende, ohne daß es sich ihnen einprägte, und wenn um die Linien des Mundes eine Schrift eingezeichnet war, so bestand sie aus Chiffrezeichen, die sich in Zahlen ausdrückte. Herr Imhof trat rasch einige Schritte ins Zimmer herein und sagte: »Wir werden übermorgen beim amerikanischen Konsul speisen, meine Liebe, ich habe angenommen – wer ist da?« – er warf das Augenglas mit einer methodischen Bewegung in die Höh' und fing es mit dem Nasenrücken auf – »ah so, Philipp – eingetroffen –?«

Seine Hand machte eine Regung, sich auszustrecken, doch Frau Imhof erwiderte gleichzeitig: »So wirst Du die Güte haben, für mich wieder abzusagen, lieber Freund –«

Herrn Imhofs Hand drehte sich durch die Luft nach seiner Uhrkette zurück, und er wandte seiner Frau halb den Kopf zu: »Aber Dein Fortbleiben wird Aufsehen erregen, meine Liebe.«

»Ich habe meine Migräne,« versetzte Frau Imhof, den Kopf gelangweilt in den Sessel zurücklehnend, »und ich denke, Du weißt, das besagt so viel, daß ich auch meine Gründe –«

Den Schluß des Satzes hörte ich nicht, denn Philipp Imhof zog mich am Aermel mit sich zur Tür und auf den Korridor hinaus. »Wir müssen Toilette machen,« sagte er, »und es war schon nicht schicklich, daß wir nach der ersten Begrüßung so lange blieben, da meine Eltern wichtige Gegenstände zu bereden hatten und sich in unserer Gegenwart zusammen nehmen mußten.«

»Nach der ersten Begrüßung?« wiederholte ich unwillkürlich. Ich hatte Philipp Imhof auf unserer ganzen Fußwanderung beneidet, daß er in die Heimat zurückkommen, in die Arme seiner Eltern fliegen und ich als ein Fremder, der nichts von dem allem auf der Welt besaß, dabei stehen werde. Aber leise zusammenfröstelnd setzte ich schnell hinzu:

»Haben wir nicht noch Zeit, einen Augenblick in den Garten zu gehen?«

»Weshalb?«

»Es ist so kühl im Hause, ich möchte mich eine Minute lang in der Sonne wärmen.«

»Du bist ein toller Mensch,« lachte Philipp Imhof, »und frierst in den Hundstagen, statt daß Du Dich freuen solltest, daß der Marmor hier im Hause die Hitze etwas dämpft. Nimm Dich in acht, daß Du nicht gleitest, beim Doktor Pomarius bist Du an solchen Fußboden nicht gewöhnt, und komm, mein schwarzer Anzug vom letzten Winter, denke ich, wird Dir schon passen.«

*

Sonntagmorgen war's, und die Dächer der Großstadt, die bis jetzt fast unausgesetzt ein nebelhaftes Gemisch aus trübem Dunst und Schornsteinrauch spinnwebartig überdämmert hatte, lagen zum erstenmal deutlich auch in der Ferne sichtbar unter blauem Himmel; von den vielen Türmen der Stadt wogte ein Glockenläuten durcheinander, sonst ruhte die Luft in schier befremdlicher Stille, nur dann und wann klang das schnelle Rollen eines Wagens aus entfernteren Straßen herüber. Ich stand in Philipp Imhofs älterem schwarzen Anzug mit dem Einknöpfen von goldenen Manschettenknöpfen, die er für mich hervorgesucht, beschäftigt, er blickte aus dem Fenster und trieb: »Eil' Dich, der Kutscher hat schon angespannt! Im Theater oder zu Konzerten kann man später erscheinen, aber in der Kirche gehört es zum feinen Ton, daß man bereits etwas vor dem Beginn eintrifft. Nur ordinäre Leute stören durch ihr Kommen die Andacht.«

Verwundert sah ich ihn an. »Wenn wir bei uns zur Kirche gehen müssen, bist Du doch immer so ziemlich der letzte, Imhof.« »Ja, bei euch,« lachte er. »Wie oft soll ich es Dir denn sagen, Keßler, daß Du schlechterdings keine Unterschiede begreifen kannst. Bei euch handelt es sich doch nicht um Schicklichkeit – da gehen meine Eltern schon durch den Garten –«

Er drückte mir ein Gesangbuch mit feinstem goldenem Schnitt in die Hand, nahm ein gleichartiges, setzte vor dem Pfeilerspiegel einen schwarzen Zylinderhut auf, und wir flogen die Treppe hinunter. Vor der vergoldeten Gittertür hielt die offene Equipage, der Kutscher in reich betreßtem Rock bändigte nur mit Mühe das Ungestüm der unter dem glänzenden silbernen Geschirr stampfenden und schnaubenden Rappen; Imhofs Eltern hatten den Vordersitz eingenommen, wir setzten uns ihnen eilig gegenüber, und der Wagen rollte mit fast atemraubender Schnelligkeit davon. Die sonst dicht von Menschengedränge erfüllten Straßen waren leer, beinahe verödet, alle Haustüren stumm, die Schauläden verhängt oder mit Vorsetzen geschlossen. Der Anblick machte auf mich einen wunderlich tristlangweiligen Eindruck, den ich Philipp Imhof gegenüber äußern wollte, als seine Mutter mir zuvorkam und, ihrem Mann zugewandt, bemerkte: »Es ist erfreulich zu sehen, wie wir uns immer mehr dem complaisanten Brauch der englischen Sonntagsfeier nähern, und gewiß für das Volk das Wünschenswerteste, um in ihm das Gefühl der christlichen Ordnung in der menschlichen Gesellschaft aufrecht zu erhalten. Die Leute, die an diesem Tage arbeiten und auf Gewinn bedacht sind, offenbaren damit, daß sie keinen Respekt vor dem göttlichen Willen und infolgedessen auch nicht vor den ihnen als Vorbild aufgestellten Gesellschaftsklassen besitzen.«

»Gewiß, meine Liebe,« bestätigte Herr Imhof. »Die Börse sollte das einzige in dieser Hinsicht Verstattete sein, aber es ist der besten Polizei leider nicht möglich, überall dem gewinnsüchtigen Treiben des niedrigen Volkes nachzuspüren und es zu inhibieren.«

Der Wagen hielt in beträchtlicher Reihe anderer, ähnlicher Equipagen vor dem Hauptportal einer mächtigen Kirchenwand an, wir stiegen aus, und Frau Imhof schritt uns voran auf die Tür zu, deren Hüter mit tiefer Verneigung ihre beiden beweglichen Flügel weit aufriß. Ihr Kleid rauschte, daß es vor den geschlossenen Augen den Ton einer in wechselndem Fall niederstürzenden Springquellkaskade erregte, denn es bestand aus schwerster schwarzer Seide, rundum mit schwarzem Schmelz und schwarzen Spitzen garniert. Auch der Hut, der Schleier, die Straußfedern, die Sammettaille und der Schmuck waren schwarz, inbezug auf den letteren machte einzig der fast zollbreite *à jour* gefaßte Brillant einer aus mattem Silber ciselierten Agraffe eine Ausnahme.

Meine Mama ist doch die Fashionabelste von allen Damen hier,« flüsterte Philipp Imhof sich umblickend mir zu, während wir auf den altertümlich geschnitzten Chorstuhl des Imhof'schen Hauses zuschritten; »man kann wahrhaftig stolz sein, neben ihr in der Kirche zu sitzen.«

Wir nahmen unsere Plätze ein, Philipp Imhof trat mit seinem Vater etwas zur Seite und hielt sich den Zylinderhut vor's Gesicht, während Frau Imhof die Stirn vorüberbeugte und die Handschuhe auf dem Schoß ineinanderfaltete. Ihr Blick nahm indeß gleichzeitig etwas an ihrem Sohne wahr, das ihr, als Anstoß im Gotteshause erregend, auffallen mußte, denn sie unterbrach ihr Gebet und flüsterte ihm einige Worte zu, auf die hin Philipp Imhof hastig mit der Hand den rechten Zipfel seiner Krawatte unter den Kragen zurückbog. Dann begann das Orgelpräludium und der Gesang eines mir unbekannten Kirchenliedes:

> »Vor Dir, Herr, sind wir alle gleich
> An Not und Sündenbürde,
> Am ärmsten aber der, der reich
> Sich glaubt an Stand und Würde –«

Das Lied enthielt gewissermaßen die Textdisposition der nachfolgenden Predigt, in welcher der berühmteste Kanzelredner der Stadt

1. Die *Hoffart* der Menschen betrachtete und zwar
   +++++++ a) nach ihrer irdischen Torheit, und
   +++++++ b) nach ihrer Torheit im Himmel, wie auch
   +++++++ c) nach ihrer Sündhaftigkeit, dahingegen
2. die *Demut* den Menschen als Zierde, Kleinod und Bürgschaft der Ewigkeit verliehen sei, nämlich
   +++++++ a) die Erkenntnis der Wertlosigkeit aller vergänglichen Güter und Unterschiede auf der Erde,

+++++++ *b)* die Demut des Geistes, welches alles irdische Wissen, geistiges Vermögen, Vorzüge und Formen als nichtig zu achten lehre,
+++++++ *c)* die Demut vor Gott, vor dessen Geboten keiner mit einem einzigen Schlage seines Herzens, einem Gedanken seines Hauptes, einer Regung seiner eitlen Verblendung bestehe:

Daraus aber leuchte:

1. die *Gleichheit* aller menschlichen Kreaturen dem Richtertrone und der barmherzigen Gnade des Ewigen gegenüber hervor, und es müsse das vornehmste Ziel unseres Trachtens sein, uns jederzeit durchdrungen und zerknirscht zu fühlen
+++++++ *a)* von der Gleichheit unserer Sündhaftigkeit und unseres Mangels an Ruhm vor dem Höchsten,
+++++++ *b)* von der Gleichheit des Erbarmens, die über uns allen walte und unser gnadenbedürftiges Geschlecht zu einem großen Hause von Brüdern und Schwestern gestalte, bei deren Geringsten wir allmal gedenk sein müßten, daß sie
+++++++ *c)* in der Gleichheit vor dem Tage des Gerichts vielleicht berufen werden möchten, Zeugnis für oder wider uns abzulegen und erhöht als die Ersten zu sitzen neben dem Stuhl des Urteilverkünders über Königen und Mächtigen, Gerechten und Klugen von Ewigkeit zu Ewigkeit. – Amen.

Ungefähr beim Beginn des zweiten Drittels der Predigt ward die Andacht in unserm Chorstuhl durch den Ton eines Glöckchens unterbrochen, denn während der ehrwürdige Pastor mit begeistert aufleuchtendem Blick unser Gemüt voll mit der Erkenntnis absoluter Wertlosigkeit aller vergänglichen Güter erfüllte, streckte sich an einer langen Stange der Klingelbeutel zu uns herein und ließ Frau Imhof aus der Tiefe ihrer Betrachtung in die Höh' fahren. Ihre Hand streckte sich nach einem Geldstück, das sie vor sich auf den Klapptisch gelegt, doch ihre gemütlich-erbauliche Erregung dehnte sich offenbar auch auf ihre Fingerspitzen aus, so daß diesen die Münze entglitt und mit einem unverkennbaren hellen Goldklang, der unwillkürlich alle Köpfe in den Nachbarstühlen herumzog, auf den Steinboden niederfiel. Beschämt, solche Störung veranlaßt zu haben, hob sie den Dukaten auf und steckte ihn mit schleunigster Hast in den Spalt des Klingelbeutels, der Kirchendiener verneigte sich tief, auch Philipp Imhof trat einen Schritt vor und ließ einen schwer klingenden Beitrag in den Beutel fallen, dann tauchte der letztere vor meiner Brust auf, ich sah verdutzt drauf nieder und griff in die Tasche. Aber es befand sich keine kleinere Münze in ihr, der Träger des Klingelbeutels rüttelte ungeduldig die Glöckchen, und ich zog erschreckt einen Taler hervor, hörte ihn mit einer gewissen Wehmut durch den Spalt gleiten und faßte darüber die Predigt des Redners erst völlig in dem Moment wieder auf, als er im Abschnitt 2, Abteilung *c.* betonte, daß jede unserer Regungen aus eitler Verblendung bestehe. Dann tönte wieder Gesang und Orgelklang, die Herren hoben ihre Zylinder vor die Stirn und die Damen blickten mit gefalteten Händen in den Schoß – es schien nicht zum feinen Ton zu gehören, das Ende des Liedes und des Orgelspiels abzuwarten, denn in beides hinein klappten die Bänke, knarrten die Tische und scharrten die Füße – Frau Imhof durchrauschte, uns voranschreitend, den Kreuzgang des Schiffes, der Türhüter verbeugte sich wiederum halb bis zur Erde, draußen vor dem Portal harrte die Equipage, Herr Imhof rief einsteigend dem Kutscher zu: »Wir statten Besuche ab,« und fügte die Adresse der nächsten Wohnung hinzu, während Frau Imhof, ihren schwarzen Sonnenschirm entfaltend, äußerte: »Eine wahrhaft künstlerisch vollendete Predigt des ausgezeichneten Mannes, ich hoffe, daß sie ihren Eindruck auf das Volk nicht verfehlt haben –«

Die klatschende Peitsche, die aufknirschenden Räder entzogen mir die Fortsetzung ihrer Worte. Philipp Imhof und ich waren zurückgeblieben; er sagte: »Wie kamst Du zu dem Unsinn, Keßler, einen Taler in den Klingelbeutel zu stecken?«

Ich erwiderte ihm, daß ich nichts anderes gehabt und fügte hinzu, nach der Schwere des Falls seiner Gabe müsse er ebenfalls das nämliche getan haben, doch er fiel mir lachend ins Wort:

»Gott bewahre, mein's war ein Kupferstück, das tut dieselbe Wirkung, und alle Vernünftigen versehen sich immer vorher damit. Aber Du mußt überall hereinfallen und bist Deinen Taler wieder einmal umsonst losgeworden, denn außer mir, glaub' ich, hat es kein Mensch gesehn. Schreib' Dir's zum übrigen ins Merkbuch und komm, wir wollen auch einen offiziellen Besuch nach der Kirche machen.«

*

In den Zügen meines Begleiters oder vielmehr Führers lag heut vormittag auf dem Wege eine Mischung von Feierlichkeit und Unruhe, die ihn kaum auf die Begegnenden und noch weniger auf meine ab und zu an ihn gerichteten Fragen Acht geben ließ. Wir durchschritten eine ziemliche Anzahl von Straßen, ohne daß ich mich über die von uns eingehaltene Richtung zu orientieren vermochte, dann sagte Imhof: »Dies ist das Brandstetter'sche Haus,« und aufblickend gewahrte ich ein goldenes Eisengitter, einen mit tadelloser Symmetrie angelegten Garten und im Hintergrunde desselben ein vornehm-elegant aufsteigendes Wohngebäude, alles ganz genau in der nämlichen Art, wie Haus, Garten und Gittertor der Eltern Imhofs, so daß ich ohne die Erläuterung des letzteren mich vor meiner temporären Heimat zu befinden geglaubt haben würde. Doch wie ich mich weiter umschaute, erregten alle übrigen Besitzungen zur Rechten hinauf und zur Linken hinab ebenfalls genau denselben Eindruck; sie standen sämtlich wie ein aus Stein gehauenes Garderegiment mit dem Piedestal auf grünem, sammetartig geschorenem Rasen, von eleganten Anlagen mit seltenen Sträuchern, blühenden Oleandern, Rhododendren, Orangen flankiert und einzig individualisiert oder mehr und minder ausgezeichnet durch den Reichtum an sonderbar geformten, fremdländischen schwärzlichen, grünlichen und bläulichen Coniferen, die sich gegenseitig mit dem herausfordernden Bewußtsein, weniger ihres botanischen, als ihres Geldwertes anzublicken schienen.

Philipp Imhof hielt einen Moment, durch das Gitter in den Garten vorausschauend, inne und flüsterte: »Ich befürchtete es wohl, daß große Cour heut mittag sein würde. Nun, vielleicht desto besser; man ist nie weniger geniert, als in einer umfassenden Assemblee.« Er öffnete die Tür, wir traten ein und schritten auf ungefähr ein

Dutzend uns gleichaltriger Knaben und Mädchen zu, die teils in kleinen Gruppen redend zusammen standen, teils in den tadellosen Kieswegen auf- und abgingen. Die Knaben waren sämtlich schwarz gekleidet mit Zylinderhüten modernster Fasson, die Mädchen trugen Kleider, lang genug, um sie in kleineren Städten als erwachsene Damen erscheinen zu lassen, doch nicht so lang noch, daß sie beim Ausschreiten die zierlichen Stiefelletten verdeckten, reizende Blumenhütchen auf dem Haar und bunte Sonnenschirmchen in der zartbehandschuhten Hand. Nur eine unterschied sich darin von den übrigen und kennzeichnete sich durch ihre Kostümierung sogleich als hierher gehörig, gewissermaßen als Haus- und Gartenherrin, die den Anlaß und Mittelpunkt der gegenwärtigen Versammlung bildete. Sie mochte elf oder zwölf Jahre zählen und trug ihr aus glänzend braunen Löckchen gekräuseltes Haar unbedeckt unter einem Sonnenschirm aus Rohseide, dessen rote Unterseite ein rosiges Licht über ihr etwas blasses, doch zierlich gebildetes, schmales Gesicht ausstrahlte. Halbhandschuhe, für die Benutzung im eigenen Garten bräuchlich, ließen niedliche Fingerspitzen hervortreten und mit dem elfenbeinernen Griff des Sonnenschirms spielen; den kleinen Fuß, der keine Unebenheit und Feuchtigkeit des Bodens zu befürchten hatte, umschlossen weiße Atlasschuhe, die in anmutigem Einklang zu dem mit Falbelreihen garnierten hellrötlichen Kleide fanden. Auf die Trägerin desselben führte Imhof, ohne noch von der übrigen Umgebung Notiz zu nehmen, mich zu und begleitete seine vollendete Verbeugung mit den Worten:

»Erlauben Sie mir, Miß Lydia, Ihnen meinen Kollegen vom Gymnasium, Herrn Reinold Keßler, vorzustellen.«

»Ah, auch ein Gelehrter, wie Sie; es freut mich, Sie bei mir zu sehen,« versetzte Fräulein Lydia Brandstetter mit einem hübschen Knix. Sie schien im Begriff gestanden zu haben, ihre Hand gegen meinen Gefährten auszustrecken, zog diese jedoch, etwas an ihrer Halskrause glättend, zurück und fügte nachlässig hinzu: »Sie befinden sich, wie ich gehört habe, schon mehrere Tage in unserer Stadt, Imhof; es hat mich bei Ihrer bekannten Galanterie gegen Damen Wunder genommen, daß sie erst heute –«

»Ich wußte nicht, schönste Lydia,« fiel der halb Getadelte ein, »ob es an einem anderen Tage angemessen –«

Doch sie unterbrach ihn ebenfalls: »Ah, ein alter Freund – bei Fräulein zur Hellen werden Sie sicherlich Ihre Aufwartung schon gemacht haben.«

»Ich schwöre Ihnen, Lydia, bei niemandem –«

» *Fi donc*, es ist kleinstädtisch, zu schwören,« erwiderte Fräulein Lydia, ihm leicht, doch offenbar befriedigt, mit dem gelben Sonnenschirm auf den Arm schlagend. »Die Herren werden sich bekannt sein, von den Damen wohl nicht Fräulein Fleming und ihre Cousine Fräulein Wende aus Magdeburg. Herr Philipp Imhof: Firma Imhof und Berger aus der Lindenstraße.«

Der Vorgestellte verbeugte sich artig und nannte dann jedem der übrigen meinen Namen und mir die ihrigen, so daß ich keinen einzigen im Gedächtniß behielt. Um mich her vernahm ich bruchstückweise Unterhaltungen verschiedenster Art, über mir unbekannte, doch offenbar in der Gesellschaft höchst bedeutungsvolle Persönlichkeiten, über Börsenoperationen und Fehlgriffe, Theatervorstellungen, Konzerte, Schauspieler und Sängerinnen. Aus jedem Gespräch schlugen einzelne, fast in jedem Satz mit der nämlichen Betonung wiederkehrende Wörter mir an's Ohr, in welchen sichtlich ein Gradmesser der Bildung des Redenden enthalten lag. Eines vor allem schien augenblicklich als erforderliche Wendung des feinen Tones unumgänglich zu sein. »Es ist erstaunbar,« erwiderte ein unfern von mir Stehender auf eine Bemerkung seiner Nachbarin, »aber ich halte es objektiv nicht für unmöglich.« – »Man kann sich auch positiv auf die Richtigkeit verlassen,« ergänzte ein anderer. – »Das Erstaunbarste ist, daß niemand subjektiv der Sache Glauben beimessen würde.« – »Du verhältst Dich eben von vornherein immer negativ zu allem, was einen erstaunbaren Eindruck macht.«

»Ich engagiere Sie zu einer Promenade, Imhof, und erlaube Ihnen, meinen Shawl zu tragen,« hörte ich Fräulein Lydia Brandstetter dazwischen sagen, indem sie ein flockartiges Gewebe vom Nacken zog, und die beiden schritten den Kiesweg an der Rasenbiegung entlang. Die Mittagssonne zeichnete ihren kurzen Schatten mit dem hin und her tänzelnden Schirm allerliebst auf den Boden, und sie verschwanden allmählich hinter der bläulich-rötlichen Blüten eines Rhododendron-Bosquets. Ich stand ziemlich verloren unter den fremden Gesichtern, von denen sich, nachdem alle einen kurzen musternden Blick auf meinen unfashionablen Filzhut geworfen, keines weiter um mich bekümmerte, und verlegen umherblickend, wandte ich mich der Cousine des Fräulein Fleming zu, die ebenfalls eine etwas isolierte Stellung einzunehmen schien. Auch war sie weit weniger elegant gekleidet als die andern und hatte ein frisches, rotbäckiges Gesicht mit großen blau-vergnügten Augen, die mir weniger Scheu einflößten, als die der übrigen. So trat ich, vermutlich ziemlich linkisch, auf sie zu und redete sie an: »Verzeihen Sie, Fräulein, Ihr Name ist mir nicht –«

»Ich bin kein Fräulein, sondern heiße Anna Wende,« lachte sie, »aber ich dachte, Du wärest vernünftiger und verständest Dich nicht auf die albernen Faxen hier. Wenn meine Brüder das sähen, glaube ich, schlügen sie ihnen allen die schwarzen Schornsteinröhren vom Kopf.«

Es gab niemand auf uns Acht, aber mir war's, als hätte mich plötzlich ein frischer Ostwind von der See angeweht. Einen Augenblick sammelte ich mich überrascht, dann lachte ich gleichfalls: »Da kannst Du wahrscheinlich auch nicht so schön knixen« – sie schüttelte lustig ihr goldblondes Haar – »und wir beiden Unglücklichen kommen hier gut zusammen, denn mit meinen Verbeugungen, hast Du wohl gesehen, ist es auch nicht weit her.«

»Gottlob,« antwortete sie, »mir ist's schon ganz übel hier geworden, und ich wollt', ich wäre zu Haus in Magdeburg oder Gott weiß wo, nur nicht unter diesem langweiligen Geschnatter, zu dem meine Cousine mich nicht mit zehn Pferden wieder mitkriegt. Komm, laß uns auch mal durch den Garten laufen – promenieren, mein' ich. O Himmel, was für alberne Jungen und Mädchen gibt's!«

Wir gingen zusammen durch den Garten; auf dem Hauptweg stand eine kleine Gruppe in eifrigem Gespräch, aus der wir im Vorübergehen eine Mädchenstimme fragen hörten: »Wo mag Lydia denn geblieben sein?«

Eine andere versetzte: »Es ist eigentlich unschicklich, sie ist noch immer mit Herrn Imhof verschwunden.« Doch nun mischte sich einer der Zylinder erläuternd ein:

»Ich weiß positiv, daß es keinen Anstoß zu erregen braucht. Imhof besitzt ein erstaunbares Glück und sein Verhältnis mit Miß Lydia ist nur nicht deklarirt, doch objektiv vollständig unzweifelhaft. Sie nehmen sich indeß in der Gesellschaft mit großer Feinheit zusammen, wie man es bei ihrer Stellung auch zu erwarten berechtigt sein darf, denn ich schätze beide künftig mindestens auf eine Viertelmillion.«

Die Stimmen versummten in der Mittagshitze. »Hast Du das Kauderwelsch wieder verstanden?« fragte Anna Wende mich. »Ich glaube beinah', sie sprachen von Heiraten.« Und sie lachte so laut, daß sich die jungen Blumenhüte drüben mißbilligend suchenden Blickes umwandten.

»Das haben sie Dir noch übler aufgenommen, als mir meinen Filzhut,« flüsterte ich.

»Was kümmere ich mich d'rum!«

»Kommt das Heiraten Dir denn so lächerlich vor, Anna?«

»Das weiß ich nicht, aber ich tu's gewiß nie! Ich will immer so bleiben, wie ich bin, daß mir keiner etwas zu sagen hat, denn meine Brüder lache ich aus, wenn sie mir befehlen wollen, und dann tu ich's grade nicht!«

Ihr Atem wehte mir bei den Worten ins Gesicht, und es war immer noch wie der Ostwind, frisch wie Winterschneehauch, der aus einem Tannenwald herüberkommt. Unter dem einfachen, gelben Strohhut glänzte ihr Haar goldig in der Sonne und ihre Augen leuchteten über den gesunden roten Wangen wie ein blaues Stück Himmel; ich fand plötzlich, daß sie weit schöner und anmutiger als all die geputzten kleinen Dämchen sei, ja eigentlich das hübscheste Mädchen, das ich noch je in meinem Leben gesehen. Ihr Lachen klang wie eine silberhelle Glocke, und ich suchte absichtlich es hervorzulocken und fragte:

»Weißt Du, warum sie die Tochter vom Hause hier immer ›Miß‹ Lydia heißen?«

»Ja, das ist auch gottvoll,« lachte sie auf. »Weil ihre Mutter eine Engländerin ist, oder einmal eine Zeitlang in England gewesen ist; aber es wäre furchtbar unfein, wenn man nicht ›Miß‹ zu ihr sagte oder von ihrer Mutter anders spräche als von ›Mistreß‹ Brandstetter. Ich rate Dir, daß Du nicht aus Mißverständnis das Mißgeschick hast, solchen mißlichen Mißgriff zu machen, er würde allgemeine Mißvergnügtheit und Mißbilligung hervorrufen. Siehst Du, ich kann auch gut englisch reden, wenn's auch Magdeburger Gewächs – ich hätte beinah' gesagt, Sauerkohl – ist. Aber so gut wie dieser hier ist er auch noch. Wie heiß ist's, komm, wir wollen in die Laube da hineingehen und uns etwas auf die Bank setzen, bis die Sonntagscour vorbei ist.«

Wir taten's, und auf der dichten grünen Wand der schattigen Hängeesche hob sich Anna Wendes Bild fast noch sonnengoldiger als draußen im Mittagsglanz ab. Einige Augenblicke saßen wir ohne zu sprechen, dann hörten wir plötzlich durch die Blätterwand aus einer der benachbarten Lauben deutlich die gedämpfte Stimme Philipp Imhofs:

»Ich versichere Dir, Lydi, Du bist wie eine Königin unter ihnen allen. In allem, was Du tust und sagst, ist Noblesse und Chic, und Du hast doch dabei, immer etwas Apartes; allein wie Du den Sonnenschirm hältst, das kann keine andre so.«

»Hast Du Sophie zur Hellen nicht vielleicht grade das nämliche gesagt?« fragte die Stimme Miß Lydia Brandstetters.

»Aber Lydi –«

»Oh, man kann euch Herren nicht glauben, ihr seid so flatterhaft –«

»Ich wollte Dich bitten, Lydi,« unterbrach Philipp Imhof ihren Vorwurf, und es raschelte leise wie auseinandergerolltes Seidenpapier – »dieses Kreuz –« »O, das ist hübsch, Du hast immer den besten Geschmack, Philipp. Was sind das für Steine?«

»Amethyste. Es gibt keinen Edelstein, der dem *Cérise* ähnlicher wäre. Gefällt es Dir?«

»Ausnehmend. Ach, wir passen wirklich vortrefflich zusammen, Philipp; es ist nur Schade, daß ich das Kreuz nicht tragen kann, ohne mich zu kompromittieren, und wirklich unerträglich, wie lange das noch dauern soll. Emma Fleming wird heiraten, sobald sie konfirmiert ist, ihr Schwiegervater läßt ihnen ein Haus am Steindamm bauen. Es ist ja recht hübsch, daß Du ein Gelehrter bist, und man beneidet die Frauen bei uns darum, aber wenn wir deshalb künftig länger als andere verlobt sein müssen –«

Meine Eltern wollen einmal, daß ich das Gymnasium erst durchmache,« fiel Imhof ein, »doch beruhige Dich, Lydi, in sechs Jahren spätestens haben wir uns auch ein Haus gebaut, nobler als das von Emma Fleming –«

Miß Lydia Brandstetter stieß einen unterdrückten Schreckenston aus. »Mein Gott, ich höre ihre Stimme in der Nähe; wenn sie uns hier zusammen in der Laube entdeckt, bin ich auf's entsetzlichste kompromittiert, Du glaubst nicht, welche Medisance unter ihnen herrscht. Ich erwarte Dich morgen abend, wenn der Mond aufgeht, hier im Garten und nehme meine Schwester als *dame d'honneur* mit; Du promenierest vorüber und wir treffen uns dann zufällig an der Pforte, Mathilde ist noch ein Kind, und wir können alles in ihrer Gegenwart besprechen. Jetzt gehe ich auf dieser Seite hinaus und Du dort, dann treffen wir oben wieder in der Gesellschaft zusammen.«

Die Zweige in der Nebenlaube raschelten leise und die Fußtritte verklangen. Wir sahen noch eine Minute lang stumm, bis Anna Wende sagte:

»Du, ich bin zu dumm, was heißt das kompromittieren, und warum soll sie denn niemand bei einander in der Laube sehn? Mir ist's ganz wirbelig im Kopf von all dem Gerede. Uns können sie doch gern hier sehen; müssen sie von den beiden denn glauben, daß sie irgend einen Unfug machen wollen?«

»Ich weiß es auch nicht, Anna,« versetzte ich. »Aber findest Du es nicht hübsch, Lydi zu sagen?«

»Was soll das heißen? Ich versteh's nicht.«

»Ich meine, jemanden anders zu nennen, als die andern es tun, vertraulicher. Ich wollte, daß ich für Dich auch solchen anderen Namen hätte, doch von Anna laßt sich nichts abkürzen.«

»Das ist doch leicht; meine Brüder nennen mich immer Aennchen.«

»Aennchen, das gefällt mir. Darf ich Dich auch so heißen?«

Sie lachte vergnügt. »Warum nicht, wenn's Dir Spaß macht? Aber Du wirst's nicht oft im Leben mehr tun, denn übermorgen reise ich gottlob wieder nach Magdeburg zurück.«

Ich wußte nicht warum, aber es tat mir weh, daß sie sobald fortreiste, und noch mehr, daß sie so fröhlich dazu lachte. Wir gesellten uns wieder zu den andern, und nach einer Viertelstunde etwa verabschiedete sich Philipp Imhof förmlich von der Haus- und Gartenherrin Miß Lydia Brandstetter und von der übrigen Gesellschaft. Ich sagte allen zusammen ein unbeachtetes und unerwidertes »Adieu« und gab nur Anna Wende mit den Worten die Hand: »Leb' wohl, Aennchen, vielleicht sehen wir uns doch noch einmal im Leben wieder.«

Ihre blauen Augen nickten: »Wer weiß,« doch ihre roten, frischen Lippen antworteten: »Ich glaub's nicht, hierher komme ich nicht zum zweitenmal.« Ihr Glockenlachen klang mir noch im Ohr, als wir draußen auf der Straße fortwanderten; dann sagte Philipp Imhof:

»Nimm's mir nicht übel, Keßler, aber Du hast Dich entsetzlich kleinstädtisch benommen – zuletzt noch vor der Gesellschaft dieser simplen Magdeburger Gans die Hand zu geben –«

»Pah, Aennchen hat's nicht übel genommen,« fiel ich lustig ein.

»Aennchen?« Imhof blieb stehen und sah mich an. »Du hast am Ende gar eine *amourette* mit der vierschrötigen Person angeknüpft? Aber haben die Menschen denn anderswo als hier gar keine Augen im Kopf? Diese gemeine Röte auf den Backen, diese Frisur, oder vielmehr diese gar nicht vorhandene Frisur, und diese Taille ohne Korsett, von der Toilette ganz abgesehen. Ich will Dich nicht beleidigen, wenn es Dein Geschmack ist, aber es ist dann wahrhaftig ein Glück für Dich, und ich muß es als Freund wünschen, daß Du sie im Leben nicht mehr wieder sehen wirst.«

Neuntes Kapitel

Die Tage kamen und wechselten, die Wochen, die Semester, und mit ihnen die Bänke, die Klassen, die lateinischen und griechischen Autoren. Wie ein nächtliches Traumbild um die Mittagsstunde lag es schon hinter mir, daß ich mit Philipp Imhof in seiner Vaterstadt gewesen, und wie durch einen Nebel bewegten sich die schwarzen Zylinder, Blumenhütchen und Sonnenschirme in meiner Vorstellung über die besonnten Kieswege des Gartens mit dem vergoldeten Gitter.

Jede Zeit hat ihren Inhalt, doch von mancher vermag die Erinnerung ihn leicht, von mancher schwerer zu fassen. Es gibt farblose Jahre, wie Gegenden; während wir hindurchschritten, blühte es uns heimlich zur Linken und zur Rechten, daß Aug' und Sinne freudig darauf verweilten; wir bestaunten manches Neue, Seltsame; Sonnenträume und Wolkenbilder wechselten unablässig über der Landschaft. Aber hinter dem Rückschauenden liegt sie dennoch im Großen mit einer gewissen gleichmäßigen Eintönigkeit und regt nur die Empfindung, daß der Fuß, nie innehaltend, ein geraumes Stück Weges durch sie hin zurückgelegt.

Und doch, wenn wir so die Höhe eines Geländes erreicht haben und den Blick noch einmal rückwärts schweifen lassen nach der grauen jenseitigen Bodenschwellung am Horizont, von wo der Weg uns herübergeführt, da geschieht es trotzdem stets mit einem dunklen Gefühl, daß es ein andrer war, der vor einer Weile da drüben stand und über die vor ihm verschleiert sich dehnende Niederung vorausblickte. Unmerklich sind Wegesbegleiter seitdem gekommen, von denen der jenseits Stehende noch nichts ahnte, und haben sich dem Klopfen des Herzschlags, den Gedanken, Hoffnungen und Wünschen des Kopfes angeschlossen, sind ihnen untrennbar zugehörig geworden, als hätten sie von je ihre Werkstatt dort gehabt. Andere aber sind ausgezogen, um nie wieder zu kehren, schon halb, schon ganz vergessen, wie niemals gewesen. Es ist ein Aufsprießen und Abwelken, ein Sterben im Leben fort und fort. Aber der Jugend kommt das Verdorrende nicht zum Bewußtsein, weil ihr Reichtum der unerschöpflichen Kraft des Urwaldes gleicht, der seine stürzenden Trümmer unter immer neu aufwachsenden Wundern verbirgt, und das Sterben bleibt unbemerkt, weil es keinen Lebensfaden plötzlich zerreißt, sondern ihn nur allmählich lockert, verdünnt, unscheinbarer macht, sein Verschwinden gleichfalls unter der Fülle neuer Einschläge verbirgt. Erstaunt dann blicken wir eines Tages zurück, doch wir sagen uns nicht, daß unser Fuß über Gräber hingegangen, daß wir selbst zu gleichgültigen Totengräbern an Menschen, Gegenständen, Empfindungen und Hoffnungen geworden, die wir einst gehegt und geliebt, sondern wir zucken die Achsel: Sie hätten sich im Lauf der Zeit verändert und – naturgemäß – wir mit ihnen.

»Siehst Du, Reinold Keßler,« sagte Erich Billrod, »so belügt der Mensch sich selbst und stirbt unablässig, ohne es zu ahnen. Was bist Du, was ist Dein eigentliches Selbst, das Dich von allen Andern unterscheidet? Deine Hand, die Stütze Deines körperlichen Daseins, die Dir zu allem Tun unentbehrlich ist? In wenig Jahren ist sie gestorben, denn keine Zelle von ihr blieb dann die nämliche. Ist's das Blut, das Dein Herz ausströmt und wieder einsaugt? Es stirbt, denn es wechselt wie jeder andere Bestandteil Deines Leibes. Und so tötet der Fortschritt Deiner Kenntnisse, Deiner Bildung, Deines Verstandes von Tag zu Tag die bisherigen Anschauungen, Meinungen, Folgerungen Deines Gehirnes, Deine Grundsätze wandeln sich um, Deine Neigungen erlöschen und andere glimmen empor. Alles, was Du als Dein auszeichnendes Eigentum, als Dein unterscheidendes Selbst betrachtest, stirbt, nicht plötzlich, doch Stück um Stück Neuem Raum schaffend, während die Leute sagen, daß Du der Alte bist, daß Du in Lebensfülle stehst, und Dich mit demselben Namen benennen. Was ist denn Dein Ich? Keime, die rastlos aus Moder treiben, um wieder zu vermodern, lang' ehe die Zeitung Freunden und Bekannten die betrübende Mitteilung macht, Du seiest tot. Nur die Narrheit, Heuchelei und Erbärmlichkeit in den Menschenköpfen sind unsterblich, sie wandern seit Anbeginn über die Erde, wie die Wellen da, und nagen, wühlen und höhlen an den Schutzdämmen der Menschheit, die das Herz und die Vernunft ihr, immer reparaturbedürftig, aufgerichtet haben. Es ist, wie man eine Geldmünze aus einem Zauberkasten umdreht, Gold und Blei, ein Mensch zu sein, aber jedenfalls ist der Urheber dieses Kunststückes kein großer Zauberer in meinen Augen.«

Wir lagen in einer Tangbrüstung an der offenen, glänzenden See; die Wellen kamen, wie gleichmäßige Atemzüge des Meeres, und rollten zu unseren Füßen auf den Sand. Rechtshin zog sich die Hafenbucht der Stadt landein, das jenseitige Ufer schwand undeutlich in bläulichem Duft. Als Erich Billrod schwieg, erwiderte ich:

»Doch weiß ich eines, das nicht in mir gestorben, seitdem es zu leben angefangen, und erst mit mir selbst sterben wird.«

»Und das wäre, Reinold?«

Meine Liebe zu Dir.«

»Glaubst Du?« – Erich Billrod drehte den auf die Wellen hinausgewandten Blick zu mir herum. »Also das wäre ein *perpetuum mobile* für Deine Brust? Ich muß Dich zunächst philologisch verbessern, denn mindestens stirbt die Liebe, von der Du sprichst, nicht erst mit Dir, sondern um einige Zeit zuvor schon mit mir, da Du weißt, daß ich ein paar Jahrzehnte früher als Du Anwartschaft darauf habe. Das war ein Betrug, den Dein Kopf Dir spielte, Reinold Keßler, der sich schnell feststellen ließ. Welche Fehlerquellen noch in Deinem Herzen verschlossen warten, wird die Zukunft zu Tage fördern. Die Italiener haben ein Sprichwort, daß nur der glücklich sei, der in den Windeln gestorben; mache ein deutsches, ein für die ganze Menschheit gültiges daraus, nur das Gefühl sei ein wahrhaft beglückendes gewesen, das in jenen Windeln gestorben. Es klingt paradox, daß der Tod notwendig ist, um Unvergänglichkeit zu erzeugen, aber es ist so wahr, wie die Gewißheit, daß die Göttergestalt der Venus von Milos nicht auf uns gekommen wäre, wenn eine barbarische Hand sie nicht frühzeitig herabgestürzt und uns ihre Schönheit Jahrtausende lang unter Schutt und Trümmern bewahrt hätte. Was in der Erde liegt, bleibt jung und unwandelbar, und unser eignes Altern kann es nicht mehr mit Furchen überziehen. Sieh, da scheidet die Sonne Homers, wir wollen sie grüßen, Reinold!«

Er sprang auf, nahm, an die Wellen hinuntertretend, den Hut von der Stirn und ließ sich das Haar vom Wind durchstreichen, der, wie ein Gruß von dem rot versinkenden Ball herüber, aufschauernd herankam. Eine Weile stand Erich Billrod so abgewendet, dann setzte er sich neben mich auf die Tangbrüstung zurück.

Er war mir oft ein Rätsel, war's mir stets durch die Jahre geblieben, wie seit dem ersten, schon unendlich fernen Tag, an dem seine Hand sich in der Dämmerung vor unserm Hause auf meinen Scheitel gelegt. Ich konnte mir kein Leben ohne ihn denken, ohne seinen Rat, seinen Trost, seine Hilfe. Was ich an Dingen, die für mich Wert besaßen, wußte, entstammte von ihm; selbst die Gedanken, welche in der Einsamkeit meinem eigenen Kopf entsprangen, schienen mir nur aufgehende Saatkörner, von ihm unbemerkt in mich hineingestreut. Wie das Wasser zweier Flüsse von verschiedener Schnelligkeit und Klarheit im Zusammenströmen nebeneinander hinläuft, ohne sich zu vermischen, so beherbergte ich seine Anschauungen, Denkart und Urteile nebeneinander mit den Lehren der Schule und besaß die letzteren nur für die Klassenstunden oder die Fragen des Doktor Pomarius, gedächtnismäßig, den Antworten eines Automaten ähnlich. Erich Billrod schien nie zu lehren, und doch fühlte ich jedesmal, wenn ich von ihm ging, daß ich gelernt, ihn wie mit einem spielend mir dargebotenen Geschenk verlassen hatte. Und wie in mir, empfand ich das nämliche an Magda Helmuth, unserer oftmaligen Begleiterin, sobald wir nicht weitere, für sie unmögliche Fußwanderungen unternahmen. Auch sie war ein Spiegelbild seiner Eigenart, ein lebendes Schriftwerk seines Kopfes und Herzens, nur in ihrer stillen, nachdenklichen Weise vielleicht noch aufmerksamer, gegengewichtsloser von ihm beeinflußt, als ich. Jedes seiner Worte blieb ihr im Gedächtnis, sie hing mit zärtlicher Liebe an ihm und nahm seit Jahren stets an unseren nachmittäglichen Zusammenkünften in seinem Zimmer teil. Wir bildeten dort eine Familie, deren väterliches Oberhaupt ›Onkel‹ Billrod war – Frau Helmuth nahm für uns alle die unbestrittene Stellung einer Großmama ein – Magda und ich aber wußten kaum mehr, daß wir uns einst scherzweise zu Geschwistern gemacht. Wir nannten uns nicht allein Bruder und Schwester, sondern waren es, setzten keinen Zweifel darein, daß wir es nicht seien. Es gab kein Vertrauen, das wir nicht teilten, keine Freude, wenn nicht der andere sie mit besaß. Wie bei der selbstverständlichen, unbewußten Schonung eines eigenen verwundeten Armes, war es mir auch zur eigenen Natur geworden, in jedem Augenblick ohne bestimmte Gedankenrichtung zu empfinden, was Magdas Gesundheitszustand erlaube und fordere, was sie dürfe und was ihr zu schaden vermöge. So von ihrer Großmutter, von Erich Billrod wie von mir, den einzigen drei Menschen, mit denen sie zusammenlebte, sorglich vor jeder Schädlichkeit behütet, wuchs sie kräftiger auf, als der Arzt zu hoffen gewagt hatte. Sie blieb nicht hinter den Mädchen ihres Alters zurück, nur ihr Gang behielt das Schleppende, wie einst, ermüdete sie bei größerer Anstrengung und rief oft plötzlich das warnende Herzklopfen wach. Dann lag wohl eine Minute lang auch der schwermütige Duft wieder über ihren Augen, doch unter unseren besorgten Fragen sank er ebenso schnell wieder ab, zerging wesenlos wie ein Wölkchen, das die Sonne am blauen Himmel aufsaugt.

Warum schloß Erich Billrod sich fast von allen Menschen der Stadt ab, die ihn als einen Sonderling, einen rücksichtslosen, unfeinen, spöttischen und frivolen Beobachter mieden, fürchteten und verdammten – die ihn gefeiert und bewundert haben würden, wenn er sich nur den Zwang auferlegt hätte, seine Mißachtung und seinen Widerwillen gegen sie zu verbergen – und ließ im ausschließlichen Verkehr mit uns seine andere Natur zu Tage treten? Warum lebte er in einer Stadt, in der nichts ihm Zuneigung einflößte, als zwei Kinder, und warum häufte er auf diese, unausgesprochen noch mehr als in klar ausgedrückten Worten, den ganzen Wärmereichtum seines Herzens? Freilich bei Magda bedurfte es keines anderen Grundes als ihres eigenen Wesens. Wer konnte sie sehen, ohne sie zu bemitleiden, sich an ihr zu freuen und um sie trauern, ohne sie lieb zu haben? Sie war ein Pflänzchen, dem von der Natur bestimmt worden, schlank und freudig in die Luft empor zu wachsen, doch im ersten Frühling hatte der Schnee sich auf sie gelegt, sie auf den Boden zurück gedrückt, und nur der Blütenkelch ihres Antlitzes vermochte sich so zart und lieblich zu entfalten, wie er sich auf dem schlanken Stiel zu wiegen berufen gewesen. Vielleicht duftreicher so über dem gehemmten Blätterwuchs und der liebevollen Pflege des Gärtners höher an Wert, als andre, deren Kraft ausreichte, sich selbst der Sonne zuzuwenden und sich ihr volles Teil an der Daseinsfreude zu erobern. Erich Billrod hatte ein schwermütigeres, bezeichnenderes Gleichnis für Magda Helmuth gebraucht, das mir nie aus dem Gedächtnis entfiel; sie war ein weißer Schmetterling, der im Schatten nach Sonnenuntergang flog.

Aber warum liebte Erich Billrod mich? Was war ich ihm, jetzt und dereinst, konnte ich ihm jemals bieten? Ich fühlte, daß ich immer, wie die Jahre kommen mochten, hinter ihm in demselben Abstand zurückbleiben müsse, ihn nie erreichen werde, um selbständig, nicht nur nehmend, sondern gebend neben ihm zu stehn.

Schon manchmal hatte ich ihn vergeblich gefragt, wenn auch nicht mit graden Worten, ich tat's heut noch einmal. Der Wind schauerte die Dämmerung über's Wasser und warf uns den Schaum der rollenden Wellen ab und zu leissprühend ins Gesicht, und ich fragte plötzlich:

»Warum liebst Du mich, der nichts ist und nicht imstande ist, Dir etwas zu geben?«

Er blieb der unvermuteten Anforderung gegenüber eine Weile stumm, ich fühlte nur mehr, als ich es sah, daß seine Augen auf mir ruhten. Dann lachte er in dem Tone, der mir besagte, daß ich keine Antwort erhalten würde, und erwiderte:

»Du mußt Psychologie studieren, Reinold Keßler, da wirst Du erfahren, daß man nicht diejenigen liebt, von denen man empfängt, sondern die, welchen man gibt. Und kommst Du zu einem Philosophen vom Fach in die Lehre, wird er Dir Deine Frage dahin kommentieren, die Liebe sei blind, unberechenbar und eine unbegreifliche Torheit, ein Fall, der halbwegs auf uns paßt, denn ein Auge muß ich Dir gegenüber dann und wann zudrücken. Es kommt indeß auch vor, daß die Liebe sehend und klug ist, Leute wollen das erlebt haben. Sonst weiß ich Dir keinen Aufschluß zu geben, als daß wir vielleicht einmal während der Seelenwanderung, die noch das Klügste aller transzendentalen Hirngespinste ist, auf einem andern Steine zusammengetroffen sind, von dem her ich Dir für etwas Dank schulde, den ich Dir hier unten mit dem unbewußt abtrage, was die Menschen Liebe benennen. So wird überhaupt diese philosophische unbegreifliche Torheit vermutlich zusammenhängen.«

Ich hatte heut im Dunkel mit den rauschenden Wellen unter mir Mut und versetzte:

»Du sprichst anders, als Du denkst; daß Du lachst, ist keine Antwort und keine Wahrheit.«

Doch ich erschrak, denn er fuhr heftig auf: »Wer gibt Dir ein Recht, Wahrheit von mir zu verlangen, Reinold Keßler? Gäbe ich sie Dir, wer weiß, ob in ihrem Spiegel die Liebe sich nicht als ein tötlicher Hohn erkennen und in Haß umwandeln würde!«

Der Wind brauste, rieselndes Gestein rollte unsichtbar mit dem Wellenschlag vorwärts und zurück, mit beklemmter Brust saß ich, ins Dunkel horchend, stumm und antwortlos. Dann sagte Erich Billrod freundlich, offenbar mit ausgestrecktem Arm vor sich hinunterdeutend:

»Das da kann sehr zornig werden und ist dann höchst unvernünftig, wie alle zornigen Geschöpfe. Ich glaube, es spürt heut abend Lust dazu – wir wollen ihm aus dem Wege gehen, Reinold – das Richtigste, was man der Unvernunft gegenüber tun kann.«

Er stand auf, legte den Arm um meine Schulter und wir gingen zur umdunkelten Stadt zurück.

*

Die letzte Charakterisierung des Wassers sollte sich uns nach einigen Tagen als zutreffend bestätigen. Es war ein schöner Sommernachmittag, vermutlich der eines Sonnabends, als ein schulfreier, und Erich Billrod, Magda und ich segelten, wie oftmals, in einem Boot auf die Hafenbucht hinaus. Eigentlich ließ es sich kaum so nennen, die Segel spannten sich nur leise in der fast windstillen Luft, und Erich Billrod und ich ruderten, hielten inne und trieben eine Weile auf der spiegelnden Fläche. Um uns lag die Welt friedlich und heiter, ein Podiceps zog, sich langhalsig umblickend, vor uns auf, tauchte unter und schoß hinter unserm Steuer wieder in die Höh'; darüber stieg das Spiegelbild des grünen Kirchturms so tief und so klar ins Wasser hinab, wie sein Goldknauf ins Blaue aufragte. Auch Magdas über den Kahnbord vorgebeugtes Gesicht kam aus der Tiefe wieder zurück und schaukelte langsam neben uns her. Es hatte leicht rot überhauchte Wangen und helle Augen, denn die Seeluft tat ihr allemal wohl und färbte ihre Züge mit frischerer Gesundheit. In Wirklichkeit sahen wir uns nicht an, aber von drunten blickten die Bilder uns gegenseitig ins Gesicht. Sie lächelte und strich manchmal mit ihrer zartfingerigen Hand kurz über die Fläche, daß diese sich in kleine Kräuselwellen verwandelte und ihr Bildnis darunter verschwand. Doch dann kam es, wie aus Nebeln tauchend, wieder, allmählich deutlicher, voll und ganz, und ihre Augen nickten mir zu. Es war ein hübsches Spiel und ein träumerisches Spiel, grad' wie es für die weiche, träumerische Sonnenluft paßte.

»Aufgepaßt, Reinold!« kommandierte Erich Billrod jetzt, »es kommt Ostbrise.« Flimmernd, leicht dunkel gewellt zog's aus der genannten Richtung über die Glätte daher, der Wind bauschte im nächsten Augenblick die Segel, deren Umlegung mir oblag, und wir flogen luftiger dahin. Unser heutiges Nachmittagsziel bildete eine kleine Insel, etwa tausend Schritt vom jenseitigen Ufer entfernt und kaum tausend Schritt auch im Umfang haltend. Ein winziges Eiland mit einigen Bäumchen und Gartensträuchern darauf, das Frau Helmuth, oder vielmehr Magda gehörte, denn der Vater der letzteren hatte es einstmals gekauft, um während seiner Abwesenheit auf Seefahrten für seine Mutter, Frau und Tochter eine Sommerwohnung dort einzurichten. Dann waren nur die Großmutter und Magda übrig geblieben, und sie hatten die Insel und das darauf befindliche Häuschen an Bewohner des gegenüberliegenden Fischerdorfs vermietet, um ihr kleines Einkommen dadurch wenigstens um ein Geringfügiges zu vermehren. Ab und zu war, besonders auf Anraten des Arztes, der die Zuträglichkeit der Seeluft für Magda erkannte, die Rede davon gewesen, daß sie, zum mindesten für die Sommermonate, auf die Insel hinausziehen wollten, allein die Schwierigkeit des Umzugs und die gleichzeitig daraus erwachsende pekuniäre Einbuße hatte jedesmal hingereicht, den Gedanken ebenso schnell, wie er entstanden, wieder fallen zu lassen, zumal da Magdas Befinden in den letzten Jahren keine sich steigernde Besorgnisse einflößte. Bei der Entfernung von der Stadt, die immerhin eine Stunde betrug, kamen wir jedoch nur selten, stets unter der Bedingung günstigen Windes für die Hin- und Rückfahrt, auf das kleine Eiland, und es bildete immer ein Fest für uns, wenn Erich Billrod ankündigte, daß wir die Insel besuchen wollten. In diesem Jahre geschah's zum erstenmal, und wir blickten der näher Kommenden mit freudiger Erwartung entgegen.

Sie lag auch schöner da, als wir uns erinnerten, sie je gesehen zu haben. In der Mitte kaum um mehr als ein halb Dutzend Fuß über den Spiegel gehoben, ward sie am seichten, mit feuchtglänzenden Steinchen und Muscheln bekränzten Strand rundhin von kleinen Wellen umplätschert; Sanddistel und graugrünes Ufergras, mit moosartig den Boden überziehendem, gelblichblühendem Steinbrech untermischt, umflochten den leis anschwellenden höheren Rand. Die Bäume und Sträucher deuteten alle, nach der nämlichen

Seite gleichsam zurückgekämmt, die vorherrschende Windrichtung, halb verdunkelten sie das von grünbemoostem Stroh überdachte Häuschen, halb ließen sie die kleinen, grüngerandeten Fenster freundlich hervorblicken. Es war Rosenzeit, und alle Wände zeigten sich dicht mit weißen und roten Kelchen übergittert, die hochverrankt bis an die grauen Holz-Pferdeköpfe des Giebels hinankletterten, so sommerfröhlich, heimlich leuchtend und in die Ferne schon ihren süßen Duft ausströmend, daß Magda beglückt ihre Hände zusammenschlug und ausrief: »Ich möchte doch, daß wir hier wohnen müßten, – Schöneres kann es auf der Welt nicht geben!«

»Als daß wir uns dann nicht jeden Tag, sondern höchstens alle Monat sähen – fändest Du das so schön, Magda?« fiel ich scherzend ein.

Sie griff mechanisch nach meiner Hand und hielt sie fest. »Nein – ich war recht töricht, vergieb mir, Reinold! Oder doch nicht – denn das verstand sich ja von selbst, daß Du mit uns hier wohnen müßtest–«

»Doch bei mir verstand sich's nicht von selbst,« sagte Erich Billrod jetzt, und es klang mir eigentümlich, als ob eine leise Bitterkeit sich in den Ton einmische, »und ich müßte sehen, wie ich bei Wind und Wetter zu Euch herauskäme, nicht wahr?«

Magda sah ihn einen Augenblick halb nachdenklich an und versetzte dann eilig:

»Nein, ebenso wie bei Reinold – wie magst Du das sagen, Onkel Billrod – gehören wir drei nicht überall zusammen? Und wenn Du nicht hier wohnen könntest, wie wollte ich mich täglich auf die Stunde freuen, wo Du kämst, und Dich mit etwas Hübschem überraschen, das Reinold und ich für Dich ausfindig gemacht. Ach, es wäre doch herrlich!«

»Daß Du so krank wärest, um hier sein zu müssen.« Er ergänzte es, und es tönte mir halb hart, halb spöttisch durch die sonnige Luft ins Ohr, so daß ich mich überrascht nach dem Ausdruck seines Gesichts umwandte. Doch ich gewahrte es nicht, er hatte sich gleichzeitig abgedreht, um das Segel zu befestigen, wir liefen den kleinen Hafensteg der Insel an, das Boot legte sich an die muschelüberzogenen Bretterpfosten, und Erich Billrod fügte seinen letzten, sonderbar, mir fast herzlos erklungenen Worten in verändertem, scherzendem Tone nach:

»Hier ist Dein Reich und bist Du die Herrin, Magda Helmuth. Willst Du mich auf Deinem Grund und Boden haben, mußt Du mir die Erlaubnis dazu geben.«

Seine vorherigen Worte hatten Magda ebenfalls betroffen gemacht, denn sie fühlte an ihnen, daß sie ihn mit etwas gekränkt haben müßte. Doch jetzt schlug sie über seine wieder verwandelte Stimme glücklich, die Augen zu ihm auf, bewegte sich, so rasch sie konnte, an ihn hinan, suchte, die Hand nach ihm ausstreckend, allein den Steg zu erklimmen und sagte mit komischer Grandezza:

»Ich lade Dich ein, mich auf mein Schloß hier zu führen, Onkel Billrod –«

Er sprang zu, ergriff ihre Hand und hob sie auf die Bretter. »Du wärst beinah' ausgeglitten,« zürnte er mit zärtlichem Vorwurf und hielt sie auf dem schmalen, geländerlosen Steg, bis sie das Ende erreicht, sorglich den Arm um sie geschlungen. »Komm, nun führe mich auf Dein Feenschloß, und der Bootsmann Reinold kann das Festlegen der Kette besorgen.«

Wirklich ein heimliches Plätzchen wasserummurmelter Erde war's, für den Glücklichen nicht schöner zu denken, und für den Traurigen jedenfalls ein stilles Asyl, das den Gram in trostvolle Einsamkeit hüllte, den Lärm, die Neugier und die Fragen der Welt von ihm fernhielt. Drüben am Schluß der Bucht lag, von dem grünen Turm übergipfelt, halb noch unterscheidbar wie ein freundliches Bild die Stadt und ließ die dumpfluftige Enge, den Schmutz ihrer Gassen, das Bleilicht ihrer Wohnungen und die Art ihrer Menschen nicht ahnen; nach der andern Seite dehnte sich uferlos die blaue See. Zur Rechten hinüber an der benachbarten Küste reihten sich unter den Abhängen goldgelber Kornfelder die rauchumzogenen Strohdächer des Dorfes in lückenhafter Kette am Strande hin. Man sah deutlich die Fischer ausbessernd an ihren großen aufgehängten Netzen stehn, die Kinder barfüßig in die Uferwellen hineinlaufen oder sich im tieferen Flugsand des höheren Randes staubaufwirbelnd umhertummeln. Vom Steg, nachdem ich das Boot angekettet, dem Häuschen zuschlendernd, hielt ich noch eine Minute überrascht inne, denn vor mir in die offene See hinaus gewahrte ich plötzlich etwas mir Unerklärliches, wenigstens Fremdartiges, das ich noch nie zuvor gesehn. Der blaue Spiegel hörte draußen mit einer scharfabgeschnittenen Linie auf, die mir als der weißbewölkte Himmelshorizont erschienen und nicht aufgefallen wäre, wenn sich der klar begrenzte Strich nicht von der Wasserfläche über das entfernte linksseitige Ufer der Bucht mit fortgezogen und dies teilweise völlig verhüllt hatte. Es sah phantastisch aus, wie eine herabgestiegene Wolkenbank, oben von schimmernden Aufwölbungen und silberglänzenden Kuppen gekrönt, doch unbeweglich still, wie das sommerabendliche Brauen des Fuchses über dem Wiesengrunde. Unfraglich barg sich kein Unwetter, nicht Blitz noch Regen in dem lichten Gewand; es mußte ein eigentümlicher Dunstnebel sein, den der warme Sonnentag aus dem Meere aufgesogen und den irgend eine besondere atmosphärische Ursache verhinderte, aufzusteigen und sich in der Luft zu zerstreuen.

*

Als ich das Rosenhäuschen erreichte, standen Erich Billrod und Magda schon im Gespräch mit den wohlbekannten Fischersleuten, die jenes bewohnten. Der Mann schien mir noch graubärtiger und verwitterter geworden, die Stirn der Frau mehr von Furchen durchrissen, Söhne und Töchter gewaltig in die Höhe geschossen, sonst waren sie die nämlichen seit meiner ersten Bekanntschaft mit ihnen. Auch die Milch war ebenso frisch, das derbe Brot und die geräucherten Fische mundeten so köstlich, wie sie uns vor Jahren zum erstenmal hier entzückt. Magda fand Freude daran, die Fiction Erich Billrods fortzusetzen und sich als Herrin des kleinen Eilandes zu geberden. Sie hatte sich – freilich, etwas im Widerspruch zu ihrer Souveränität, mit Erlaubnis der zeitigen Bewohner – eine weiße und eine rote Rose gepflückt, sie im Haar befestigt und führte uns – wieder mit eingeholter Erlaubnis – stolz durch die Räumlichkeit des Hauses. Die Zimmer waren nicht groß, doch hoher und luftiger, als sie von draußen vermuten ließen, überall nickten die Rosen zum Fenster herein oder schaukelten sich leise an den Scheiben. Mit beglückter Miene hing Magda ihrer Einbildung nach, daß sie wirklich in dem Häuschen eine zeitlang wohnen solle, und richtete blitzschnell und verständig für uns alle in der Vorstellung die Stübchen ein. »Da ist Großmamas Platz am Fenster, daß sie auf die offene See hinaussieht, und hier schlafen wir, und Dein Zimmer, Reinold, ist dies hier neben uns an. Da können wir uns durch die Wand wecken und guten Morgen zurufen. Onkel Billrod schläft dort über'm Flur, und die Milch und das Brot sollt Ihr immer ebenso schön und frisch bei mir bekommen, denn ich melke unsere Kuh auf dem Weidestück in der Frühe selbst. Fische selbst fangen und räuchern kann ich freilich nicht, aber ich hole sie täglich im Kahn von drüben aus dem Dorf und Butter und Eier dazu – nein, wie ungeschickt, Eier habe ich natürlich von eigenen Hühnern, und Gemüse und Küchenkräuter baue ich im Garten. Außerdem braucht Ihr keine Angst zu haben, daß ich laufe, denn dazu ist die Insel zu klein – nun, was sagt Ihr zu meinem Reich und zu seiner Schloßherrin?«

Ihre Augen leuchteten so sonnenheiter, wie ich sie kaum jemals noch gesehen; es war ein köstlicher Nachmittag, Erich Billrod mußte an den Aufbruch mahnen, wir hätten nicht daran gedacht. Er blickte, neben dem alten Fischer stehend, noch einmal bei der Verabschiedung über die Insel und sprach einen, offenbar aus der Anschauung in ihm geweckten Gedanken aus, daß die Erhöhung des Eilandes über den Wasserspiegel eine ausfallend geringe sei und daß ihm bei einer außergewöhnlichen Sturmflut Gefahr vorhanden scheine, die ganze Insel könne einmal überschwemmt und das Haus selbst von den Wellen mit fortgerissen werden. Doch der Alte erwiderte kopfschüttelnd: »Das täuscht, Herr Doktor, 's ist höher als man so glaubt, und das Wasser müßt schon zwölf Fuß über hohen Stand, wie heut, steigen, um an's Haus zu kommen. Im Dorf weiß keiner von Urgroßvätern her, daß es jemals so gewesen, und man erzählt sich's nur, vor ein paar hundert Jahren war's einmal drüber weggegangen, daß eine Kuh von hier da an's Land hinüber schwimmen gewollt und unterwegs ertrunken sein soll. Aber die Leute reden aus der alten Zeit, die keiner mit Augen gesehn, viel, und ich glaub's nicht, denn seit sechzig Jahren versteh' ich mich auch auf unser Wasser hier und da ist's nie höher gekommen, als bis an den Baum da, und das auch nur ein einzigsmal.«

Wir gaben dem Alten zum Abschied die Hand und sagten bedauerlich, daß wir ihn nun in diesem Jahr wohl nicht wiedersehen würden, allein er versetzte:

»Kann man nicht wissen, 's weiß keiner, wie Wind und Wetter wehen. Heut so, morgen so, 's dreht sich wie in Menschenköpfen, die auch wohl 'ne Windfahne unter den Knochen haben. Uns findet Ihr aber immer ebenso; freilich mit Euch ist's was anders – wenn man Euch ansieht, kann man Euch eigentlich wohl nicht ›Du‹ mehr heißen. Na, ich will's ›Sie‹ für's Fräulein und den jungen Herrn noch aufsparen bis zum nächsten Jahr. Lebt wohl, und sobald Ihr auch wiederkommt, Ihr seid uns jederzeit willkommen.«

Der Fischer ging zurück, Erich Billrod führte Magda wieder über den Landungssteg und hob sie ins Boot, während ich die Kette löste. Mein Blick ging dabei über die Wasserfläche, und mir war's, als setzte sich die weiße Bank seewärts, die, wie ich eben zuvor wahrgenommen, regungslos wie vor einer Stunde drüben gelegen, mit einem Ruck in Bewegung. Doch gleich danach eifrig beschäftigt, die Segel loszumachen, achtete ich nicht darauf. Erich Billrod setzte sich an's Steuer, drehte es herum, und der Wind summte in die Linnen, schwellte sie leis und trieb uns von der Insel ab, dem Goldgefunkel der schrägen Nachmittagssonne entgegen. Etwa zwei- bis dreihundert Schritt nach meiner Rechnung, dann flog mir plötzlich etwas wie ein weißes Schleierstück von hinten an den Augen vorüber, und eine Sekunde hinterdrein drehte es mich wirbelnd im Boot herum. Kein krachender Stoß, sondern ein ungeheurer breiter Schlag traf aus der vor uns vollblauen Luft in die Segel und drückte sie mit widerstehlicher Wucht' auf das Niveau des Wasserspiegels herunter. Ich sah noch, wie Magda den Halt verlor und kopfüber in eine mit fabelhafter Schnelligkeit hoch aufrauschende Welle hinausstürzte und hörte einen Schrei Erich Billrods. Dann war der Boden unter mir ebenfalls gewichen, offenbar das Boot gekentert, oder mit Wasser gefüllt, gesunken, die Wellen schlugen mir über Augen und Mund und schleuderten mich, des Atems beraubt, einige Momente halb besinnungslos umher.

*

Ich war ein geübter Schwimmer, so daß ich mich, zum Bewußtsein des Geschehenen gelangt, trotz dem hohen Seegang und meinen Kleidern oben hielt und nach meinen verschwundenen Begleitern umherzuspähen versuchte. Doch von ihnen war nichts zu gewahren, wie überhaupt nichts von der Welt ringsum. Ein weißer, rinnender Schleier jagte windgepeitscht unablässig über die schwarzen Wellenberge und ließ auf doppelte Armeslänge nicht das geringste mehr unterscheiden. Die Ufer der Bucht, selbst die Insel, die uns noch eben nah' im Rücken gelegen, waren verschwunden; hinter der weißen Bank hatte, von keinem Auge vorher wahrnehmbar, der Sturm gelauert, plötzlich auffahrend mit einem Stoß den Nebel in Bewegung gesetzt und im selben Augenblick, in dem er unser Segel getroffen, auch alles um uns her mit der verhüllenden Wolkenmasse überzogen.

Erich Billrod – es war das letzte, was ich gesehn – hatte sich unmittelbar nach dem Umschlagen des Bootes der Richtung zu, in der Magda verschwunden, über Bord gestürzt. Er mußte sie erreicht haben, war kraftvoll und mir im Schwimmen noch überlegen; ich sagte es mir zum Trost, während ich ziellos umherruderte und durch den Nebel laut zu rufen versuchte. Aber die Wellen gingen zu hoch, dazu empfand ich mit einemmal, daß meine durchtränkten Kleider mich schwerer hinunterzuziehen anfingen, und das Gefühl kam über mich, die Kraft würde mir, wenn ich nicht bald Land erreiche, versagen. Doch lag nichts Erschreckendes für mich darin, eher etwas Traumhaftes mit sonderbaren, freundlichen Visionen. Ich sah den grünen Kirchturm vor mir, nur blickte er wunderlicher Weise nicht auf die braunen Dächer meiner Vaterstadt herab, sondern auf die besonnten Kieswege eines Gartens mit blühenden Orangen, Oleandern, Rhododendren, und zwischen diesen stand blauäugig und rotwangig Anna Wende und lachte: »Siehst Du, ich hatte Recht, daß wir uns nie wiedersehen würden.« Dann kam's aus allen Wegen über uns von schwarzen Zylindern, Blumenhütchen und Sonnenschirmen herangewimmelt und überfloß mir Augen, Lippen und Sinne, daß ich fühlte, wie ich langsam darin untersank. Doch in der nächsten Sekunde stieß mein Fuß auf etwas Festes, ich versank nur bis an den Nacken und behielt den Kopf frei über dem Wasser. Mechanisch weiter fortschreitend, befreite ich mich bis an die Arme, das Bewußtsein kam zurück und die Erkenntnis, daß ich in glücklichem Zufall die einzig Rettung bietende Richtung eingeschlagen haben und mich auf dem seicht abfallenden Vorstrand der Insel befinden mußte. Von dieser selbst war noch nichts zu entdecken – mit dem kehrenden Bewußtsein aber stieg mir eine plötzliche, tätliche Angst zu Häupten, die sich aus bisheriger, nebelnder Verschwommenheit meines Denkens aufrang, Erich Billrod könne die Richtung nach der Insel verfehlt haben und mit Magda in die offene See hinaus schwimmen, und ich schrie, so laut ich vermochte, besinnungslos seinen und ihren Namen über die Wellen. Herzklopfend wartete ich auf Antwort; sie kam nicht, immer nicht, so oft ich den Ruf wiederholte. Dann endlich klang's mir fernher wie ein keuchender Ton, ich rief: »Hierher! Hier ist die Insel!« und ein Aufklatschen nicht von Wellenart schien darauf zu erwidern. Mein Mund fuhr unablässig mit seinem deutenden Ruf fort, und das Plätschern näherte sich, ward unverkennbar. Nun tauchte ein Gesicht aus Nebel und Wasser, und ein zweites, dicht daran geschmiegt, doch noch höher über dem Wasser gehalten – seltsam, mir war keinen Augenblick ein Zweifel gekommen, daß Erich Billrod Magda gerettet haben müsse und eher selbst in die Tiefe nachgesunken sein würde, als ohne sie an's Ufer zu kehren – und er kam mit ihr, deren Haar aufgelöst im Wasser nachschwamm, und sein Auge suchte mich. Doch es lag etwas Starres in dem Blick, der mir deutlich besagte, es sei der letzte Moment gewesen und seine starke Kraft gebrochen. Sein Wille reichte noch aus, den Grund zu gewinnen und taumelnd neben mir an's Ufer zu schreiten. Ich wollte Magda umfassen, ihn von seiner Bürde befreien und sie auf die Arme nehmen, aber er hielt sie gewaltsam umklammert und stieß ein ächzendes, fast feindselig klingendes »Nein!« zwischen den Zähnen hervor. Dann hatte er mit ihr den Strand erreicht, seine Arme lösten sich von ihr ab, und er fiel ohnmächtig in den weißen Sand.

Magda stand neben mir, blaß und leicht zitternd, wie eine Nixe von ihrem triefenden Haar umflossen, doch unverletzt und die hellen Augen glückselig auf mich gerichtet. Unwillkürlich war meine erste Frage: »Hast Du böses Herzklopfen, Magda?« – »Jetzt nicht mehr, da Du gerettet bist, Reinold,« antwortete sie; »nur vorhin, bis ich Deine Stimme hörte. – Wo sind wir? In meinem Reich? O wie leicht kann ein Königtum zu Ende gehen!«

»Wenn es keinen so treuen Beschützer gehabt,« sagte ich, mich auf Erich Billrods regungsloses Gesicht niederbeugend.

Nun kniete sie ebenfalls ängstlich an ihm nieder. »O Gott, Onkel Billrod, ich hatte ihn ganz vergessen. Wir müssen die Leute holen, um ihn ins Leben zu bringen, Reinold.«

Der alte Fischer stand, als wir kamen, vor der Tür und sah in den Nebel. Wie er unserer ansichtig ward, lachte er: »Habt Ihr beigedreht? Seht Ihr, 's weiß keiner, wie Wind und Wetter kommt und wann man sich wiedersieht.« Dann aber erkannte er unsern Zustand, wir berichteten schnell, und er rief seiner Frau ins Haus: »Zieh Magda um, daß sie nicht kalt wird!« Auch seine Söhne kamen auf den Ruf, und wir eilten an die Stelle hinaus, wo Erich Billrod zurückgeblieben. Der Alte fühlte ihm nach der Stirn und dem Herzen, nickte philosophisch und sagte: »Hat nichts zu bedeuten, ist ein Wasserschlaf, aus dem man gesund wieder aufwacht. Aber singen hat er sie drunten gehört.«

Wir trugen den noch immer Bewußtlosen gemeinsam ins Haus, der Fischer kleidete ihn aus und brachte ihn ins Bett, während einer der Söhne Kleider für mich aus dem großen Wandschrank holte. Mir war das letzte Wort des Alten im Kopf hängen geblieben, und ich fragte ihn:

»Was heißt das, sie drunten singen zu hören, und wer singt?«

»Ja, wer sie zu sehen kriegt,« antwortete er in seiner gleichmütigen Sprechweise, »der kann's nicht mehr sagen. Nur wer einmal dicht davor gewesen, aber noch wieder heraufgekommen ist, weiß davon zu erzählen. Ich hab's auch einmal gehört, 's ist ein Singen im Ohr, hübscher als irgend was hier oben, und dabei fällt einem dann noch einmal das ein, was einem auf der Welt das Liebste gewesen ist, und so geht's vorbei. Jeder, welcher das Singen gehört hat, sagt, so wär's, und wenn man doch wieder heraufkommt, weiß man's eben besser, als vorher, was einem das Liebste ist!«

Erich Billrods Stimme unterbrach ihn vom Bett her. Er war noch nicht zur Besinnung gekommen, aber seine Lippen murmelten ein Wort und wiederholten es dann lauter, angstvoller. Offenbar trieb er im Traum noch über der umnebelten Tiefe, denn das Wort, das er, mit den Händen über sich greifend, ausstieß, war: »Magda!«

»Woll'n ihn schlafen lassen und dann ein ordentliches Glas mit steifem Rum, das kuriert alles und kann Dir und der Magda auch nicht schaden,« meinte der Alte, und wir gingen in die Wohnstube hinüber. Als ich eintrat, befand Magda sich schon dort, und wir standen uns gegenüber und lachten beide hell auf. Sie sah zu wunderlich in den Holzschuhen, den dicken Wollenröcken, dem umgeknoteten braunen Kopftuch der Fischersfrau aus, in dem derben Mieder, darin ihr Oberkörper zweimal Platz zu haben schien, und aus dessen langen Aermeln ihre kleinen Hände nur mit mühsamer Anstrengung, doch wie die einer verkleideten Fee hervorschlüpften. Der grobe Gewandstoff mochte in der Tat den Gegensatz steigern, allein mir fiel zum erstenmal auf, daß ich nie ein Mädchen oder eine junge Dame gesehen, die so besondere und schöne Hände besessen hätte, als Magda Helmuth. So schmal und durchsichtigweiß und feingeädert, so zart die Gelenke der langgestreckten Finger, die Nägel so rosenblattgleich. Sie schlug mir die beiden Hände jetzt um den Nacken zusammen, trat zurück und betrachtete lachend meinen Fischeranzug, der mir auch komisch stehen mochte; dann ließ sie sich wieder in ihrem bäurischen Kostüm bewundern. Dies verdeckte den Fehler ihrer Gestalt, ließ ihn sogar beim Gehen kaum hervortreten, und sie mußte selbst ein Gefühl davon haben, das ihr Freude bereitete, denn sie wiederholte mehrmals: »Bitte, sieh mich an, Reinold! Soll ich immer so gehen? O ich möchte tanzen!« Und sie drehte sich fast ausgelassen im Kreise herum.

Das kalte Bad, der Schreck und die Anstrengung hatten ihr offenbar wirklich nicht geschadet, und da sie erfahren, daß für den Onkel Billrod keinerlei Besorgnis zu hegen sei, kam eine ihr fremde, übermütige Fröhlichkeit zum Ausbruch und sie jubelte über die seltsame Fügung, die uns sobald auf die Insel zurückgebracht. »Das ist doch gewiß ein Zeichen, daß ich die Frau vom Hause hier sein soll,« lachte sie und schenkte mir den von der Fischerin bereiteten Kaffee ein – »Du sollst es auch süßer als anderswo bei mir haben« – und ihre rosigen Fingerspitzen griffen in die Steingutkumme, die als Zuckerschale diente, und füllte meine Tasse mit doppeltem Maß. Ja, sie streckte die Hand sogar nach dem Gläschen mit Rum, das der Alte mir brachte, nahm es behend vorweg und schlürfte einige Tropfen von dem übervollen Rande. Aber mit dem Ausruf: »Das ist ja wie Feuer und macht noch unkluger im Kopf, als ich schon bin!« reichte sie mir das Glas zurück und griff hastig – immer mußte ich heut ihre Hände dabei betrachten – nach ihrer Tasse, um das Brennen auf der Zunge wieder zu löschen. Wir saßen, plauderten und erzählten, stellten Vermutungen auf, wo unser Boot geblieben sein möge und wie wir nach Hause kommen sollten. »Wär's nicht um die Großmama, die sich ängstigen würde, ich bliebe am liebsten die

Nacht hier,« meinte Magda. »Wer weiß, ob's uns noch einmal im Leben wieder so hübsch wird.« Da Wind und Nebel anhielten, äußerte der Alte, es sei das Beste, daß er uns, sobald Erich Billrod aufgewacht, nach dem Dorf übersetze, von wo wir einen Wagen zur Rückfahrt in die Stadt bekommen könnten. Er ging, Anstalten dafür zu machen, auch die Frau verließ das Zimmer, und Magda und ich blieben allein. Der Nebel draußen füllte das Stübchen mit früher Dämmerung, wir saßen dicht neben einander, und Magda erzählte mir auf meine Fragen, welchen Eindruck sie bei dem plötzlichen Umschlagen des Bootes gehabt, und was ihr zunächst geschehen. »Ich stürzte über Bord,« sagte sie, »und fühlte, daß gleich eine Welle mich aufhob und wieder hinunterwarf, daß mein Kopf ganz in dem schwarzen Wasser vergraben war. Aber fast ebenso schnell kam er auch wieder in die Höh', und ich versuchte mit den Händen zu tun, wie Du's mir manchmal vorgemacht hast, daß man schwimmen müsse. Es half indeß nichts, denn ich sank abermals unter und dann noch einmal und dabei fühlte ich, ich käme nicht wieder herauf. Doch es war gar nicht fürchterlich, ganz sanft, beinah' köstlich, wie wenn man sich recht müde zu Bett legt, und als ob etwas unter mir mit wundersüßer Stimme singe – und dann mußte ich noch an Dich denken, Reinold –«

Ihr schmales Händchen hatte sich bei der Erzählung ausgestreckt und, wie eine Stütze suchend, auf meine gelegt. Ich wußte nicht, warum es mich sonderbar, fast einem elektrischen Strome ähnlich dabei durchrann, und ich fiel ein:

»Und in dem Augenblick faßte Dich der Onkel Billrod?«

»Ja, mir war's fast – da ist er, ich höre seine Stimme auf dem Flur!« Und ihre Hand eilig von meiner zurückziehend, stand Magda auf und trat Erich Billrod in der Tür entgegen.

Zehntes Kapitel

Dem Schüler der unteren Klassen eines Gymnasiums erscheint in nebelhafter Ferne die Schwelle der Schule als eine Lebensstufe anderer Art – etwa wie wenn man von den Sprossen einer Hühnerstiege auf eine Marmortreppe gelange – wie ein fast unerreichbarer Märchenstrand schwebt sie ihm vor, an dem die kleine Erbärmlichkeit des täglichen Daseins wesenlos absinke und einer würdigen Stellung nach oben und nach unten Platz mache. Der Sekundaner trägt seine Bücher und Hefte nicht mehr in einem Ranzen, sondern frei oder von einem Lederriemen umschnürt unter'm Arm; er hat für Missetaten keine körperliche Ahndung, kein an der Wand Stehen für Versäumnisse und Verspätungen zu befürchten. Der Reife seiner Erkenntnis überhaupt und seiner Schulderkenntnis im speziellen gemäß, bemißt sich ihm die Sühne für jedes Vergehen vielleicht gewichtiger, als früher, aber der Strafkodex der Schulzucht enthält für ihn nur mehr das eine Wort ›Karzer‹, mit verschiedenen Abstufungen nach der Schwere begangener Sünden, doch immer hoch über die gemeine Vergangenheit schon durch den Namen emporgehoben, der an die schrankenlos und menschenwürdig am Schlusse des Abiturientenexamens harrende Freiheit gemahnt. Es gibt einen jüngeren Lehrer, der den Sekundaner mit ›Sie‹ anredet – einige ältere sogar kleiden bei Zusammenkünften außerhalb des Schulgebäudes ihre Ansprache in die witzige Formel: »Hier nenne ich Dich Sie, aber morgen früh nenne ich Sie wieder Du« – das kindische Umhertollen auf dem Hof in den Pausen hat aufgehört. Die gestern noch Kollegen, *socii malorum* waren, sind Schulknaben, bemitleidungswerte Geschöpfe, doch zugleich auch bereits Heloten geworden; *noblesse oblige*, der höhere Rang legt höhere Verpflichtungen auf, und der Sekundaner durchschreitet nach dem Vorbild des Primaners im Gespräch auf- und abwandelnd die Freistunde. Er fühlt, daß ihn von jenem ein unermeßlicher Abstand noch trennt, doch ist dieser mehr praktischer als ideeller Natur und der Zwischenraum dann und wann überbrückbar. Der Primaner *kann* sich zu ihm herablassen, ihn in irgend einer Angelegenheit als einen Gleichen behandeln, wie der Minister auf dem neutralen Boden der Gesellschaft sich einem nicht seinem Ressort untergebenen höheren Beamten scheinbar eine Stunde lang menschlich gleichzustellen vermag. Das alles winkt an der Schwelle der Sekunda und der an's heißersehnte Ziel Gelangende setzt mit heimlichem Freudebeben den Fuß über sie hin.

Er ist in seinem Stolz ein sehr törichter Bursche – man kann ihn auch treffender noch einen recht dummen Jungen nennen – aber er könnte etwas zu seiner Entschuldigung vorbringen, mit dem er allem Lachen und Spotten der Klugen den Mund zu stopfen imstande wäre. Daß die Spötter alle selbst, ohne Ausnahme, wie alt sie auch seien und würden, mit jeder Hoffnung nach jedem erharrten Glück noch grade so voraussähen, wie der Schüler nach dem Feenreich der Sekunda. Daß sie ihre Träume grade so daran hängten, das erstrebte Ziel mit goldenen Kränzen der Phantasie umflochten, nur das Eine als Wunderstufe ihres Daseins herbeisehnend, und daß, wenn sie den Fuß über seine Schwelle gesetzt, alles grad' so geblieben wie zuvor, nur daß ein glänzender Punkt vor den Augen erloschen und sie umher suchen müssen, in dem Nebel der Zukunft ein neues zauberisches Irrlicht zu entdecken.

Diese Art von Repitition in der Schule des Lebens ahnt freilich der Sekundaner noch nicht, sondern sendet aus seiner Enttäuschung gläubig vertrauensvoll den Blick um eine Staffel weiter nach der Prima voraus, und es gibt Leute, welche Sekundaner bleiben, bis der Tod ihre Augen zudrückt, die noch im letzten Moment eine tanzende Sternschnuppe vor sich gewahren. Aber alles in allem haben sie vielleicht von dem Glück der Erde grad' am meisten erjagt.

Wir waren alle Sekundaner, Fritz Hornung, Philipp Imhof und ich – selbstverständlich auch Eugen Bruma, doch auch selbstverständlich uns um mehrere Ordnungen vorauf – und nachdem wir acht Tage lang den Subrektor Beireis als Klassenordinarius mit dem Konrektor Schachzabel vertauscht gehabt, erkannten wir sämtlich, daß alles genau ebenso geblieben, wie es von je gewesen, und fanden uns mit der vollendetsten Philosophie darin, der man den Namen Jugendunverwüstlichkeit gegeben. Auch Fritz Hornung war durchaus der nämliche, wie aus den Tagen der Quarta, und gab zur Mutmaßung Anlaß, er werde es unverändert bis zum früheren oder späteren Abschluß seiner Tage überhaupt bleiben. Ich konnte ihn mir auch als Abiturienten aus dem Schlußexamen des Lebens nicht anders als mit einem gleichmütigen Achselzucken und fröhlichem Auflachen vorstellen, während Imhofs Zukunftswandlungen mir allerdings nicht viel Anreiz zum Nachdenken boten, aber desto klarer, dem Nebel des Kommenden schon vollständig entrückt, sich dem Auge bis zu ihrer letzten Vollendungs-Gestaltung darstellten. Er kehrte von jedem Ferienbesuch in seiner Vaterstadt mehr *gentleman-like* zurück, tadelloser im modernsten Schnitt seiner Kleidung, seines Hutes, im Lack seiner Glanzstiefel und der Farbe seiner Handschuhe, doch nicht zum Vorteil der äußeren Erscheinung, die das Bild seiner musterhaften Umrahmung ausmachte. Dies schien mir jedesmal mehr an Frische verloren zu haben, seine Gesichtsfarbe fahler, die Augen glanzloser geworden zu sein; seine Größe ließ ihn als noch nicht erwachsen erkennen, aber in den Zügen erinnerte nichts an eine Altersgenossenschaft mit Fritz Hornung. Er drückte sich uns gegenüber zumeist in französischen oder englischen Wendungen aus, die wir gemeiniglich nicht verstanden; indeß, wenn er sie uns übersetzte, pflegten wir größtenteils den Sinn ebenso wenig zu fassen, und er vermochte uns auch dies wieder dahin zu erläutern, daß eine Kleinstadt überhaupt keinen Begriff vom Leben beibringe und ihre Bewohner fortwährend auf einer Stufe knabenhafter Unkenntnis und kleinbürgerlichen Geschmackmangels erhalte.

Oberflächlich betrachtet, oder vielmehr von weitem glich ihm Eugen Bruma etwas, doch in der Nähe verschwand jede Aehnlichkeit, mit der nur das dunkle Haar und der schmalschultrige Wuchs täuschten. Bruma besaß weit feiner, gleichsam geistiger geschnittene Züge, deren Farbe nicht ins fahlgelbliche spielte, sondern von einer nie umstimmbaren weißen Blässe war. Das schwarze Haar hob diese noch und gab mit einer wohlgebildeten, unmerklich gebogenen Nase, mit, wenn auch etwas dünnen und festanliegenden, doch äußerst feingeschwungenen Lippen seinem Gesicht einen nicht gewöhnlichen, interessanten, geistreich zu nennenden Ausdruck. Seine Augen ließen sich nicht deutlich mehr erkennen, da er fast immer, seit Jahren schon, eine Brille trug, obwohl zufällige Anlässe ergaben, daß er ohne sie ebenso scharfsichtig war, als mit ihrer Benutzung. So gewahrte man nur viel Weiß zwischen den Lidern, während es vermutlich an der Spiegelung der Gläser lag, daß die dunklen Augensterne sich nie gradaus in das Gesicht eines vor ihm Stehenden zu richten, sondern etwas seitwärts daran vorbei zu sehen schienen. Wir standen zu Eugen Bruma, wie von jeher, in durchaus keinem andern Verhältnis, als die Gemeinsamkeit einer Hausgenossenschaft es am Mittags- und Abendtisch ergibt; auch in der Schule besaß er keine näheren Freunde und schien solche keineswegs zu entbehren, da er reichlichen Ersatz in dem vertrauten Fuß, auf dem er zu sämtlichen Lehrern stand, eintauschte, wie er zu Hause auch unserer nicht bedurfte, sondern gleicherweise im intimsten Verhältnis zu Doktor Pomarius vollstes Genüge fand.

»So nun kamen die Tage und gingen,« sagte der Vater Homer. Von allen klassischen Aussprüchen antiker Dichtung, Weisheit, Heldenmütigkeit und Seelengröße aber, die sich als analytische, syntactische, grammatikalische und stilistische Perlen an der Schnur der Tage vor uns aufreihten, prägte sich mir keiner tiefer, persönlicher ins Gemüt als ebenfalls ein Wort, oder vielmehr zwei Wörtchen des Vater Homer, die er aus seines Lieblingssohnes Hector ahnungstrübem Geist hervorbrechen läßt. »Ἔδδεται ἦμαρ – Kommen wird einst ein Tag –« meine Lippe summte es in jeglicher Beschwernis, schlimmer Erwartung oder böserer Erfüllung, die Finger kritzelten es auf den Rand meiner Broullions und ritzten es in die Tischplatte des Klassensitzes zwischen die rätselvollen Denkmäler meiner Vorgänger hinein. »Kommen wird einst ein Tag« – was er bringen solle, fügte freilich die Hand nicht hinzu und hätte wahrscheinlich der Kopf selbst häufig weder nach der Seite der Hoffnung, noch derjenigen der Befürchtung sich klar auszudrücken vermocht; doch »kommen wird einst ein Tag« kam mir sicherlich jedesmal auch halb unbewußt über die Lippen, wenn der Korridor des Gymnasiums mich jetzt im Sekundanerrange an der etwas seitab liegenden Tür des Karzers vorüberführte.

Und es kam auch ein Tag – in passender Auswahl war es ein Donnerstag – an welchem Professor Tix seine Ilias nach Ablauf der Stunde mit einer Handbewegung schloß, die uns allen sofort die beabsichtigte Anknüpfung eines noch vorhandenen Kommentars verständlich machte. Er überblickte musternd die Klasse und hub an:

»Es hat jemand seiner frivolen Gemütsart – hm-abera – Ausdruck geliehen und an der Karzertür mit Kreide angeschrieben – abera – »Ἔδδεται ἦμαρ – abera. – Er hat's aber nicht einmal richtig geschrieben – hm-abera – sondern ἦμαρ mit einem *spiritus asper* – abera. – Wer ist es gewesen? – abera – ich will ihm doch am nächsten Sonntag-Vormittag einige Stunden Zeit geben – hm-abera – über den richtigen *spiritus* für einen Sekundaner nachzudenken – abera.«

Es antwortete niemand; mir stand wie eine Vision die für den nächsten Sonntagmorgen lang voraus geplante große Segelfahrt mit Erich Billrod und Magda vor Augen, und wie durch Wellenrauschen klang mir Professor Tix' wieder gehobene Stimme an's Ohr:

»So müssen wir wohl einmal die griechischen Exerzitienbücher – hm-abera – nach der Handschrift collationieren – abera.«

Nun sagte plötzlich Fritz Hornung aufstehend: »Ich hab's getan.«

»So? – abera.« Professor Tix mußte einen Blick aufgefangen haben, den Fritz Hornung mir einen Moment vorher zugeworfen. »Also Sie haben es getan – hm-abera – kommen Sie mal heraus, Hornung – ich vergesse, daß ich nicht in der Prima bin – abera. Stell' Dich einmal an die Tafel, Hornung, und schreib' mit Kreide, was ich Dir sage: η – abera – nein, kein großes H, sondern ein kleines η – hm-abera.«

Fritz Hornung ließ den Versuch, den er mit einem großen H gemacht und malte mit äußerst nachdenklicher Hand ein η an die Wandtafel.

»So, und nun ein μ – abera – noch einmal, μ, μ – abera – jawohl Deine Mimik redet deutlich genug – hm-abera – und auch noch ein ρ abera –«

Die Kreide knirschte so auf der Holzplatte, daß weiße Stückchen davon herunterfielen –

»Und Du hast *protervitatem animi*, ich möchte sagen *impudentiam*, genug gehabt, Hornunge, – hm-abera – es sei Dein Eta, Dein My und Dein Rho auch an der Karzertür – abera?«

»Die Kreide hier ist zu roh,« antwortete Fritz Hornung kaltblütig, »ich hatte damals bessere.«

Doch ich sah an Professor Tix' auf mich blickendem Auge, daß das angebotene Opfer ein vergebliches sei, und sagte:

»Ich hab's geschrieben, Herr Direktor.«

»So, Du, Keßler? – hm-abera. Sieben Städte stritten sich um den Geburtsort des Mäoniden – abera – zwei Sekundaner streiten sich um die Vaterschaft eines falschen *spiritus* – abera. Ich will euch beiden einmal den richtigen *spiritus asper* ins Gedächtnis blasen – hm-abera – dem einen für seine Verlogenheit, daß er nicht geredet – abera – und dem andern für seine Verlogenheit, daß er geredet – hm-abera. Keßler geht am Sonnabend abend in den Karzer und bleibt bis zum Sonntag abend – abera – und Hornung löst ihn ab bis zum Montag – hm-abera. Kähler soll das Bettzeug wegnehmen für die beiden Nächte – abera – damit ihr auch einmal eine *sponda aspera* – abera – kennen lernt; es wird für euren *spiritus* gut sein – hm-abera.«

*

» *Perfer et obdura* – abera – *nam et haec meminisse juvabit* – hm-abera,« rezitierte Fritz Hornung, als Professor Tix die Klasse verlassen hatte. »Es wollte nicht, Reinold; warum mußt Du auch so verdammte schiefe griechische Krähenfüße machen, daß man ihnen Deine Urheberschaft im Stockfinstern anriechen kann! Na, nun kannst Du das Vergnügen haben, mir die alte Strohmatratze erst weich zu liegen.«

»Ich habe wahrhaftig keine Schuld daran, Fritz; weshalb warst Du so unsinnig und gabst Dich an?«

»Unsinnig? Ich verbitte mir den Tusch! Ich wußte, daß Du am Sonntag aussegeln willst, und da ich an dem Morgen doch nichts vorhabe, als höchstens Eugen Bruma mit Doktor Pomarius aus der Kirche kommen zu seh'n – Eta – my – rho – ra-abera so hätt's mir ganz gut gepaßt, denn, wenn Du auch kein Hector bist, Du hast ganz recht:

> Einmal muß kommen der Tag,
> da der heilige Karzer sich auftut –

und es ist gut, daß man sich rechtzeitig für die Studentenzeit einübt. Uebrigens ist's noch gewaltig lange bis Sonnabend abend hin und höchst unphilosophisch, jetzt schon daran zu denken. Imhof hat heut neue Lackstiefel an, die so eng sind, daß er kaum darin gehen kann; ich will ihm mal zufällig auf den Fuß treten, vielleicht hilft ihm das etwas. Schreien wird er nicht, denn das gehört nicht zum feinen Ton, und wenn er inwendig räsonniert, höre ich nichts davon.«

Trotz Fritz Hornungs philosophischer Zeitanschauung fand ich jedoch, daß der Sonnabend-Abend grade so rasch herankam, wie ein erwünschter Lebensmoment langsam näher zu schleichen im Gebrauch hat. Eigentlich schien es mir, hatte ich kaum Muße gehabt, etwas anderes mehr zu tun, als Magda und Erich Billrod davon zu unterrichten, daß aus meiner Teilhaberschaft am Sonntag nichts werden könne. Der Letztere nahm dies mit ziemlicher Gelassenheit auf und versetzte: » *Volenti non fit injuria*; warum warst Du ein *sciolus*, der durchaus wissen wollte, wann der Tag kommen werde? Man muß geduldig sein und abwarten, Reinold Keßler, und wenn Deine Schule hier Dich darin zum Meister ausbildet, so hat's die andre, die hinterdrein kommt, nicht nötig. Geh' mit Gott, oder vielmehr mit einem guten Buch in den Karzer und denke am Sonntag-Vormittag an uns, wenn wir auf dem blauen Wasser umherschwimmen.«

»Pfui, Du bist häßlich, Onkel Billrod; mach' Reinold doch nicht obendrein das Herz schwer!« zürnte Magda. Sie war äußerst empört und tat, was ich noch nie von ihr gehört, schalt auf Menschen und Dinge, die Schule und Professor Tix, nur nicht auf mich, der im Grunde doch die meiste Schuld trug. »Es ist abscheulich! und ich hatte mich so gefreut! Ist es denn erlaubt, Einem solches Unrecht anzutun, Onkel Billrod, und kann man sich gar nicht dagegen wehren?«

»Wenn Du mir sagen willst, was Recht und Unrecht in der Welt ist, kleine *sciola*,« antwortete Erich Billrod, fast als ob er an ihrem Zorn Vergnügen fände, mit lächelnder Miene. »Ich will nicht sagen, daß ich Reinolds griechische Uebungen auf dem Holz direkt als ein Verbrechen ansehe, das nur durch Todesstrafe gesühnt werden könnte, aber mich däucht, er hätte vor Hornung – der Bursche gefällt mir übrigens, trotz seiner beredten Verlogenheit – schon einen Mund gehabt, seine Autorschaft in Anspruch zu nehmen, und so will's mir scheinen, als ob Recht und Unrecht sich diesmal in beiden Schalen ziemlich das Gleichgewicht hielte, und wenn man das von einem Gymnasialdirektor sagen kann, so ist es über alles Lob erhaben. Tröste Dich im übrigen, Magda; heimlich ist dieser junge Gelehrte stolz, die erste Bekanntschaft mit dem Karzer zu machen – seine letzte wird es hoffentlich nicht sein – und da eine Sommernacht im Bett manchmal vor Hitze nicht schlafen läßt, überhebt Professor Tixens Fürsorge ihn der Befürchtung, die ein weicher Federpfühl erregen könnte. So bleibt also eigentlich nur abscheulich, *sciola*, daß Du übermorgen mit mir allein die Fahrt machen wirst, und ich danke Dir für das Kompliment, das Du meiner Begleitung damit ausgestellt hast.«

Es war ein Stück von der Kunst Erich Billrods, in die letzten Fältchen des Herzens hineinzusehen; ich schwieg, doch ich fühlte, daß wirklich ein ganz leiser, geheimer Reiz in mir saß, auch einmal zu erfahren, was es mit einem vieiundzwanzigstündigen Aufenthalt im Karzer auf sich habe, und als ich am späten Abend Lea ebenfalls die Mitteilung von dem mir Bevorstehenden machte, sprach ich in der Tat mit einem gewissen Stolz von diesem Vorrecht der Sekundanerwürde. Sie hörte mir zu und fragte: »Die ganze Nacht ohne Bett?« – »Wenn es zehn wären,« antwortete ich, »ich würde kein Bittwort drum tun«; doch sie schüttelte den dunklen Kopf: »Ich hab's auch einmal gemußt, eine Nacht ist lang, und am Morgen wird's bitterkalt.« Sie sah nachdenklich umher, lachte dann jedoch mit eigenem Augenausdruck plötzlich in sich hinein, daß ich fragte: »Worüber lachst Du?« – »Ueber nichts, oder wenn Du's wissen willst, über Deinen Professor Tix,« versetzte sie. »Gut' Nacht, Reinold, ich muß heut' früh nach Haus.« Ich besann mich: »Ja so, es ist Freitag Abend, und Du gehst wohl mit Deinen Muhmen – weißt Du noch, wie Du vor Jahren mich einmal an dem Abend mit in das Häuschen nahmst?« Lea nickte, aber es flog dabei mit einem leisen, rötlichen Anhauch über ihr Gesicht. »Ich war sehr albern damals,« und sie wiederholte noch einmal: »Gut' Nacht!« und lief davon.

Dann kam der halb gefürchtete, halb geheimnisvoll verschleierte Abend, ich meldete mich bei dem alten Kähler, der mir unhörbar wie über eine tiefe Schneedecke durch die dunklen Gänge voranschritt, die Karzertür aufschloß und mit dem zahnlos gemurmelten Trost, ich würde auf dem Bett nicht untersinken, wieder die Angeln hinter mir kreischen ließ. Ich hörte noch das Rasseln des Schlüsselbundes, doch keinen Schritt, der sich draußen entfernte, und befand mich in meiner Kemenate allein.

Jedenfalls war sie so mittelalterlich einfach, wie nur der erste Raubritter sie in seinem Felsennest besessen haben mochte. Ein Tisch, ein Stuhl, eine Bettstelle ohne Inhalt, wenn man nicht die Matratze dafür gelten lassen wollte. Außerdem weißgetünchte Wände mit griechischen, lateinischen und deutschen Bleistiftinschriften, die jedoch wenig Aussicht besahen, als ein *corpus inscriptionum* gesammelt zu werden und mit den Hinterlassenschaften großer unbekannter Geister nur die Anonymität gemein hatten. Das Anziehende des Karzers, wenn er wirklich über etwas Derartiges verfügte, lag unfraglich nicht drinnen, sondern draußen.

Aber wahrlich, dort lag es auch. Die Sonne befand sich im Untergehen und ein goldgrünliches Licht spielte über allem, was man durch das Fenster gewahrte. Zunächst die Rückseite eine Reihe alter Giebelhäuser und darüber hoch und fest meinen alten Freund aus ferner Zeit schon, den grünen Kirchturm der Stadt. Das Herz schlug mir freudig, mit ihm war ich jedenfalls nicht vereinsamt, die Nacht mochte so lang und kalt sein, wie sie wollte.

Ich sah weit durch das offene Fenster. Der Karzer lag im ersten, nicht hohen Stockwerk des alten Schulgebäudes; im Notfall, bei entstehender Feuersbrunst – es war vernünftig, sich alle Möglichkeiten rechtzeitig vorher zu gegenwärtigen – hätte man sich mutmaßlich ohne Gefahr für Arme und Beine, vom Hals zu geschweigen, durch einen Sprung auf die weiche Erde des anstoßenden, ziemlich geräumigen Gartens retten können. An der Außenwand unter dem Fenster zogen sich an dünnem Lattenspalier Pfirsich und Aprikosenbäume herauf. Die Früchte der letzteren waren goldgelb und reif; ich bückte mich hinaus, doch meinem Arm fehlte eines Schuh's Länge, die obersten zu erreichen. Aber es lag wieder ein klassischer Trost darin; so ungefähr stand Tantalus auch dereinst, und Gleiches mit ihm zu dulden, besaß eine gewisse Erhabenheit, vorzüglich wenn sich die Leidenszeit nur auf eine Umdrehung der Erde erstreckte. Hätte Weinlaub den vortrefflichen Geschmack von Aprikosen gehabt, würde von tantalischer Entsagung überhaupt nicht die Rede gewesen sein, denn jenes wucherte, die linke Hälfte des Fensters fast verdeckend, in gewaltiger Fülle an einem knorrigdickstämmigen, uralten Rebstock noch bis zum oberen Dachrande hinauf. Aber leider ließ sich auf Weinblättern höchstens mit der

Zunge schnalzen, und in Ermangelung von besserem tat ich das eine Weile.

Der Aufenthalt im Karzer übte offenbar – und das war vermutlich seine moralisch-pädagogische Bestimmung – auf die Dauer eine nachdenkliche Wirkung, zumal wenn die Dämmerung, wie jetzt, einem riesigen grauen Spinngewebe gleich über die Gartenbüsche, die Giebel, selbst den alten Turm hinkroch. Ich hatte mir den Stuhl an's Fenster gerückt, und die letzte Helle reichte noch eben aus, daß ich den auf dem Sims verzeichneten Weisheitsspruch heraus zu buchstabieren vermochte:

» Quidquid agis, prudenter agas et respice carcerem.«

Allerdings, halte bei allem im Bewußtsein, daß es Dich einmal sitzen läßt! Ein sogenannter schlechter Witz freilich, der mir diese Uebersetzung durch den Kopf summte, aber im Grunde war sie nicht übel. Schließlich kam nach Freude und Leid doch immer wieder eine Stunde, wo jene abgeblüht, dieses abgeschüttelt war, wo man wieder allein saß und das neue Fazit mit ins Rechenbuch eintrug. Was für eine Bestimmung hatte dies letztere eigentlich, oder ging das selbe kuriose Hin- und Herrechnen, Addieren und Subtrahieren mit seinen Plus- und Minuszeichen bis zur letzten Seite und dem wunderlichen Strich darunter fort, ohne daß der Zweck der ganzen Aufgabesumme dem vorwärts Arbeitenden einmal klar würde?

In diese arithmetischen Betrachtungen – nur dann und wann noch von einem neuen verunglückenden Aprikosenversuch unterbrochen – legte sich allmählich das volle Nachtdunkel, wie ein vorrückender Kommentar meiner Meditationen. Die Uhr schlug von dem nicht mehr sichtbaren Turme die zehnte Stunde, und alles lag in schweigsamer Finsternis begraben. Erst um elf Uhr sollte die Welt sich wieder aufhellen, astronomisch genau berechnet nach dem Aufgang des gestrigen Abends kam der abnehmende Vollmond sogar erst zwölf Minuten später. Nur ein dickleibiger Nachtschwärmer schnurrte hin und wieder durch die linde Spätsommerluft am offenen Fenster vorbei, raschelte leis im Weinlaub und verfolgte keineswegs die wohlwollende Absicht, mir in die ausgestreckt wartende Hand hineinzufliegen.

Im Grunde wurde die Sache – wenigstens interimistisch – etwas langweilig und ließ die Vorstellung aufkeimen, eine Untersuchung über die Wahrheit des » *variatio delectat*« vorzunehmen. Dafür bot sich indeß gegenwärtig nur eine Möglichkeit, die Bettstelle mit der Seegrasmatratze, aber die Wahllosigkeit bot wiederum den philosophischen Vorzug der Quallosigkeit, und ich legte mich, die Arme unter den Kopf breitend, darauf. Ein Kopfkissen wäre bequemer gewesen, doch es gab sicherlich irgendwo in der Welt augenblicklich Menschen, die auf Steinen schliefen, gern mit mir getauscht hätten, und eine Stunde bis zum Mondaufgang ließ sich's *aequo animo* ertragen.

Es war meine Absicht, nicht zu schlafen, und meine Ueberzeugung, daß ich sie befolgte. Ich dachte in der Welt umher und meine Gedanken vereinigten sich in dem Punkt, daß alle Leute, die ich mir vorstellte, jetzt unter einer Decke lägen. Erich Billrod und Magda, Lea, Fritz Hornung, Imhof, Bruma, Professor Tix und Doktor Pomarius – selbst Anna Wende in Magdeburg ebenso. Ja sogar der alte Kähler lag unter einer Decke, nur ward es mir allmählich deutlicher, daß es eine Schneedecke sei und daß ich bei ihm darunter liege.

Ich schlief nicht, denn ich sagte mir: »Unsinn, es ist Sommer und nirgend Schnee vorhanden; die Kälte kommt vom offenen Fenster, besser wär's, aufzustehen und es zuzumachen.« Aber ich stand nicht auf, und nach einigen Augenblicken wisperte der alte Kähler mit seiner dünnen Stimme: »Hörst Du's im Weinlaub rascheln, das ist er, er kommt von Sibirien und wirft den Schnee über uns, wie ein Federbett – haushoch –«

»Klatsch!« da flog es auch im selben Moment hinterdrein, was er prophezeit, mir weich und doch schwer grade an den Kopf, und ich fuhr in die Höh' und starrte im Dunkel um mich. Hatte ich doch geschlafen oder träumte ich vielmehr noch? Meine Hand tastete über ein weiches Kopfkissen, und zugleich hörte ich draußen im Weinstock ein leises Krachen, ein Rauschen und ein unterdrücktes Lachen. Ich mußte mich immer noch besinnen, dann schoß mir ein unzweifelhafter Gedanke hell durch den Sinn, ich sprang vom Bett und rief gedämpft: »Fritz – prächtiger Schlafkamerad, das ist ein Freundschaftsstück, das ich Dir gedenken werde!«

Doch als Antwort flog mir eine wollene Decke entgegen, es krachte lauter, griff nach dem Fenstersims und schwang sich behend, den matten, ungewissen Lichtschein verdunkelnd, herauf. Nun sprangen zwei Füße kaum hörbar, gleich denen einer Katze, ins Zimmer herab, doch von dem Geräusch eines leicht um sie her raschelnden Gewandes begleitet, und das wohlbekannte Lachen Leas klang mir im Ohr.

»Du?« sagte ich erstaunt, in der Finsternis die Hand nach ihr ausstreckend. Sie fiel vergnügt ein:

»Kein prächtiger Schlafkamerad, aber das Kissen wird darum nicht härter, die Decke nicht kälter sein, nicht wahr?«

»Es ist, als hättest Du meine beiden einzigen Wünsche in diesem Augenblick erraten. Aber wie konntest – woher wußtest Du?«

»Glaubst Du, ich hätte vergessen, was Du für mich getan, und ließe Dich eine Nacht so schlafen? Wir Juden mögen ein besseres Gedächtnis haben – ich fragte einen von Deinen Hauskameraden nach dem Karzer und ließ ihn mir genau beschreiben –«

»Fritz Hornung?« fiel ich ein.

»Seinen Namen weiß ich nicht, er sieht blaß aus –« »Dann wird es Imhof gewesen sein,« ergänzte ich, und sie fuhr fort: »Ich hatte es mir heut in der ersten Frühe angesehen, daß man in dem Weinstock heraufklettern könne, und so wartete ich, bis es dunkel und still auf den Straßen geworden, stieg mit dem Kissen und der Decke aus meinem Fenster und hier in Deines hinein. Und Du hattest schon geschlafen? es war zu komisch, was für einen Ton Du ausstießest, als ob Dir jemand etwas Schlimmes antäte!«

Noch während sie es sprach, fing ihre Gestalt an, sich leise von dem Rahmen des offnen Fensters abzuheben, um den Schattenriß ihres Kopfes begann es zu rinnen und zu fließen, dann trat allmählich ihre Figur deutlich auf weißem Hintergrunde hervor, zu dem der über die Dächer auflugende, noch ziemlich volle Mond alles draußen versilbernd umwandelte. Lea klopfte das Kissen auf meiner Matratze zurecht, ordnete die Decke zum Gebrauch und sagte: »So, nun kannst Du schlafen, wann Du willst.« – »O, wenn Du bei mir bist, schlaf ich überhaupt nicht,« antwortete ich; »aber Du sollst nicht um meinetwillen auch wachen, sondern wenn es zwölf schlägt, machen wir aus, gehst Du nach Haus, um zu schlafen.«

»Ich glaube, im Kopf schläft Dir ein Stückchen, Reinold,« lachte sie, »denn erstens habe ich für heut nacht zu Hause keine Decke und Kissen –«

»Hast Du mir die von Deinem eignen Bett gebracht?«

Sie nickte. »Natürlich, woher hätte ich sie sonst nehmen sollen? und dann muß ich beides, eh' es voll Tag wird, doch wieder nach Hause tragen, damit Dein alter Weißbart es nicht hier findet, wenn er Dir Frühstück bringt.«

Sie hatte recht und ich noch gar nicht daran gedacht. »So bleibst Du also die Nacht hindurch hier? Du Arme – nein, einmal im Leben, so im Mondschein ist das hübsch, und ich will Dich nicht mehr bedauern, sondern wir wollen herrlich plaudern und uns erzählen.«

Das taten wir eine Weile. Da das Zimmer nur zwei Sitzplätze darbot, saß Lea auf dem Stuhl am Fenster und ich auf der Bettkante; wir redeten von schon lang uns gemeinsam vergangener Zeit, vom Golddrosselnest im dürren Laub des Zaunwalls, das Mondlicht selbst trat jetzt an den Rand des Fensters, nach und nach klang Leas Stimme mir undeutlicher, bis sie plötzlich sagte: »Du wirst müde, leg' Dich und schlafe.«

»Nein – nur den Kopf ein wenig zurück – ich höre alles –« erwiderte ich, die Stirn auf das Kissen niederlehnend und zugleich mechanisch die Füße heraufziehend. Dann ward es eine ganze Weile still, bis ich auf einmal, zusammenfahrend, die Augen weit öffnete und zum Bewußtsein kam, daß ich wieder geschlafen hatte. Der Mond durchfloß jetzt breit das Zimmer und erhellte fast wie Tageslicht Leas unbeweglich auf dem Stuhl sitzende Gestalt. Sie hielt den Arm auf's Fenstergesims aufgestützt und schien mir weit größer als noch am Tage zuvor; wenn ich nicht gewußt, sie sei's, hätte ich sie für eine ihrer voll erwachsenen Muhmen gehalten. Ihre Lider waren geschlossen, und sie schrak auf, wie ich ihren Namen rief.

»Ja, was ist's, Reinold?«

»Es geht nicht mit dem Wachen,« entgegnete ich, mich halb aufrichtend. »Ich bin eingeschlafen und Du auch; komm, wir wollen ein paar Stunden uns zusammen ausruhen, dann werden wir wieder munter sein.«

Sie richtete ihre dunklen Augen auf mich. »Nein, ich bin nicht müde –«

»Doch, Du hast geschlafen, komm!«

»Nein« – sie schüttelte das schwarze Haar – »ich muß wachen, damit wir nicht die Zeit versäumen.«

»Aber ich will nicht, daß Du die Nacht so unbequem auf dem Stuhl sitzen sollst, während ich Dein Kissen und Deine Decke habe.«

»Nein!« wiederholte sie zum drittenmal, und mir war's, als stoße sie es diesmal mit einer gewissen Heftigkeit aus. »Es ist kein Platz in dem schmalen Bett und ich würde Dich am Schlafen hindern.«

»Dann will ich überhaupt nicht schlafen, sondern lege mich auf die Erde, und Professor Tix Abera kann sich mit Kissen und Decken einmummeln,« erwiderte ich fest entschlossen mit unmutigem Ton und machte Anstalt, das Bett zu verlassen. »Ich bin noch derselbe, aber Du nicht mehr, Lea, sonst wüßtest Du, daß es im Golddrosselnest viel enger und Du nicht so bange warst, ich konnte im Schlaf um mich schlagen, Dich stoßen oder drücken.«

Lea war jetzt von ihrem Stuhl aufgesprungen, an mich herangetreten und sagte halb atemlos hastig:

»Du tust mir Unrecht, Reinold – ich bin noch dieselbe, wie damals, bleibe es immer für Dich. Ja, wir sind noch dieselben und wollen noch einmal wieder zusammen uns im Golddrosselnest vom Wind einwiegen lassen. Hörst Du ihn im Weinlaub? er ist auch noch derselbe und bleibt's. O es war so schön – nun schlafe – da bin ich.«

Sie schwang sich leicht und geräuschlos wie ein Vogel zu mir herauf. »Siehst Du, daß wir Platz genug haben,« rief ich fröhlich, die Decke mit über sie breitend, »und wenn Du mir Deinen Arm um den Hals legst, reicht das Kissen auch für uns beide aus.«

Lea blieb einen Augenblick stumm und reglos, dann antwortete sie langsam:

»Ja, wenn Du mir eins zu lieb tust.«

»Gewiß, was Du verlangst.«

»Heiße mich auch einmal so, wie die andre, – ich kenne Dich ja länger – als sie –«

»Als Schwester Magda? Und so soll ich Dich auch – was kann Dir daran liegen? Aber, wenn Du es verlangst, tu ich's gern, Schwester Lea.« Sie stieß einen leisen, freudigen Ton aus, schlang nun ungestüm mir den Arm um den Nacken und zog mich an sich, daß meine Stirn an ihrer Schläfe zu ruhen kam. »So, nun wollen wir schlafen, Bruder Reinold; wer zuerst aufwacht, weckt den andern.«

Der Nachtwind summte noch eine Weile im mondbeglänzten Weinlaub, dann dehnte sich dies mählich zu weiter grüner Saat, und blauer, unendlicher Frühlingshimmel legte sich darüber und auf weichem Flügel trug der Nachmittagswind hundert trillernde Lerchen in die Lüfte –

Plötzlich fuhren Lea und ich gleichzeitig vom Schlaf in die Höh'. Es war kein Trillern von Vogelstimmen, sondern ein scharfes Klirren, das uns aufgeschreckt; der Mond hatte der Sonne Platz gemacht, doch ihrem frühesten Aufgang nur, denn ein halb mattes Licht erfüllte noch das Zimmer und regte den ersten Eindruck in uns, daß wir grade rechtzeitig aufgewacht seien. Doch im selben Moment öffnete sich die Tür, der weiße Schneebart Kählers, der eine Sekunde lang über der Schwelle aufgeschimmert, verschwand ins Dunkel zurück, und an seiner Stelle tauchten Doktor Pomarius und Professor Tix in dem Türrahmen auf. Der letztere in einem ziemlich von vieljährigem Verdienst redenden Schlafrock, der bis auf die, in Filzschuhen steckenden bloßen Füße hinunterschlotterte; sein Aufzug und sein ungekämmtes Haar taten kund, daß entweder Feuerruf im eigenen Hause oder Obliegenheit einer noch nie ihm auferlegten Pflicht ihn besinnungslos aus dem Bett aufgerissen haben mußte. Er machte mit froschartig vorquellenden, auf uns gerichteten Augen einen Schritt vorwärts, rang nach Luft, stieß: »Hm-abera – abera!« aus, schöpfte Atem und stöhnte:

» *Mehercle – per superos et inferos* – abera – nein, bei'm Jehova des alten Testamentes, der da heimsucht und rächet bis ins vierte Glied – abera – es ist, würdigster Freund, wie Ihr vortrefflicher, sittenreiner Zögling es uns angekündigt – hm-abera. Meine Augen sehen es und fassen es nicht – abera – sie sehen dies Haus der Zucht verwandelt in ein Haus der – abera – abera – *lupanar* hätte Plautus es in seinen unsterblichen Komödien bezeichnet – abera. Sie sehn ein *monstrum juvenale* abera – wie der göttliche Griffel des Juvenal keines zu erfinden vermocht hätte – hm-abera – *juvenes utriusque sexus* abera – einen Lotterbuben, *puerem*, noch Jahre bevor die Natur ihm ein Anrecht auf die *toga virilis* verliehe – hm-abera und eine Lotterdirne, welche man mit dem Stäupbesen peitschen und aus unserer christlichen Stadt davonjagen wird – hm-abera. Sie sehen es und fassen es nicht – abera – abera.«

*

In der Natur fallen tagelang anhaltende Nebel ein, bald gleichmäßig ruhend, bald in Verdichtungen hin- und herwogend, die keinen Gegenstand deutlich erkennen lassen, und so mischen sich Tage ins Menschenleben, in denen vor Auge und Ohr alles nebelhaft verschleiert liegt, während die Gedanken sich Wolkenbildern gleich durch den Kopf drängen, formlos und wesenlos, sich selbst im Moment ihres Entstehens kaum bewußt, von der Erinnerung nicht mehr zu fassen. Dergestalt vergingen mir Tage, in welchen ich an langsam zerreißendem Faden das Damoklesschwert über meinem Scheitel schweben fühlte. Ich wußte, daß ich mich eines ungeheuren Doppelverbrechens schuldig gemacht, mir die Karzerstrafe durch Gesellschaft, die harte Tangmatratze durch Kissen und Decke erleichtert zu haben, aber trotzdem empfand ich dunkel, daß in der geheimnisvoll-schwülen Luft ein noch unheimlicherer Gewitterausbruch drohte, als bisherige Erfahrung das Gewichtsverhältnis zwischen Frevel und Sühne bemessen ließ. Es enthielt wenig tröstliche Beruhigung, daß der Besuch der Klasse mir untersagt worden; die sonst köstliche Freiheit hatte Wert und Reiz verloren, überall, selbst in Feld und Wald sah ich die Gitterstäbe eines Käfigs um mich her, dem ich nirgendwo zu entrinnen vermochte. Lea war nicht zu finden, und zu Hause kümmerte sich niemand um mich. Ich erhielt Brot und Milch – Wasser hätte es unfraglich sein sollen, und ich verdankte die Transsubstantiation zweifellos nur Tante Dorthes heimlichem Erbarmen – auf einer Kammer für mich allein, in die auch mein Bett versetzt worden. Selbstverständlich war von einer Mittagsmahlzeit nicht die Rede und allen Uebrigen offenbar verboten, Wort oder Blick mit mir auszutauschen. Nur Fritz Hornung raunte mir einmal an einer Ecke hastig zu: »Du, ich glaube, sie wollen Dich feierlich relegieren; dann stelle ich etwas an, daß sie mich auch wegjagen, und wir laufen zusammen in die Welt hinaus. Ich habe Bruma heut morgen ein Brechpulver in den Kaffee getan und er bricht sich den ganzen Tag. Das Mädchen, welches Dir die Kissen gebracht, ist unglücklicher Weise an ihn geraten, mit der Frage, wo der Karzer sei und da hat der schuftige Patron Lunte gerochen, sich auf Wache gestellt, spioniert und gesehn, wie sie an dem Weinstock hinaufgeklettert ist. Das Mädchen wollen sie von der Polizei aus der Stadt fortjagen lassen; übrigens sagt Imhof, es sei stark und er hätte es nicht von Dir vermutet. Er wird immer mehr ein Narr und er sollt' einmal auf der leeren Matratze eine Nacht liegen, ich wollte sehen, ob er sich nicht Kissen und Decke verschaffte, wie er könnte und wenn er sie stehlen müßte. Also Du kannst auf mich rechnen, nötigenfalls gieße ich Professor Tix ein Dintenfaß auf die Perrücke – abera – wenn sie Dich – da kommt der Apfelhüter, lebwohl, Reinold!«

Erich Billrod sagte nichts, als ich ihm von der Mitteilung Fritz Hornungs berichtete. Er ließ sich nur den ganzen Vorgang noch einmal genau erzählen und antwortete dann: »Wenn Du Dein Zeichentalent nicht so unverantwortlich vernachlässigt hättest, würdest Du der Menschheit einen Dienst damit leisten können, indem Du ihr die moralische Empörung des Professor Tix in Schlafrock und Filzschuhen augenfälliger vergegenwärtigtest. Wann ist Doktor Pomarius am Nachmittag zu Hause?

»Um fünf Uhr.«

»So erwarte mich dann vor Eurer Linde, Reinold Keßler.«

Ich folgte dem Geheiß, Erich Billrod kam, sagte kurz: »Komm mit mir!« und klopfte einige Augenblicke nachher an Doktor Pomarius Studierzimmer. Der letztere war nicht allein, sondern Eugen Bruma befand sich bei ihm. Erich Billrod blickte diesen kurzprüfend an, nachdem er gegrüßt, und fragte: »Vielleicht der vortreffliche sittenreine Zögling, dessen Professor Tix rühmende Erwähnung getan?«

»Sie erzeigen mir die Ehre, Herr Doktor –?« erwiderte Doktor Pomarius fragenden Tones und mit ostensibel verwundertem Blick auf ihm und mir verweilend. »In der Tat, ein Stolz meiner pädagogischen Wirksamkeit, der Obersekundaner Eugen Bruma, Sohn des hochverehrten Superintendenten unserer Provinz.«

»Eine seltene Ehre, Herr Doktor, wollen Sie sagen,« entgegnete Erich Billrod, »da ich nur in seltenen Fällen Anlaß dazu finde. Heut liegt indeß ein solcher vor, dessen Urheberschaft wir gemeinsam diesem vortrefflichen jungen Menschen und dem ich infolgedessen das Vergnügen meines Besuchs bei Ihnen verdanke. Es freut mich, ihm diesen Dank für sein ausgezeichnetes Talent hier abstatten zu können, das ihm unstreitig eine glänzende Karriere als weltlicher und geistlicher Spion, Diebsfänger oder in derlei ehrenwerten Berufszweigen eröffnet.«

»Ich hoffe nicht, mein Herr,« fiel Doktor Pomarius ein, »daß Sie meinen jungen Freund –«

»Vor der Hand nur ersuchen möchte, mir über seinen Beweggrund Mitteilung zu machen, weshalb er das von ihm beobachtete Schulvergehen nicht sogleich nach der Wahrnehmung, sondern erst am andern Frühmorgen zur Anzeige gebracht hat?«

»Weil er hoffte –«

»Ich bitte Sie, diesen hoffnungsvollen Jüngling selbst hoffen zu lassen.«

Eugen Bruma hatte bisher geschwiegen, sah jetzt hinter der Brille seitwärts an Erich Billrod vorüber und sprach, doch zu Doktor Pomarius gewendet:

»Weil ich hoffte, das Judenmädchen werde sogleich wieder zurückkommen – denn, nicht wahr, Herr Doktor, es ist ein großer Unterschied, ob sie nur die Sachen hinaufbefördert, oder selbst die ganze Nacht mit droben zubringt?«

»Gewiß, mein prächtiger Junge, ein großer Unterschied für Deine Sittenreinheit,« bestätigte Erich Billrod. »Und deshalb bliebst Du vermutlich im Garten stehen und wartetest die Nacht hindurch, ob Deine edelsinnige moralische Hoffnung sich nicht erfüllen würde?«

Doktor Pomarius räusperte sich kräftig. »Darf ich mir nochmals die Frage erlauben, was mir eigentlich die Ehre verschafft –?«

»Geographisches, ethnographisches, biographisches Interesse, Herr Doktor,« versetzte Erich Billrod gleichmütig. »Ich besaß eine freie Stunde und wollte diese benutzen, Sie für einen Freund um einige Auskunft über München zu ersuchen, das sich, wie ich mich zu erinnern meine, Ihres persönlichen Aufenthalts zu erfreuen gehabt hat.«

Doktor Pomarius griff nach einem auf seinem Schreibtische liegenden Gegenstande, drehte ihn zwischen den Fingern und entgegnete: »Ich würde mit Vergnügen erbötig sein – allein es ist – ich entsinne mich bereits aus früherer Zeit einmal – ist eine hartnäckige, irrige Meinung von Ihnen, daß ich irgendwie in der Stadt München –«

»Eine hartnäckige allerdings, wie man sprichwörtlich von hartgesottenen Sündern redet,« unterbrach Erich Billrod ihn. »Die letztere Redensart kommt mir unwillkürlich – vermittelst einer Gedankenbrücke, würden die Mnemotechniker sagen – bei der Erinnerung an München in den Sinn.«

Ueber Doktor Pomarius außerordentlich dünne Lippen zog sich ein mattes Lächeln von der nämlichen Dimension. »Das Gedächtnis ist eine köstliche Gottesgabe, nur soll unsere menschliche Schwäche sich davor hüten, daß sie sich zu stolz auf seine Unfehlbarkeit verläßt. – Mein lieber junger Freund, die freie Himmelsluft wird Dir für Deine von pflichtgetreuer Arbeit überangestrengte Gesundheit ratsamer sein; ich folge Dir sogleich in den Garten, damit wir unsern erbaulichen Abendweg durch die schöne Gottesnatur nicht versäumen. – Geh hinaus, Keßler!«

Eugen Bruma hatte das Zimmer bereits verlassen, ich drehte mich unschlüssig auf der Ferse, doch Erich Billrod faßte meine Schulter: »Bleib', Reinold. – Sie wissen, Herr Doktor, es heißt: Führe uns nicht in Versuchung.«

»Ich verstehe die Anwendung dieser heiligen Bitte im vorliegenden Falle nicht,« erwiderte Doktor Pomarius, als ob er etwas im Hintergrund seines Schlundes hinunter zu schlucken genötigt sei.

»Dann will ich sie Ihnen erklären. Mein junger Freund hier besitzt nach meiner Empfindung ungefähr ebenso viel von meiner Natur, als Ihr junger Freund dort von Ihnen, und das macht mich mißtrauisch, ob ich ihn hinterdrein gehen lassen darf, ohne ihn in die Versuchung zu führen, Ihrem jungen Freunde draußen einige Rippen entzwei zu brechen, oder ihn zufällig so lange an der Kehle zu fassen, bis er seine vortreffliche, sittenreine Seele ausgehaucht hätte.

Wie gesagt, dieser Argwohn stammt aus meiner Empfindung verwandter Gefühlsart zwischen Ihrem mißratenen Mündel und mir, und das versetzt mich wiederum mnemotechnisch nach München, wo zu meiner Zeit, wie ich mich äußerst genau jetzt erinnere, ein Kandidat der Gottesgelehrtheit mit einem Birnen oder sonstigen Obstnamen sich aufhielt, den er, wie ich zufällig später einmal gehört, nachher mit einem anderen vertauschte. Er tat dies nicht ohne ausreichenden Grund – ich glaube, daß dieser an mir einen der wenigen Mitwisser besitzt – denn er war äußerlich Hauslehrer oder Hofmeister in einem mir befreundeten angesehenen Hause, innerlich aber in erster Reihe ein augenverdrehender heuchlerischer Schurke, der seine Vertrauensstellung in der Familie mißbrauchte, eine niederträchtige Handlung an einem blutjungen Mitgliede derselben zu begehen. Man hätte ihn dafür ohne Schwierigkeit nach Verdienst ins Zuchthaus sperren können, damit zugleich aber sein Opfer und das ganze ehrenhafte Haus vor der Welt in schimpfliches Gerede gebracht, so daß man vorzog, ihn laufen zu lassen und ihm noch eine beträchtliche Summe dazu zu geben, damit er nur schweige. Daß der Hundsfot das Geld annahm, war selbstverständlich, und er wird entsprechend würdigen Gebrauch davon gemacht haben – doch, was mich darauf gebracht, ist, daß ich mich deutlich, als wäre es gestern gewesen, entsinne, wie ich diesen gottesfürchtigen Obstkandidaten, wenn ich ihn damals irgendwo angetroffen hätte, grade in der nämlichen Weise behandelt haben würde, von der ich eben befürchtete, mein junger Freund könne sie Ihrem jungen Freunde gegenüber zur Anwendung bringen.«

»Oh, oh – eine wahrhaft empörende – mir unbegreiflich, daß ich nicht davon – aber natürlich, da ich mich nie in München befunden,« sagte Doktor Pomarius in so auffälliger Zerstreutheit, daß er mir plötzlich freundlich zunickte, und mit den Worten: »Dir wäre die Luft draußen auch zuträglicher, mein junger Freund,« eine Armbewegung verband, als ob er die Hand nach meiner Schulter auszustreuen beabsichtigte. Doch er zog sie auf halbem Wege zurück und fragte, gegen meinen Begleiter gerichtet auf's Liebenswürdigste:

»Darf ich, nach Ihrer vorherigen Andeutung, bitten mir zu sagen, Herr Doktor, womit meine geringen Kräfte Ihnen dienlich zu sein vermögen?«

Erich Billrod blickte mit der Miene eines sich plötzlich Besinnen-
den auf seine Uhr, griff nach seinem Hut und lächelte artig: »Da
habe ich vollständig meine kurz bemessene Zeit in Ihrer angeneh-
men Gesellschaft verplaudert und muß den Wunsch meines Freundes auf eine vielleicht sich bietende andere Gelegenheit – ich vergesse, Sie waren ja nie in München. Doch ich nehme Ihr gefälliges
Anerbieten, mir einen Dienst zu erzeigen, mit Dank an. Ich weiß,
daß Sie, Ihren Verdiensten gemäß, größten Einfluß bei den Leitern
unseres Gymnasiums besitzen, deren pädagogischer Eifer sie ebenfalls in eine hartnäckige irrige Meinung verstrickt zu haben scheint,
da dieselben, wie ich höre, nicht umhin zu können glauben, einen
hübschen kindlichen Zug in eine Parallele mit der Geschichte des
vorhin von mir erwähnten Kandidaten zu bringen. Mein Wunsch in
der Sache wäre jedoch, daß mein junger Freund hier – der, wie Sie
eben in zärtlicher Weise an den Tag gelegt, ja auch nicht minder der
Ihrige ist – völlig straffrei ausginge, da, wenn von einer Schuld
überhaupt die Rede sein könnte, er selbst jedenfalls nach keiner
Richtung in den Augen vernünftiger Menschen eine solche auf sich
geladen hat. Ich hege das feste Vertrauen, daß es Ihrem Gerechtig-
keitssinn und Ihrer väterlichen Liebe zu unserm jungen Freunde
gelingen wird, Herrn Direktor Tix vollständig von der Schuldlosig-
keit Reinolds zu überzeugen, und Sie vermögen dann begreiflich
auf meine Dankbarkeit zu zählen.«

»Oh, oh, sicherlich – es wird mir sicherlich gelingen, mein lieber
junger Freund,« erwiderte Doktor Pomarius, mit Augen und Mund
mich anstatt Erich Billrods apostrophierend, indem er diesmal seine
Hand bis an meine Schulter ausstreckte und diese halb zärtlich
streichelte, halb, zum erstenmal in meinem Leben, mit lächelnder
Jovialität durch leichtes, freundschaftliches Klopfen auszeichnete.

*

Westwärts hinaus von unserer ländlichen Vorstadt zog sich eine
breite Chaussee, anfänglich durch Wiesenniederung, dann einen
lang und langsam anschwellenden Hügelrücken hinauf, den droben
zu beiden Seiten des Weges kurznarbige Rasensteppe mit vereinzelten Haidekrautbüschen und gelbblühenden Ginstersträuchen bedeckte. Die Höhe lag wohl eine Stunde von der Stadt entfernt, und
in ihre Einsamkeit stieg nur mehr der grüne Kirchturm herüber;

durch die spätsommerliche Abendluft kam dann und wann aus der Weite das Brüllen eines Rindes, und in dem Schlehenbusch, unter den ich mich hingestreckt, flatterte in winzig-sylphidenhafter Gestalt ein Goldhähnchenpaar und ließ manchmal ein feines Gezwitscher vernehmen, das wahrscheinlich Meinungen über den bevorstehenden Aufbruch in wärmere Länder austauschte. Sonst war alles still, der blaßblaue Himmel von weißen Schäfchen dicht überweidet, und die Sonne trat langsam an den Rand eines sich bräunlich färbenden Waldstriches drüben im Westen herab.

Ich hatte, als Erich Billrod den Doktor Pomarius verlassen, mit meinen Gedanken den Weg hierher eingeschlagen, weit hinaus, einer Richtung zu, die mir Bürgschaft leistete, daß ich unbehindert dem, was sich mir im Kopfe drängte, nachhängen könne. So saß ich auf der Höhe und blickte die weiße staubige Landstraße hinunter und suchte mir ein Verständnis für den Vorgang der letzten Stunde zu eröffnen. Doch mein Umherdenken blieb vergeblich; ich wußte nur, daß die Welt nicht mehr wie ein großer Käfig mit Gitterstäben hinter jedem Zaun und Baum um mich lag, daß ich wieder an Licht und Luft, am Flimmern des windbewegten Halmes, am Summen des Eichengezweigs erfreuen konnte. Erde und Himmel dehnten sich wieder in friedvoller Schönheit und Klarheit vor mir aus, denn das schwer und schwül drohende Unwetter, das seit Tagen, alles verfinsternd, den Atem der Brust beengend, darüber gehangen, hatte der Hauch einer Stunde verscheucht; doch der Zauberer, der dies mit lächelndem Munde vollbracht, hatte in die Nebel meines Kopfes kein Licht mit hineingetragen, und so deutlich und unzweifelhaft mir das Ergebnis vor Augen stand, so rätselvoll blieb der Beweggrund, durch den Erich Billrod während eines flüchtigen Besuchs alle Anschauungen des Doktor Pomarius über meine Schuld, Strafbarkeit und Ruchlosigkeit vollständig ins Gegenteil zu verwandeln imstande gewesen. In dieser Beziehung umgab mein Denken eine undurchdringlich dichte Wolke, gradeso wie das wirbelnde Staubgewoge den Wagen, der die Niederung durchrollend, jetzt langsameren Schritts die Steigerung der weißen Chaussee heranzuklimmen begann. Er bildete die erste und einzige Belebung auf der bisher völlig reglosen Straße, und des fruchtlosen Denkens müde, richtete ich ihm meine Aufmerksamkeit entgegen. Geraume Weile verschlang der Staub noch in gleicher Weise Pferd, Fuhrwerk und Insassen, bis offenbar Kopf und Mähne eines Schimmels aus der rinnenden Wolke hervortraten. Wohl eine Minute lang wieder Schritt um Schritt blieb es das nämliche, dann überlief's mich plötzlich und wunderlich wie eine uralte Erinnerung – als käme sie von einem der Seelenwanderungssterne Erich Billrods zurück – denn aus dem fahlen Gewirbel schimmerten jetzt ziegelrote Räder und ein himmelblaues Wägelchen, auf dem als Kutscher ein Mann mit fast unglaublich lang erscheinendem Oberkörper saß, den ein enganschließender, grauschwärzlich schillernder Rock umgab, auf welchen beinah' bis über die Mitte der Brust ein breiter, gelbweißer Bart, wie aus lauter Staub gebildet, herunterfiel. Auch die buschigen, über einer stark gekrümmten, mächtigen Nase zusammen verwachsenen Augenbrauen waren von der nämlichen Farbe – die lange Gestalt trat mir vor die Augen, wie eins der steinernen Pharaonenbilder, die seit Jahrtausenden unveränderlich die Wandlungen der Menschheit über sich ergehen ließen, ohne eine Wimper zu regen. Aber im nächsten Moment traf mich ein Ruf von dem dicht herangekommenen Fuhrwerk herab, ein Mund stieß meinen Namen aus, und ich sah nun erst auf in Leas Gesicht. Im ersten Augenblick erschien es mir fremd, denn vor meiner Einbildung stand es, als das eines kleinen Mädchens, dem langes, tintenschwarzes Haar über Stirn und Schläfen auf- und niederflog, während die Hände sich am Sitzrand des Wagens festzuklammern suchten; doch jetzt hob sich's fast als ein großes Weib vom Sitz empor, gebot: »Halt' an, Großvater!« und sprang blitzschnell zu mir herunter.

»Du, Lea?« fragte ich staunend, und sie gleichzeitig:

»Du hier, Reinold? Wußtest Du, daß ich hier vorüber käme?«

Ich schüttelte den Kopf. »Wohin fährst Du denn und weshalb?«

»Wohin?« Sie lachte scharf und unschön auf – »in die Welt hinaus, irgendwo. Weshalb? Weil sie gesagt, ich sei – weil die christliche Obrigkeit mich durch den Büttel aus eurer Stadt fortgejagt hat.«

»Bei'm Gotte Jehova – weil sie gesagt, meines Sohnes Kind sei eine schlechte Dirne und bringe in Verderbnis die guten Christenknaben – bei'm Gotte Jehova.«

Mir war's, als ob die Worte irgendwoher aus der Luft gekommen; der Großvater Leas mußte sie gesprochen haben, aber ich hatte keine Bewegung seiner Lippen wie seiner ganzen Gestalt gesehen. Unwillkürlich versetzt ich:

»Um mich? Haben sie Dich um meinetwillen fortgejagt, weil Du mir geholfen?«

»Ich weiß nicht warum –«

Lea sagte es, das Haar zurückwerfend. Ihre weißen Zähne blitzten dabei durch die dunkelroten Lippen, und sie erschien mir wieder fremd, doch anders als zuvor; mir war's plötzlich, als sehe mich aus ihrem Gesicht eine Tochter der heißen Wüste drüben im Morgenlande an, wie ich sie auf Bildern gewahrt, daß mich's mit seltsamem Schauer vom Scheitel bis zur Sohle durchrann. Aber zugleich ergriff sie meine Hand, und nun war's ihre altvertraute Stimme, mit der sie hastig hinzufügte:

»Einerlei weshalb, Reinold – Du trägst keine Schuld daran und sollst sie niemals tragen! Leb' wohl – wir müssen noch weit heut nacht – und hab' Dank, Dank für viele Jahre – ich kann's Dir nicht anders sagen –«

Sie schlang die Arme heftig um meinen Nacken und küßte mich; dann hatte sie mit einem Sprung den Wagensitz wieder eingenommen: »Weiter, Großvater!« Die Peitsche klatschte, der Staub wirbelte auf, über die ebene Höhe rollte das bunte Fuhrwerk hurtig davon. Lea blickte sich noch um, bis die Wolke sie und dann auch die lange, steinbildartige Gestalt ihres Begleiters wieder verschlang. Die Sonne trat jetzt drüben hinter den bräunlichen Waldrand, das Rollen erstarb und die weiße Landstraße war leer.

Ende des ersten Buches.

Über tredition

Eigenes Buch veröffentlichen

tredition wurde 2006 in Hamburg gegründet und hat seither mehrere tausend Buchtitel veröffentlicht. Autoren veröffentlichen in wenigen leichten Schritten gedruckte Bücher, e-Books und audio-Books. tredition hat das Ziel, die beste und fairste Veröffentlichungsmöglichkeit für Autoren zu bieten.

tredition wurde mit der Erkenntnis gegründet, dass nur etwa jedes 200. bei Verlagen eingereichte Manuskript veröffentlicht wird. Dabei hat jedes Buch seinen Markt, also seine Leser. tredition sorgt dafür, dass für jedes Buch die Leserschaft auch erreicht wird.

Im einzigartigen Literatur-Netzwerk von tredition bieten zahlreiche Literatur-Partner (das sind Lektoren, Übersetzer, Hörbuchsprecher und Illustratoren) ihre Dienstleistung an, um Manuskripte zu verbessern oder die Vielfalt zu erhöhen. Autoren vereinbaren direkt mit den Literatur-Partnern die Konditionen ihrer Zusammenarbeit und partizipieren gemeinsam am Erfolg des Buches.

Das gesamte Verlagsprogramm von tredition ist bei allen stationären Buchhandlungen und Online-Buchhändlern wie z. B. Amazon erhältlich. e-Books stehen bei den führenden Online-Portalen (z. B. iBookstore von Apple oder Kindle von Amazon) zum Verkauf.

Einfach leicht ein Buch veröffentlichen: **www.tredition.de**

Eigene Buchreihe oder eigenen Verlag gründen

Seit 2009 bietet tredition sein Verlagskonzept auch als sogenanntes "White-Label" an. Das bedeutet, dass andere Unternehmen, Institutionen und Personen risikofrei und unkompliziert selbst zum Herausgeber von Büchern und Buchreihen unter eigener Marke werden können. tredition übernimmt dabei das komplette Herstellungs- und Distributionsrisiko.

Zahlreiche Zeitschriften-, Zeitungs- und Buchverlage, Universitäten, Forschungseinrichtungen u.v.m. nutzen diese Dienstleistung von tredition, um unter eigener Marke ohne Risiko Bücher zu verlegen.

Alle Informationen im Internet: **www.tredition.de/fuer-verlage**

tredition wurde mit mehreren Innovationspreisen ausgezeichnet, u. a. mit dem Webfuture Award und dem Innovationspreis der Buch Digitale.

tredition ist Mitglied im Börsenverein des Deutschen Buchhandels.

Dieses Werk elektronisch lesen

Dieses Werk ist Teil der Gutenberg-DE Edition DVD. Diese enthält das komplette Archiv des Projekt Gutenberg-DE. Die DVD ist im Internet erhältlich auf **http://gutenbergshop.abc.de**